未来影像·创智写作丛书
总主编 赵宜

影视文学创作

YINGSHI WENXUE CHUANGZUO

郑炀 钟芝红 主编

上海交通大学出版社
SHANGHAI JIAO TONG UNIVERSITY PRESS

内容提要

本书聚焦影视文学写作，特别是循"观念—技法—拓展"螺旋递进：第一、二章奠定剧作思维与格式规范；第三至第九章详解人物、情节、对白、结构等核心技法，以类型模型为影视创作的公共语法；第十、十一章引入认知科学方法与人工智能写作指南，示范人机协作流程。全书嵌入案例拉片与项目化练习，贯穿知识、能力、素养三维目标，帮助读者在打牢经典范式创作功底的同时，把握产业链需求与技术前沿，成为兼具叙事力与创新力的影视创作者。

本书既适用于戏剧影视文学、广播电视编导、电影学等专业课堂，也适合进入影视创作行业的青年学生循章对照、自我校正。

图书在版编目（CIP）数据

影视文学创作 / 郑炀，钟芝红主编. -- 上海：上海交通大学出版社，2025.8. --（未来影像·创智写作丛书 / 赵宜总主编）. -- ISBN 978-7-313-32858-8

Ⅰ. I053.5

中国国家版本馆CIP数据核字第20257CJ451号

影视文学创作
YINGSHI WENXUE CHUANGZUO

主　　编：郑　炀　钟芝红			
出版发行：上海交通大学出版社		地　　址：上海市番禺路951号
邮政编码：200030		电　　话：021-64071208
印　　制：上海盛通时代印刷有限公司		经　　销：全国新华书店
开　　本：880mm×1230mm　1/32		印　　张：10.25
字　　数：234千字		
版　　次：2025年8月第1版		印　　次：2025年8月第1次印刷
书　　号：ISBN 978-7-313-32858-8		
定　　价：68.00元		

编委会成员

主　编：郑　炀　钟芝红

副主编：崔雅洁　邓　然　曹雅雯　韩　雯

"未来影像·创智写作"系列
丛书总序

当今世界正经历着智能技术的快速迭代发展，新媒介技术正重塑影视、游戏、动画等视听内容产业的逻辑和边界，催生出文化与科技深度融合的创新格局。与此同时，基于学科范式与经验积累的创作教学体系，正逐步让位于由科技进步与社会需求牵引的人才培养模式，朝兼顾技术素养、媒介理解与知识整合能力的新要求变化。为顺应这一趋势，我们组织编写了"未来影像·创智写作"系列教材。

本系列教材的核心目标是回应产业变革与知识更新需求，着眼于影像创作中的前沿技术与创新理念，致力于培养能够适应并引领未来文艺事业与文化产业发展的创意和创作人才。教材注重理论与实践的结合，引导创作者掌握前沿观念与技术方法，提升技术素养与创新能力，以更好地适应数智时代的行业环境和应用场景。

本系列教材以跨媒介、跨技术的开放视野，涵盖影视文学、电子游戏、人工智能写作等多个前沿领域，其中不乏如《电子游戏剧本创作》和《人工智能编剧实践》等国内较早聚焦特定交叉领域的教材，体现了对未来内容生态的前瞻性回应。

"未来影像·创智写作"系列将持续追踪影像视听产业的技术演

进与模式创新，动态扩展内容边界，打造集知识传授、技能训练与行业实践于一体的复合型教材体系。同时，我们还将积极探索与开发更具交互性、沉浸性和平台化特征的新形态教材，拓展教学方式与知识传播渠道，推动创作实践教学迈入智能融合阶段。

我们期待本系列丛书，能够激发读者的创新意识，助力产业人才的可持续发展，并成为引领未来影像写作教育与实践的重要支撑。

总主编

2025 年 6 月

序一
人工智能赋能下的影视文学创作

我是一位已退休却仍坚守编剧教学岗位十年的老教师。近两年因频繁讲授人工智能编剧，外界戏称："上戏出了个老怪，七十多岁还出来讲人工智能。"言下之意，人工智能是"网生代"的领地，老年人应安于舒适区，而非冒险涉足。殊不知，点燃我对人工智能兴趣的，正是郑炀、赵宜等一线年轻教师。

2022 年 11 月，ChatGPT 横空出世，惊艳编剧圈。不到两个月，郑炀帮我下载软件并教我如何使用；很快，赵宜连续发表多篇人工智能编剧研究论文，引我不断深入关注。当时，令我兴奋的是，借助 ChatGPT 可以检索全球编剧教学现状、教材资源及行业前景。2023 年 5 月，美国编剧工会发起长达五个月的反人工智能罢工；同期，我国一些影视公司迅速组建人工智能编剧研发团队。7 月，因长期关注编剧教学，我受邀加入一个人工智能编剧研发团队，组织者开玩笑地说要让我教人工智能编剧，由此我对人工智能编剧从理论的关注转向了实践的应用。因为职业和兴趣接近，我与郑炀、赵宜等人就人工智能与编剧的问题展开了多次讨论，核心议题逐渐聚焦：人工智能赋能下，传统编剧教学如何变革？人工智能编剧课程如何进课堂？能否快速开发新教材？如何将编剧知识解构重组、迭代优化？

郑炀、赵宜曾提出一些质疑：

第一，如何克服"一键生成"的局限性。人工智能编剧能根据用户提供的一些关键词迅速生成一部万字剧本，这样的艺术创作，除去存在作品同质化，是否有一些违反艺术创作本质的越界？如缺乏创作者的个体经验与情感深度，如创作脱离时代和社会的弊病，如剧本创作的顶尖创意、复杂剧情和人物塑造、个性化风格、文化差异等需要人工干预，人工智能难以全面满足。而且，人工智能对编剧的赋能，需要的不是降本增效，而是通过人机协作提升创作质量，讲好中国故事，塑造时代英雄，满足观众的审美升级要求。

第二，如何保障"审美淬火"的传承性。随着人工智能的垂直发展，各行业都在解决最后一公里的问题，以达到全流程、多模态和个性化的愿景。如人工智能与人类共享的知识领域，要对齐已知；人类独有的生活经验，要喂养训练；人类的思维盲区，要主动拾遗补阙；面对双方皆未涉足的领域，应携手实验，共同定义叙事未来。面对人类和人工智能的深度融合，编剧教学如何维持传统？如，艺术生为了把鲜活的现实世界和丰富的想象世界以某种材料和艺术形式进行个性化的表达，在接受形象和创造形象的过程中，为提升审美力和想象创造力，需要进行一定时长的训练。这个时长训练，是确保学生在技术洪流中保持灵魂成长与审美磨炼的"淬火"过程，不可缺失。

第三，如何实现"范式跃迁"的编剧实践。面临数字时代的变革，编剧实践已成为大学内蓬勃发展的研究模式，撰写剧本或开发剧本作品的行为不仅被视为一次艺术创作，还被视为一种知识发现。数字技术拓展进编剧领域，将编剧从单一艺术创作推向"艺术创作＋

知识发现"的双重维度，一方面从艺术审美视角吸纳自然科学和社会科学等一切领域的新发现和前沿研究成果，既方便又可能；另一方面使编剧创作更能发挥情感抒发与研究探究的双重功能，要求编剧教学借鉴"复杂系统"理论，构建多线交织的叙事体系。如剧本采用"心理叙事"，不但对"塑造形象抒发情感阐发哲理"具有作用，而且在探索心灵幻觉、疗愈心理疾病方面也有所补充。某流行编剧理论如"英雄之旅"，开发女性英雄之旅的结构，也在努力克服和修正在女性主义叙事等特定题材中的局限性。从这个角度来看，编剧领域引进了人工智能，其复杂性会远远超过以往，也构成了既奇妙和困惑又更加具有活力和魅力的内容。

正是平常有过这种质疑性的咖啡闲聊，当读到赵宜任总主编、郑炀与钟芝红主编的《影视文学创作》时，我深感欣慰。编剧虽为旧业，其命维新，郑炀、赵宜面临岔道疑云，还是闯出一条新路。他们没有将人工智能赋能看成捷径，而是定位为传承知识和技能的跨学科新路径，既重视了知识传授和技能训练，为影视创作保持了一条艺术灵魂成长之旅程，又提供了人工智能写作指南和具体工具，融合人工智能辅助拓展了一条视野清晰且全面学习之路径，以更为广阔和更具深度的视角，观照编剧教学在悖论中考察人性，在未知中探索灵魂。

我细细读来，觉得《影视文学创作》中有一些地方值得一提：

螺旋结构。全教程架构以"观念—技法—拓展"的螺旋递进逻辑展开，共分为十一章，涵盖了影视文学创作的方方面面。在内容方面，强调了剧作思维的重要性，阐述了"影戏观"对中国电影理论发展的影响，以及影视剧本的历史演变轨迹与形态发展梗概，让学生能够从历史的脉络中理解影视创作的本质与价值。在具体编剧理论与技巧方面，对关键要素进行了深入剖析，如人物塑造、情节设计、对白编写，并结合类型模型这一影视创作的公共语法，为学生提供了丰富的技法指导。人工智能写作虽然放置在最后，但是对教程的每一个部分都能发挥作用。

跨界融合。该书作为一种基础理论教材，理论体系的构建符合当前编剧教学正日益呈现的跨学科特征，整合了戏剧学、影视学、叙事学、社会学，以及国内外最新研究成果等多领域理论。这种融合重构系统化知识体系，如认知科学和人物弧线理论的引入，作用于人物内心世界的瞬间变化；如空间转向的叙事理论，加强了场景对人物的映射；如郑炀翻译的书稿结合脑科学研究"镜像神经元"理论设计，解析观众的共情机制，突出代入感的观演心理互动。诸如此类的多元视角，论证戏剧化的信息组织方式是影视剧等叙事艺术中调动观众情绪的核心手段，其本质是通过冲突、悬念、对比等手法重构现实逻辑，使信息呈现更具有情感张力和心理冲击力。

案例鲜活。该书注意用新经典影视作品进行片段分析，解决了有些教材更新速度难以跟上行业发展变化，有些教材仍存在重概念轻实例，以及有些教材对新媒体平台内容创作的关注度不足等问题。比如对《我不是药神》《头号玩家》《盗梦空间》等电影均有精彩片段的细致分析。这些新作的经典案例，很好地体现了戏剧化信息组织的核心逻辑，通过"冲突重构现实、符号激活联想、节奏操控注意、共鸣触发共情"的叙事框架，既将理论转化为直观情感体验，又使教材内容活泼，让理论变得直观易懂，适合使学生获得偏重感性的审美熏陶。

人工智能写作应用。人工智能写作呈现的新生态，不仅体现了编者对行业前沿趋势的深刻洞察，还为学生在新的技术环境下进行影视文学创作提供了极具前瞻性的指导。书中对人机协作流程的示范，为学生揭开了未来创作方式的一角。虽然这一章放在后面，但是可以帮助学生回溯剧本结构分析、角色塑造和对话生成，可以用于分析成功剧本的模式和特点，可以设计人工智能协作工作坊，让学生分组实践人机共创剧本。并且，基于大数据分析的学习系统能够根据学生的学习进度、创作风格和兴趣偏好，提供定制化的学习内容和反馈。这种为学生提供数据支持的创作指导，不仅能助力学生发展独特的创作风格，还可以增强学生应对不确定性环境的能力，延长编剧职业的长期生命力。

原创性引导。全球剧本写作教学基于亚里士多德戏剧理论，大多围绕剧本形式、戏剧结构和角色塑造，虽强调原创性，但缺乏获取原创想法的有效指导。原创性源于个人经历的独特视角，个人化写作是唯一路径，每个人的记忆和情感都蕴含值得讲述的故事。该书的每章设置互动练习，鼓励学生从个人情感记忆、生活体验中提取故事灵感，如童年回忆、家庭冲突、社会经历，以及激发学生搜集社会议题、历史叙事等更广泛的原创素材，训练学生挖掘公共叙事潜力，帮助学生突破单一经验局限，构建更丰富的叙事资源库。这些教学设置，强化理论落地，非常适合当代编剧学生进行原创的需求。

掩卷有思，我羡慕年轻人身处巨变时代，拥有更多实践机会。教师是面向未来的职业，今日所为必将塑造明日之景。我认为，这本将三千年编剧经验融入人工智能现代科技的新编剧教材，是一部兼具理论深度与实践价值的标杆之作，贴合当前的编剧教学需求，必将引领我们见证前所未有的创作风景。

代为序。

姚扣根（上海戏剧学院电影学院荣休教授、博士生导师）

2025 年 7 月 3 日

序二
在"坐标系"与"荒野"之间

每当一部影视作品诞生，它便在无垠的文化旷野中，为自己画下了一个坐标。X轴是技术，是语法，是我们可以无限拆解、分析、学习的"术"；Y轴是情感，是洞察，是那些无法被量化却能直抵人心的"道"。一部作品的最终落点，便由这两个维度的合力决定。而一个创作者的终身修行，无非是在这个坐标系中，寻找属于自己的那个独一无二的点。

这本教材，引发了我对当下创作生态的再次审视。我们正处在一个"坐标系"被前所未有地放大的时代。大数据、三段式、黄金律、节拍器……各种创作的"最优解"仿佛唾手可得。人工智能甚至已经可以为我们生成符合一切"正确"标准的故事框架。这一切都在告诉我们：通往成功的路径似乎从未如此清晰。它像一张无比详尽的星际航图，标注了每一颗名为"爆款"的星球，也画出了避开"烂片"黑洞的安全航线。

然而，我却时常在这些"清晰"的路径中，感到一丝深刻的隐忧。当所有人都手持同一份地图，我们最终抵达的，会不会是同一个拥挤不堪、光鲜亮丽却毫无惊喜的目的地？当"术"的权重被无限拔高，甚至成为创作的唯一圭臬，我们是否还有勇气，放下这张地图，熄灭引擎，独自一人踏入那片没有坐标、没有导航、引力失常的"荒野"？

真正的创作，恰恰诞生于"荒野"之中。

那是一片怎样的领域？我想起苏联导演塔可夫斯基的电影，影像如同沾着露水的苔藓，在时间的潜流中缓慢生长。他的创作，便是在拒绝一切既定坐标的"荒野"里进行的漫长跋涉。那里是逻辑失灵的边缘，是情感的蛮荒地带，是理性无法解释的直觉与神启。在那里，创作者不再是一个熟练的工匠，按部就班地搭建一个预先设计好的模型；他更像一个迷惘的探险者，一个在内心废墟中挖掘的考古学家。他唯一的工具，是自己那颗足够敏感、足够诚实也足够勇敢的心。

他必须独自面对人性的幽暗、存在的虚无、情感的纠结，并在混沌中建立属于自己的秩序与意义。这个过程是痛苦的，是低效的，常常是徒劳的，甚至在商业坐标系里是"失败"的。但我们那些真正能够穿越时间、与一代代观众产生灵魂共鸣的作品，其精神内核，无一不来自此。它是一种无法被复制的生命经验的结晶。

这并非要全盘否定"坐标系"的价值，将其污名化为创作的镣铐。恰恰相反，一个成熟的创作者，必须对坐标系有足够清醒的认知与敬畏。他需要精通那些前人耗费心血总结出的规律与技法，将之化为自己的肌肉记忆。这套"语法"是他与世界沟通的桥梁。因为从"荒野"中带回的，往往是破碎的吉光片羽，是混沌的情感矿石。若没有精湛的技艺（"坐标系"的知识）进行打磨、提纯、构建，那么再深刻的洞察，也只是一场无人能懂的呓语。

因此，在我看来，所谓创作，正是在"坐标系"与"荒野"之间，建立一条属于自己的、坚韧的往返通道。伟大的创作者，是能自如穿梭于两者之间的人。他们既能娴熟地运用那套通用的世界语，精准地撩拨大众的心弦，也能在某个时刻，毅然决然地转身，回到只属于自己的内心秘境，去进行那场无人陪伴的孤独探索。他们带回的，是新的物种，是地图上从未有过的风景，最终，这些新的风景将扩展我们整个坐标系的边界。

我想，这或许是所有创作教学的最终目的——我们教授"坐标系"，不仅仅是授予一张通行的地图，更是为了让你在熟悉地图之后，有朝一日能鼓起勇气将它扔掉，去开辟自己的航线。我们分析经典，是为了让你看清巨人的肩膀，然后找到属于自己的、独一无二的站立方式。

这本教材系统地描绘了"坐标系"的样貌。它是一份善意的、详尽的地图。但我更希望，每一位读到它的年轻人，能将它视为远航前的装备，而不是航行的终点。愿你们在熟练掌握这些工具之后，依然能葆有对"荒野"的好奇与向往。

因为地图总会过时，但探索的勇气永存。而人类叙事艺术的星辰大海，恰恰是在那片未知的黑暗中，才闪烁着最迷人的光。

陈犀禾（上海大学上海电影学院资深教授、博士生导师）
2025 年 7 月

前　言

在数字影像与网络叙事交织的当下，影视文学写作日益成为链接创意与工业、个人表达与公众文化的枢纽。《影视文学创作》编写的首要用意，正是帮助初学者在一片技术喧嚣中把握"讲好故事"这一永恒核心，并以此为基点理解影像产业的运行逻辑。我们相信，所有形式感与技术革新最终都要落脚于能否打动观众的叙事张力。

全书行文采取由浅入深的放射式布局：我们特别聚焦剧本的文学本（即创意与故事层面的文字脚本）写作，对分镜本、导演阐述及其他拍摄台本形式不做展开——因为文学本是剧作观念与结构的源头，也是后续工业流程的基石；从"剧作观念与文本规范"起笔，循序展开人物、情节、对白、结构等关键维度，再以认知科学方法与生成式人工智能写作为结，形成一条首尾呼应的学习曲线。章节虽各有侧重，但在案例拉片与写作练习中相互穿插，让读者能够一边汲取经典范式，一边即时检验创意，完成"阅读—实践—反思"的闭环。

在内容设计上，我们始终以知识、能力与素养的递进关系作为内驱：史论脉络为知识奠基；格式规范、场景转换、情节冲突等任务驱动则直击能力培养；而对市场伦理、媒介责任与技术边界的连续追问，则将写作者引向专业素养的自觉。三层目标并非平行罗列，而是在每一章的材料选取与练习环节里交错呈现，力求让读者在翻页之间即能把握其关联。

本书特别聚焦类型创作而非作者电影，并非回避艺术或实验，而是基于现实考量：类型片面向更大的观众群与完整的产业链，它以叙事模型和情节预期构成一种"公共语法"。只有先掌握这套语法，创作者才能在此之上进行有效修辞。以画家举例，毕加索曾在古典技法上苦练多年，方敢改写既有规则；同理，扎实的类型功底是写作者迈向多样化表达的起跳点。

本书的使用场景既适用于戏剧影视文学、广播电视编导、电影学等专业课堂，也适合进入影视创作行业的青年作者循章对照、自我校正。配套练习强调小组协作与项目制产出，鼓励学生在课堂外接触真实制片流程，与市场、技术和观众的需求同步对接。

本书的编撰工作由编委会分工完成：郑炀确定了全书的写作框架，撰写了大部分章节的"互动练习"与"本章练习"，并对第八、九章进行重要修改。崔雅洁执笔第一、第四及第十章，韩雯负责第五至第七章，曹雅雯完成第二、八、九章的写作，钟芝红承担第三章的写作，邓然撰写第十一章。郑炀、崔雅洁、钟芝红对全书进行了统稿。特别介绍两位主要撰稿人：崔雅洁是上海大学上海电影学院编剧方向的专业博士生，在研究生在读期间即多次获得省部级编剧奖项，创作经验丰富，并具有中小学戏剧教育的教学经历；邓然是上海中天新辰影视科技有限公司的编剧，长期从事生成式人工智能辅助编剧训练，具有扎实的应用实践经验。感谢所有编委的辛勤付出，尤其感谢崔雅洁与邓然在本书中特定章节的贡献。

愿本书在你的创作旅程中扮演一块踏实的基石：让你在经典叙事的河床上找到落脚点，也在新兴媒介的浪潮里保持想象力与判断力。愿你以故事为舵，驶向属于自己的广阔的影像疆域。

编　者

2025 年 6 月

目　录

上编　观　念

中编　技　法

上编

观 念

第一章　创作的起点：形成编剧思维

💻 **章前导言**

　　影视剧本是一种讲述故事、传达情感的文学创作形式，它区别于小说、诗歌等文学体裁，遵循自身的创作规律。要想成为编剧，基本的语言组织和文字写作能力是基础，掌握多样的剧作结构与叙事技巧是必备技能，但更为关键的是形成编剧思维——这一思维方式直接决定剧本是否具备转化为影视作品的潜力。通过溯源影视剧本的发展历程，借鉴学习他人的剧本创作经验，有助于增进对剧本的了解，形成对剧本的全面认知，促使创作者明确创作目标，为创作出优秀的剧本做好准备。

🖥 **学习目标**

　　（1）了解"影戏观"和影视剧本的发展历程。

　　（2）明确剧本写作的基本内容。

　　（3）辨析剧本的相关概念并学会运用。

　　（4）了解提升剧本创作能力的方式。

🎤 **本章聚焦**

　　（1）"影戏观"的内涵及其对中国电影理论发展的影响。

（2）影视剧本的各个发展阶段及形态演变。

（3）剧本写作的基本内容和深层创作逻辑。

（4）辅助剧本分类的相关概念。

知识点导图

```
                        ┌─ "影戏观"及其对中国电影理
                        │  论发展的影响
         如何看待"一剧之本"？ ─┼─ 影视剧本的历史发展、形态演
                        │  变及未来发展趋势
                        └─ 大师的剧作观

                        ┌─ 通过行为刻画人物
形成编剧                  │
思维      写剧本是在写什么？ ─┼─ 用人物行为驱动剧情发展
                        ├─ 利用环境设计传递信息
                        └─ 逻辑结构的打破与重组

                        ┌─ "故事三角"：大情节、小情节
                        │  和反情节
         为自己的作品定位 ───┼─ 类型、题材和主题
                        └─ 提升创作能力的方式
```

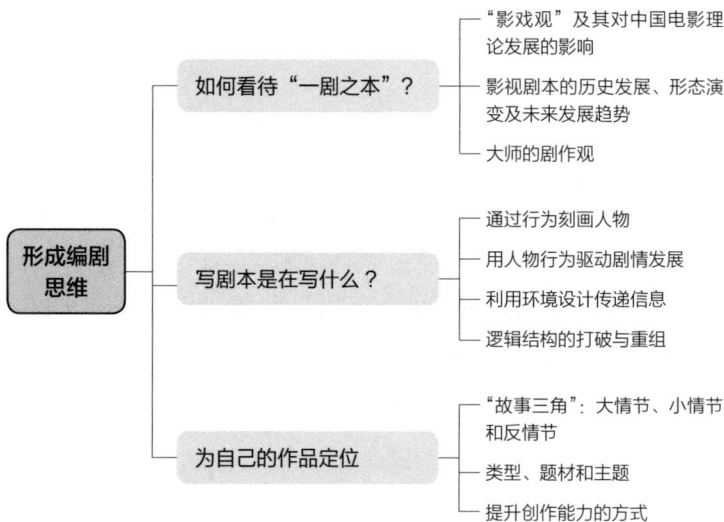

　　剧本，常被誉为"一剧之本"，在现代影视工业中，它是一切创作的起点与蓝图。然而，在光影艺术的黎明时期，剧本的形态与地位远非今日这般明确。要真正理解编剧工作的核心，我们必须将时钟拨回百余年前，从电影的诞生开始，追溯剧本如何从最初的记录功能，逐步演变为承载故事、塑造人物、构建世界的"灵魂"，并最终奠定其在创作流程中不可或缺的地位。

第一节 如何看待"一剧之本"？

1895 年 12 月 28 日，法国巴黎卡普辛路 14 号大咖啡馆内，卢米埃尔兄弟摇动手中的放映机，完成了世界第一部电影的放映——作为"第七艺术"的电影就此诞生，影视作品开始登上历史舞台。

1905 年，中国第一部电影《定军山》在北京丰泰照相馆制作完成，并在北京西单的文明茶园放映，宣告了中国电影的诞生。自此，电影这一舶来品在中国扎根，中国电影工作者开启了创作实践。

一、"影戏观"与中国电影的剧作论

（一）"影戏观"缘起

在中国电影发展的早期阶段，电影被称为"机器影戏""电光影戏"，初代电影工作者在探索与实践中逐渐形成了一套独特的电影观念和表现手段体系。"影戏观"便是这一时期对电影本体认知的初步总结与阐释。

"影戏观"是一种带有浓厚戏剧化特征的电影观念，它在吸收与否定、发展与抑制传统戏剧经验的矛盾过程中形成，强调电影与戏剧之间的密切联系。早期电影创作多受文明戏影响，这既是"影戏观"产生的直接原因，又是其在实际创作中的具体体现。

文明戏作为早期流行的一种戏剧形式，多采用幕表制演出，大多没有正式剧本，具体的动作、语言甚至情节都可以由演员即兴发挥。

取材于文明戏的电影多表现惩恶扬善的传统主题，主张"善有善报，恶有恶报"的朴素道德观念，尤其注重戏剧冲突律在创作阶段的体现。这类作品剧情简单，通俗易懂，便于观众理解和接受，为电影发展奠定了一定的观众基础。

例如，中国第一代电影导演张石川、郑正秋于 1913 年拍摄的短片《难夫难妻》便深受文明戏影响。该片在演员选用上沿袭了戏剧选角的规范，在表演方式上继承了文明戏的表演套路，在创作方面基本师承文明戏的创作经验，将好的故事看作影片创作的中心。

（二）"影戏观"对中国电影与剧作的影响

"影戏观"注重以戏剧式叙事为本位把握电影，在中国早期电影理论中一度占据主导地位，深刻影响了中国电影理论的发展。徐卓呆的《影戏学》和侯曜的《影戏剧本作法》是中国早期重要的编剧理论著作，均强调电影与戏剧的密切关系，尤其是侯曜对"影戏观"进行了较为系统与具有代表性的阐释。他指出"影戏是戏剧的一种，凡戏剧所有的价值，它都具备"，基本概括了"影戏观"的核心立场。电影在"影"与"戏"的矛盾统一体中不断探索自身的位置，这成为中国早期电影发展的基本线索。

由于"影戏观"盛行，电影在相当长一段时间内被视作戏剧的同等物或进化物，被优先赋予了戏剧的功能性。这种从功能和目的论出发的理论思维，相比展现电影对现实的客观纪录能力，更加注重电影对创作者思想的主观表现能力。这为电影的"内容为王"的发展方向奠定了基础，夯实了电影作为叙事艺术的根本定位。

20 世纪 30 年代，随着左翼电影运动的兴起，电影工作者受到以叙事蒙太奇为代表的电影技巧理论的影响，开始有意识地探索电影语言与技巧。相形之下，源于戏剧经验的"影戏"技巧理论已然不适用于新的创作观念，主导地位随之式微。

然而，这并不意味着"影戏观"的影响就此消失。在左翼电影乃至之后中国电影发展的各个时期，"影戏"理论的功能目的论经过适当改造和进一步发展而保留下来，奠定了叙事本体论在中国电影理论中的核心地位，剧本在电影创作中的重要性得以显现。直到百年后的今天，寓意深远的故事、连贯的叙事线索和严谨的情节安排仍然是中国观众观看电影时关注的焦点。

二、影视剧本的过去、现在与未来

（一）灵魂之问："先有鸡还是先有蛋"？

在当代影视作品的制作流程中，剧本创作毋庸置疑属于前期环节。剧本不仅能为尚未制作完成的影视作品绘制出理想蓝图，还能为相关人员提供指引。通过参考剧本，导演能够得知每一场戏的拍摄内容，道具师能够提前准备所需道具，演员则能通过熟悉行为和台词来了解所要饰演的角色。

然而，若是回到电影首次公开放映的那一天，向卢米埃尔兄弟提问"你们的剧本是什么"，恐怕很难得到答案——因为早期电影并不是按照剧本排演的。《工厂大门》（1895年）、《火车进站》（1895年，见图1-1）等影片，其划时代意义在于首次将现实场景转化为影像并被搬上银幕，而非依靠情节和内容取胜。实际上，20世纪前的电影主要突出了纪录性，影片内容多为现实的复现，与今日以剧情为核心的叙事电影存在明显差异。

图 1-1 《火车进站》剧照 /1895 年 / 法国 / 奥古斯特·卢米埃尔、路易斯·卢米埃尔导演

（二）"破茧成蝶"：影视剧本的进化之路

电影诞生后不久，随着片长的增加，仅以现实复现为内容的影像已无法满足观众的观影需求，电影工作者不得不探索电影的更多可能性。

1902 年，法国导演乔治·梅里爱执导的《月球旅行记》被认为是世界首部科幻电影，讲述了一群科学家乘坐飞船造访月球的故事。影片时长为 14 分钟，包含简单的情节设计。梅里爱为该片编写了由场景组成的剧本，用来记录情节开展的顺序和影片的场景内容，这是场景这一叙事单位第一次作为剧本要素出现，也初步体现了剧本服务导演创作的功能。

在中国，影视剧本的出现和完善同样源自功能性驱动。早在《难夫难妻》的拍摄过程中，导演便采用了比较简略的提纲式幕表辅助拍摄。但此时的"幕表式剧本"尚不包含丰富的情节细节和人物描述，除了能够提醒导演影片大致的场景顺序，难以使剧组其他部门得到更为明确的工作指引，对电影制作的辅助作用相对较弱。

到了 20 世纪 20 年代，中国出现了可读的文学剧本雏形"电影本事"。"电影本事"包括基本的情节描述和人物、动作说明，是电影剧本发展过程中的阶段性产物，是"幕表式剧本"的替代形式。然而，"电影本事"也不是今日所说的电影剧本，二者的根本区别在于功能上的差异："电影本事"大多在电影成片之后才撰写完成，主要起用文字对电影内容进行相对客观记录的作用。

"电影本事"具有两大突出特性：

第一，宣传性。许多电影公司通过登载"电影本事"为影片做宣传预热，类似如今宣传广告的作用。

第二，可读性和娱乐性，使"电影本事"成为杂志上的"常客"。1921 年，中国最早的长片"电影本事"《阎瑞生》在《电影周刊》上发表，此后还出现了将中外"电影本事"编撰成集刊的刊物《电影本事》。

1924 年，洪深创作的剧本《申屠氏》和侯曜的《弃妇》第一次以"景"为单位，采用"动作＋字幕"的方式讲述剧情，并以戏剧性冲突为剧本核心，标志着中国电影文学剧本的起点，也创造了电影剧本的基本形式。

无独有偶，20 世纪初，美国也出现了一种全新的电影剧本形式。彼时，美国电影产业正经历由"导演中心制"过渡至"制片人中心制"的发展时期，为了大幅提升电影的拍摄效率，制片人需要得到一份能够统筹指导电影拍摄和制作工作进行的"操作手册"。于是，一种新的剧本形式得以发明：除了包含影片的场景顺序，剧本还详细列出了电影的更多信息——如某一场景是内景或外景、白天或黑夜，参演该场景的演员，拍摄时所需的道具，摄影机的运动方式。这种剧本打破了单一叙事功能的限制，成为整个电影制作的操作"蓝本"，初步具备了现代电影分镜头脚本的功能。

随着影视产业的现代化发展，影视作品的创作、拍摄和制作环节愈发分工明确，文学剧本、分镜头脚本等剧本形式也有了更加清晰的区分。这些功能指向性更强的剧本可供影视工作者按需选用，从而更高效地协助剧组完成拍摄任务，更好地服务于影视作品的制作。

（三）是机遇也是挑战：数字技术赋能剧本创作

在数字技术飞速发展的今天，以生成式人工智能（Artificial Intelligence Generated Content，简称 AICG）为代表的技术研发和应用已经开始改变行业的工作模式。对于影视行业而言，ChatGPT、DeepSeek、Sora 等人工智能技术工具的问世更是给整个行业带来了巨大冲击力。

ChatGPT 在写作方面的优异表现为编剧提供了堪称全新的创作方式。只要编剧足够了解智能模型的工作原理，给出尽可能清晰具体的指令，再经过不断细化和补充，ChatGPT 就能够生成包含人物、情节、风格、对白等剧作要素的剧本。ChatGPT 生成剧本的效率极高，能迅速完成一个短剧本的大纲设计和写作。基于强大的信息检索和学习能力，它还能够仿效多种文风，自由变换写作视角，用最短的时间将人脑中的创意转化为文字。

除此之外，人工智能模型还可以生成详细的策划方案，并执行绘制场景概念图等指令。例如，2024 年发布的 Sora 可以根据文本指令，创建出最长 60 秒的视频内容，一键完成从文本到视频的转化。

尽管受技术成熟度较低、普及范围小、建构成本高等客观条件的限制，当前的人工智能生成内容的相关技术还有极为广阔的进步空间。譬如，它无法完成从"0"到"1"的创意生成；由于语料库的限制，有时会"一本正经地胡说八道"；生成的内容关联性强但准确度和逻辑性弱——然而，不容忽视的是，数字技术正在改变编剧、导演乃至整个影视行业的工作方式。

有人将其视作威胁，认为人类被人工智能取代的危机已在旦夕之间。事实上，数字技术的不断突破并非意味着机器终将代替人类，而是指引人们认清这样一种现实，即在未来的影视创作中，人机协作会成为新的、不可逆转的发展趋势。

三、剧作大师如何看待剧作？

（一）罗伯特·麦基：故事是生活的比喻

故事从生活中"抽象"出来，但不能仅呈现抽象的生活；创作贴近现实，但不能仅沦为对现实的简单复制。

麦基将故事置于剧本创作的首位，认为讲好故事是成就一部优秀作品的重中之重。他将故事的基本构成分为五个部分：激励事件、进展纠葛、危机、高潮和结局。他认为创建"鸿沟"对剧本创作非常重要，"鸿沟"即一个人采取行动时期望发生的事情和实际发生的事情之间裂开的鸿沟，也是期望和结果之间、或然性和必然性之间的断层。

在剧作观念上，麦基强调多维度的思考方式。他认为，人类对世界的理解本质上是复杂的，编剧应以多元视角观察与诠释世界，避免片面化的创作思维。

（二）悉德·菲尔德：电影剧本是由画面讲述的故事

悉德·菲尔德强调电影作为视觉媒介的特征，电影剧本是一个通过画面讲述的故事，同时辅以对白与动作描述。这种叙事方式决定了电影剧本与小说、舞台剧剧本在表达逻辑上的根本差异。

通常情况下，剧本中一页内容大致对应银幕上一分钟的播放时长。这一法则成为编剧在文字创作与影像呈现之间建立联系的桥梁，有助于确保剧本能够精准转化为影像，保持写作与拍摄的一致性。

（三）弗兰克·丹尼尔：编剧是在纸上制造一部电影

对于编剧来说，表达和构造影像的技能十分复杂，它意味着用最有效的方式表达并构建银幕上的场景、序列乃至整个故事。

在丹尼尔看来，编剧的工作应称为"讲故事"而非"制造故事"。如果剧本创作的技艺不精，好的故事也有可能讲得很糟糕。也就是说，相同的内容以不同的形式呈现，完全有可能得到截然不同的结果。丹尼尔指出，编剧需要不带偏见的、没有教条的戏剧结构原则，以及理解电影艺术所使用的不同写作技巧和编剧手法。编剧需要极力避免按照某种既定"理论"创作剧本，那样只能得到模式化的作品。只有用具有情感的、下意识的、自发的、本能的洞见进行创作，才能创作出富有想象力且闪烁着智慧光芒的作品。

第二节　剧本写什么？

人们乐于在生活里创造故事，并且通过语言、文字或者影像讲述故事。作为一种创作工具，剧本能架构起从文字到影像的桥梁。

这里我们并非要介绍如何塑造一个万里挑一的主人公或故事背景（那将在后续章节中详细展开），而是聚焦于剧本创作的基本内容。换句话说，支撑起这座桥梁的"砖块"，究竟由哪些要素构成。

一、人物与行为

剧本通过行为而非直接介绍来塑造人物。剧本也不平铺直叙地描述故事，而是通过人物的行为来推动情节发展，引导观众前往他们想要一探究竟的故事终点。

一切的准则是画面。剧本需要提供能辅助读者在脑中形成画面的文字说明，这意味着剧本应避免在人脑中形成抽象的认知。与小说、散文等文学作品致力于激发读者的想象不同，剧本的任务是赋予想象"形状"，在纸张上打造尽可能具体的"实物"，即将想象具体化为视觉形象，而这通常通过人物与行为的配合实现。

（一）从行为中认识人物

不要介绍你的人物。在剧本创作中，让读者认识人物的方法只有一个——观察他的行为。

"他是一个冷酷的大叔，做事果断严谨，应对危机从容不迫，总是独来独往，周身萦绕着一种神秘气质。"

如果上述文字出现在你的剧本中，很遗憾，你写了一段有些用处但用处不大的内容——你无法让读者快速清晰地认识人物。因为通过阅读这段文字，读者难以在脑中生成有关这个大叔的具体形象。这个大叔可以是《这个杀手不太冷》（1994年）中的莱昂，也可能是《独行杀手》（1967年）中的杰夫。如果读者是一名演员，他很难明白他该通过怎样的表演来准确诠释"冷酷""从容不迫""神秘气质"。

编剧只有将笼统的人物特质转化为详细的人物行为，才能让读者迅速准确地认识剧中的人物。如果剧本中充斥着这类对人物特点进行高度概括却没有描写人物行为的文字，等同于将塑造人物的机会拱手让人。

来看《独行杀手》中杰夫的出场是如何塑造人物的：

> 窗外下着大雨，简约布置的房间里没有开灯。杰夫仰面躺在床上，不急不缓地吸烟，再将烟雾有节奏地吐向空中。房间正中的宠物鸟在笼中发出细碎的鸣叫，杰夫盯着天花板一言不发。
>
> 杰夫从床上起身，手里拿着一叠纸张的残片认真打量，上面好像有重要的信息。随后他经过鸟笼，逗了逗鸟，把纸张丢进壁炉。杰夫边整理西装边走向门厅，为自己套上合身的风衣外套，随后再戴上一顶英伦礼帽。他用手指轻轻整理帽檐，确保它精致又平整。
>
> 离开住处，杰夫谨慎地打量街边的状况，他盯上了一辆刚刚驶入停车位的汽车。车主离开后，他坐进驾驶室，从怀中掏出一串钥匙。他解开串着钥匙的粗铁丝，有条不紊地依次拆下钥匙，再逐个试着启动车辆。同时，他观察着周围，没有一刻放松警惕。很快，车辆启动，杰夫驾车离开了。

（二）用人物行为驱动剧情

除了在刻画人物形象上发挥着重要作用，行为还是组成连贯情节、推动剧情发展的关键。在大多数剧本中,因果关系串联起故事发展的完整脉络,而无论"前因"还是"后果",都需要通过人物行为体现。

需要明确的是,此处所说的人物行为并不局限于人物所做的肢体动作,而是指一切由人物决策引发的事件及造成的后果。也就是说,剧本不能依靠自然而然发生的事情来编织情节,那些脱离了人物行为照样会发生的事——春天走了,夏天来了,紧接着是秋天,因为地球有四季,所以冬天也终究会来——不足以成为剧情发展的核心驱动力。观众不会知道编剧要表达什么,除非这是一部科普季节更替的教学影片。

利用人物行为安排剧情走向,让人物的选择成为故事的推动力,这不仅是提升剧情合理性的手段,还是吸引观众看下去的方式,要让观众从人物行为中找到剧情发展的"出路"。

依旧是季节更替,如果用人物行为驱动,剧情发展也许大有不同——

在科技高度发达的未来,春天刚结束,炎热的夏季立即接管了这片地区。今年的夏季格外漫长,人们在酷暑中求生。众人无从得知,季节的异变与某科研机构进行的非法实验有关,他们将整个宇宙当作试验场,而我们的主人公也曾参与其中。主人公明白自己若是袖手旁观,秋天或许再也不会到来。她不忍心看到更多无辜的人因此受害,但解决这个问题没有那么容易,还势必会牵连她自己,摆在她面前的有两条路……

对比两版剧本构思，后者融入了人物行为造成的因果，将人物与剧情主线紧密结合。主人公参与的秘密实验是季节发生异变的"因"，主人公眼下的选择又将对这一事件的"果"产生决定性影响。牢牢将人物行为与剧情发展捆绑起来，让观众知道你的剧中世界与人物息息相关，就算是再普通的季节更替，也能变得很"有戏"。

二、环境与逻辑

故事连续进行，但剧本不会连续展示故事发生的全过程，在空间和时间上都是如此。

这不难理解。在空间方面，无论正在进行什么情节，摄影机总会有选择性地通过一个或几个视角记录。摄影师会使用不同的景别，再加上丰富的运镜手法，然而却永远无法兼顾全貌与细节。就算真有哪部作品能做到全方位无死角地展现所有画面，那它出现在监控室拼接屏的概率要比出现在电影院大得多。

在时间方面，如果一部电影讲述一个孩子从出生到成年的故事，观众显然不可能坐在银幕前观看这部长达十几年的影片，当然，也不会有电影院愿意播放这部电影。

剧本通过连贯的情节讲述故事，不连续的空间和时间并不影响人们对剧情的理解，这是因为编剧通过情节编排创作了能被观众理解的逻辑结构。除了前述的人物与行为的配合，环境设计也是辅助叙事逻辑形成的重要手段。

（一）藏身于环境设计中的叙事背景和情节重点

环境设计既包括情节开展时人物所处的客观存在的空间位置（如

办公室、公园、仓库），又包括故事发生的历史背景和社会环境（如中国唐朝、欧洲中世纪、当今社会、未来世界）。当编剧执笔创建剧本中的环境时，要善于利用环境传递信息，服务于故事整体。

1. 环境是叙事背景的精准呈现

在故事开端，世界观的建构是异常艰巨的任务，了解叙事背景是观众紧跟剧情的第一步。编剧既要避免长篇大论的文字描述，以防止观众因感到枯燥而对影片失去兴趣，又需要在有限的时间内交代清楚大量故事信息。别出心裁的环境设计能够有效压缩叙事背景的铺陈时间，编剧可以通过展现特殊的建筑外观、人物造型以及具有标志性的物体等方式代替冗长的说明性文字。

《头号玩家》（2018年）中的"叠楼区"展示了楼房在钢架的支撑下层叠堆积的奇观，人物通过贯穿其间的圆柱通行。这种与当今现实生活有显著区别的建筑模式体现了影片对2045年的未来想象。

2. 环境是情节重点的隐秘指引

相同的剧情在不同的环境中，所传达出的情节重点或可完全不同。举例而言，同样是两个人物发生争执的情节，分别发生在某场公开晚宴的豪华宴会厅中和两人所居住的杂乱逼仄的出租屋里，情节重点将呈现两种偏向——更加公开的影响和更加私密的关系发展。

编剧在为情节开展设计具体场地时，必须考虑剧情的未来走向，这不仅是为了满足剧情推进的要求，还是为了迎合观众对情节内容的期待。试想，在一个冒险题材电影中，又饥又渴的主人公在原始森林里发现了一幢极具现代科技感的建筑，但是编剧坚持把这幢建筑当作背景板，于是其笔下的人物与同行伙伴达成共识："我们绝不踏入此地一步！"随后，众人继续在丛林里为了食物和水争执不休。观众虽不能改变剧情，但会用离席来表达他们的失望。

（二）打破后重组的逻辑结构

剧本创作要求编剧打破平常生活的逻辑，再从中抽取出可用的一部分，与天马行空的想象和丰富多样的创作技艺相融，重组为另一种适用于银幕展示的逻辑链条。在故事完整的发展脉络中，编剧只需摘取部分有关键意义的事件和人物生活进行展现，便能让观众洞悉故事全貌，了解人物的一生。这是依靠严密的逻辑结构得到的结果。

1. 为什么要打破生活的逻辑

生活不是剧本，生活与剧本的最大区别在于，前者不必像后者那样必须在结尾给出一个结果。剧本需要表达某种主题、情感，或是展现创作者的个人风格。

在有限的影片时长中，编剧必须把握好故事开展的节奏，否则就无法带领观众抵达原计划要到达的结尾。这意味着编剧虽能从生活中取材，但需要对创作原料进行精心提炼，因为生活中的大多数时间如潺潺流水平静而过，但剧本要跌宕起伏、引人入胜。

编剧不能在剧本创作中完全沿用生活中的逻辑，否则影片将被禁止使用许多表现方式。如用交叉剪辑同时展示两处空间里的情节，并将它们合于一条线索之中。毕竟在现实里，人无法同时在现场观看两个不同空间里发生的事。这种情况在电影中表现则十分合理，比如警察正与罪犯在天台战斗，而双方的增援人员分别奔跑在高速公路上和楼梯间里。

2. 重组逻辑结构的深层原理

高度相似的日常生活体验组成了人们看待和分析事件的底层逻

辑，这既是编剧创作剧本的基本遵循逻辑，又是观众理解和解读作品的主要方法。也就是说，因为在生活中有相同的体验，人们在面对部分情况时达成了共识，毋须解释也明白其中因果。比如，人饿了要吃饭，失败了会伤心，遭到不公平对待后可能奋起抗争也可能忍气吞声。

20世纪20年代初，苏联电影导演列夫·库里肖夫通过一个实验，证明不同的镜头组接能够向观众传达出不同的信息。库里肖夫将演员莫兹尤辛面无表情的特写镜头分别与一口棺材、一盆汤、一个女孩的镜头剪接在一起（见图1-2），向观众展示。结果不同的组合让

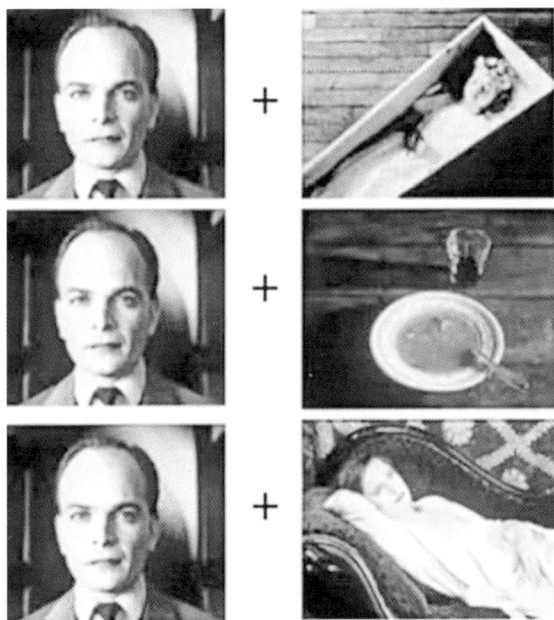

图1-2 库里肖夫实验

观众接收了不同的信息，分别是——他心情沉重，他感到饥饿，他表现得很愉悦。

这表明观众能够将剧中所得信息与由生活经验建立起的底层逻辑相关联，自主填补剧本未加表现的部分，并导向常规理解，完成逻辑自洽。依据这一原理，编剧重组逻辑结构的工作得以顺利开展，编剧可以在创作时自由运用顺叙、倒叙、插叙等叙事手段，开展多条故事线索，聚焦情节重点，适当省略不必要的铺陈，而无须担忧观众被搞得一头雾水。

📊 互动练习 | 故事研读与分析

参考以下剧本片段，或根据个人兴趣搜集其他剧本片段或经典故事，进行研读。分析人物行为所揭示的人物特质及其背后的动机，同时梳理故事发生的环境设定与情节逻辑。

与其他同学组成小组，讨论彼此的发现，交流不同角色的行为是如何受到其性格、愿望或外部环境的驱动。

《造梦之家》(2022 年)剧本示例

法贝尔曼家　室内　白天

砰！米兹和伯特的卧室门猛地打开，米兹拂袖而去。她下楼，伯特跟在后面，继续争论——

伯特：他们才刚刚雇佣了我，我在那还没什么影响力，我不能让通用电气公司听我一声令下就去雇佣别人吧，开不了口，事情不能这么办。

米兹：别问他们，按你的想法去做。他们雇你是让你管理的，经理是可以雇人的，你可以雇佣本尼。

米兹来到一楼，看到被丢下的丽莎躺在摇篮里，萨米和两个妹妹挤在窗口。

米兹（继续）：是谁在看？萨米！

米兹把丽莎抱进怀里，伯特继续为自己辩解。

伯特：他得在美国无线电公司靠自己打响名声，我就是这么打算的。

米兹（抱起丽莎，对丽莎）：过来。

伯特：他要待在新泽西州，走出我的阴影，然后……

米兹：他需要你，伯特。

萨米（旁白）：外面有龙卷风！

米兹：是啊，家里还有更大的龙卷风！（转身面对伯特）实话说，伯特，有时候我都想摇醒你。你，你就这么耸耸肩把他抛在脑后了？

雷吉抓住米兹的胳膊，拉着她往前窗走。

雷吉：妈妈！妈妈！妈妈！妈妈！妈妈！

米兹（依旧对伯特）："以后再见"？等我们甩手走了，他在新泽西州还有什么亲朋好友？这是你帮助你最好朋友的机会。说真的！醒醒吧。

孩子们：妈妈！妈妈，看！妈妈！妈妈！看！

孩子们接连不断的喊声终于把米兹拉回到他们身边。

米兹：什么？

娜塔莉：看！外面有龙卷风！我好怕！

第三节 为自己的作品定位

一、大情节、小情节还是反情节？

情节指内在连贯一致且互相关联的事件形式。这些事件不是随机选取的，更不是杂乱无章的，而是经过编剧挑选，用来有序呈现时间的推进过程，直到完整讲述一个故事的有机组合。

情节设计有时会遭到误解，它似乎与俗套或刻板的故事模式绑定。但事实上，情节设计从不代表过于刻意的反转或没完没了的纠葛。好的情节设计能够使故事环环相扣，自然而然地展开，它体现出创作者对事件的选取功力和对时间的把握能力。依据这一条情节线索，观众才能在由庞杂信息组建的故事迷宫中抵达终点。

剧作家罗伯特·麦基将各种情节设计容纳于"故事三角"（见图 1-3）之中，依据构成原理的不同，他提出大情节、小情节和反情节三个概念，以帮助创作者更快速地定位自己的作品在其中的位置，继而从那些具有相似创作想法的作品中得到启发。

（一）大情节

大情节设计指围绕一个具有主动性的主人公构建故事，主人公不是被动承受，而是为了追求自己的欲望主动与对抗力量抗争。对抗力量重点来自外界，表现为人物与人际关系、社会机构、自然界力量等的斗争。大情节通常在一个有着连续的时间，内部逻辑连贯一致的、有因果关联的故事世界里，最终会达成一个有确切结果且变化不可逆

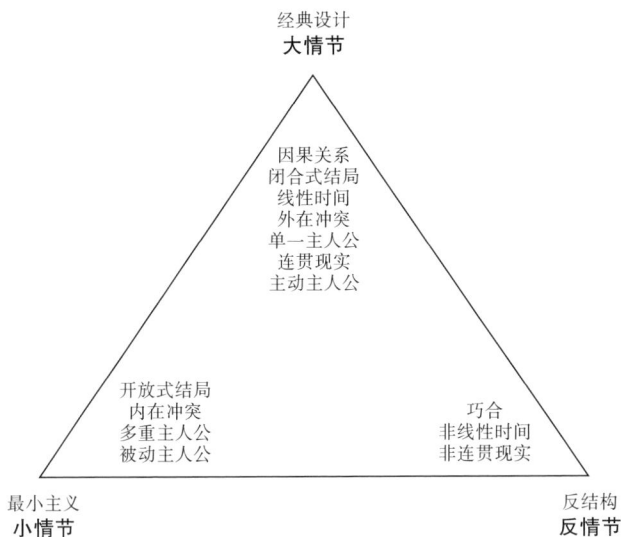

经典设计
大情节

因果关系
闭合式结局
线性时间
外在冲突
单一主人公
连贯现实
主动主人公

开放式结局
内在冲突
多重主人公
被动主人公

巧合
非线性时间
非连贯现实

最小主义
小情节

反结构
反情节

图 1-3 "故事三角"图

转的闭合式结局。

大情节是最为经典的设计。《公民凯恩》（1941年）、《菊豆》（1990年）等影片都属于大情节的代表。这类影片在世界电影中居于极其重要的地位，占据了世界电影的主体部分。

（二）小情节

小情节保留了经典设计的精华，对大情节的成分进行了削减，但并不意味着没有情节。

小情节设计将影片分解为若干较小的次情节，其中每个故事都有单一主人公，总体表现为多重主人公。小情节聚焦的主人公相对被动，不过这只是表面，他们在追求内心的欲望时，也会展现出与自身性格某些方面的强烈冲突。在小情节中，与主人公作对的对抗力量重点集结在其自身的思想情感上，主人公会有意或无意地陷入与自己的角斗里。到了故事结局，小情节通常会留下一两个未解答的问题和一些没被满足的情感。

小情节电影不如大情节电影那么多种多样，但也广受全球创作者的喜爱，涌现出《红色沙漠》（1964年）、《征服者派利》（1987年）等作品。

（三）反情节

反情节与大情节相反，它否认传统叙事形式，颠覆经典的情节设计。创作反情节电影，通常会直截了当地表明与传统叙事"决裂"的决心。反情节倾向于过度铺陈，并强调自我意识。

反情节设计主张打破连贯的讲述方式，拆解并打乱事件的时序，令观众很难甚至不可能按照线性时序理解故事。非连贯现实是一种混合了多种互动模式的故事背景，其中的故事章节会不连贯地从一个"现实"跳向另一个"现实"，事件充满了偶然和巧合，显得混沌无序。反情节以巧合取代因果，从而打破因果关系的链条，将故事拆解为互不关联的片段和一个开放式结尾，表现出现实存在的互不关联性。

反情节电影不是"实际生活"的比喻，而是"想象生活"的隐喻，是创作者主观心态的一种表达。反情节的代表作品有《去年在马里昂巴德》（1961年）、《八部半》（1963年）、《重庆森林》（1994年）等。

二、类型、题材和主题

（一）类型

类型是依据制作方式和内容特点对影视作品进行划分的一种方式。类型作品具有以下基本要素：公式化的情节、定型化的人物和图解式的视觉形象。类型作品的基本特征是以叙事为主导的规范化的审美形式，以追求利润的最大化为目的和原则。电影的主要类型包括喜剧片、科幻片、爱情片、动作片、动画片、纪录片等。

类型划分是经过长年累月的创作实践形成的，而非来自理论的臆想。百余年来，观众对影视作品类型的精通导致编剧面临着十分严峻的挑战——如何既满足观众对类型的预期，又为他们提供新鲜的、出乎意料的观影体验。如若不然，作品便会落入窠臼，甚至遭到诟病。

在编剧开始创作工作之前，首要任务就是确定作品的类型。无论是为了借鉴同类佳作，还是警示自己的创作别落入俗套，这是不能跳过的步骤——因为当你在构思一部爱情片时，脑海中很难不浮现出诸如《情书》(1995 年)、《甜蜜蜜》(1996 年)、《时空恋旅人》(2013年)等作品中的情节。

（二）题材

题材是文学作品的构成要素之一，在影视作品中依然保留了原有含义。

狭义的题材指创作者在生活经验和材料积累的基础上，根据一定的创作意图进行筛选、加工和概括之后，在作品中呈现出的社会生活内容和现象。广义的题材指作品所体现的社会生活领域或主题类型。人们通常所说的历史题材、战争题材、爱情题材、现实题材等都属于广义题材。

题材和类型是相互关联又存在差异的两个概念。二者都是对不同影视作品进行划分和归类的方式，然而题材并非像类型那样强调相对固定的创作观赏模式和制作范式，它更侧重于作品在创作素材选择与内容表达上所涉及的社会生活领域。

（三）主题

主题指作品表现出的中心思想，是构成作品内容的核心因素，既要统率一切材料，又决定着作品思想的深刻程度。主题是创作者在社会生活实践中，经过对现实生活的体验与提炼，通过艺术形象的塑造而呈现出的观念成果。换言之，你创作这一作品，想要表达什么？

主题既不是创作者纯主观的产物，又不是对现实生活的机械反映或自动化的意义抽取。它依赖于创作者对生活题材的能动提炼和加工，体现出对生活的认知。主题既有题材本身的客观意义，又受创作者所持世界观、审美观和创作意图的影响，包含了创作者对现实生活的主观认识和评价。例如，中国 20 世纪 30 年代出现的左翼电影展现了彼时百姓水深火热的生活，表现出反帝反封建、传播进步思想以及弘扬爱国和民族精神的主题，涌现出《三个摩登女性》（1933 年）、《渔光曲》（1934 年）、《神女》（1934 年，见图 1-4）等优秀作品。

图 1-4 《神女》剧照 /1934 年 / 中国 / 吴永刚导演

三、提升创作能力的方式

（一）观摩：一场跨越时空的交流

观摩既是一种学习方式，又是一种最为便捷的与创作者交流的方式。通过阅读文学剧本、观看影视作品，人们能够跨越时空，感受创作者的思想情感和文化积淀。对于编剧来说，这不仅能够拓宽自身的创作视野，还能对既有创作环境进行考察和调研，有利于加速个人成长、提升创新能力。

然而要注意，观摩不是走马观花。只有从剧本创作的角度出发，带着问题和思考去看，才能有所收获。如果你是初学者，可以从完整阅读一个标准的电影剧本开始，留意作者如何用行为塑造人物性格，或是通过哪些描写，成功地在你脑海中绘制了一幅画面。在这之后，对应此剧本的成片进行"拉片"练习，相信你会有很大收获。

（二）积累：利用好生活的素材库

积累是创作者收集和储备创作素材的重要方式，许多优秀的创作想法都来源于生活中的点滴，例如《路边野餐》（2016 年）中潮湿多雨的气候、蜿蜒的山路等充满诗意的黔东南乡村图景源于编剧毕赣对故乡的细腻观察和记忆沉淀。毕赣每部电影中都会出现的"理发店"也源于他的儿时经历——他的母亲是一位理发师，他从小在理发店中长大。

法国著名雕塑家奥古斯特·罗丹曾说，生活并不缺少美，只是缺少发现美的眼睛。这句名言指出了艺术创作者发挥主观能动性从生活中汲取创作养料的重要性。除了积累生活阅历以扩大创作材料储备，创作者还能通过创作实践的积累，精进剧本写作的手艺，持续提升创作能力。毕竟灵感偶有爆发的瞬间，创作能力永远无法凭空获得。

（三）调查：补充知识的快速通道

相比漫无目地的观察与积累，有针对性和明确目标的调查活动能够帮助创作者在短时间内获取大量所需信息。

获取的经验分为两种：一种叫作直接经验，由亲身经历、直接参与的实践活动中所获取的知识转化而来；另一种称作间接经验，指通过借鉴他人经历、从书本上学习等方式获取的经验。调查能够充分调用上述两种经验的获取方式，对症下药，解决因信息匮乏而导致的创作受限问题。

例如，为了进一步完善电影《金陵十三钗》（2011年）的剧本创作工作，创作团队聘请了人文方言专家对剧本台词进行专业指导，而关于故事所涉及的复杂历史背景，团队也做了充分的调查工作，以使故事情节更加真实可信。

本章练习｜生活中的创作素材

一、练习概述

搜集生活中的事件并以之为创作素材，尝试从编剧的视角出发，进行分析交流。

二、练习步骤说明

（一）观察生活

选择一天中的任意时刻，观察周围发生的一个小事件，如街道上的一次对话、家庭成员间的一次互动。记录所观察的人物行为和环境背景细节。

（二）角色想象

根据所观察的事件，选择一个角色进行深入想象。描述这个角色的基本特征，如年龄、职业、性格，以及他们在事件中的动机和目标。

（三）环境与逻辑分析

分析事件发生的环境背景对角色行为的影响。讨论事件发展的逻辑，包括角色如何做出特定的行动，以及这些行动又引向了怎样的新发展。

（四）分享与反思

在班级内分享自己的观察、想象和分析，谈谈它们对于创作的帮助。反思学到的关于人物、行为、环境和逻辑的知识点。

第二章　作为文本的剧本

剧本创作是电影工业中的重要一环，其可操作性较之阅读性来说更具优先级。剧本的情节依靠规范化的分场景剧本来呈现，其场景描述、对白都需要按照符合行业规范的格式进行描述。新手编剧或许会陷入种种困扰——剧本格式的调整太耗时、调研的资料太庞杂、无法专心投入写作等，本章将详细介绍解决这些问题的办法。

本章聚焦

（1）剧本的三大写作要素（包括秩序、画面感和功能性）。

（2）规范的剧本写作格式与内容表达规范。

（3）编剧专业软件的介绍与创作常见错误的规避。

学习目标

（1）通过剧本改写挑战，掌握剧本的叙述结构、画面感描述与各元素的功能性设计。

（2）掌握剧本的写作格式与内容规范化表达，并且在实践中运用。

（3）掌握编剧专业软件的运用。

🐟 知识点导图

```
                    ┌─ 剧本如何通过叙事结构 ─┬─ 剧本的画面感如何通过场景描
                    │   来保证剧本的秩序     │   述、人物动作及视觉元素呈现
                    │                        └─ 如何使剧本中的人物、对话、
                    │                            场景、情节具有功能性
┌──────────┐        │
│ 剧本的   │────────┼─ 剧本的通用格式 ─┬─ 剧本的页边距、字体、行距、标题页
│ 写作要素 │        │                  │   等格式规范
└──────────┘        │                  └─ 剧本场景标题、角色介绍、对话格式、
                    │                      声音提示等规范化表达
                    │
                    └─ 如何利用剧本创作工具 ─┬─ 文件的创建与保存
                                             ├─ 正式写作中的格式调整
                                             └─ 软件小技巧
```

　　一份专业的剧本需要遵循严格的格式规范，更重要的是其内在的叙事逻辑与表达效力。在动手学习具体的格式排版与软件操作之前，我们首先需要理解构成剧本"骨架"与"血肉"的三大核心要素：秩序、画面感和功能性。只有掌握了它们，你才能将脑海中的故事有效地转化为可被影像化呈现的专业文本。

第一节　剧本的写作要素

一、剧本结构的"秩序"

　　秩序是指剧本中事件和情节的组织和结构。一个有良好秩序的剧

本能够确保故事的流畅性和连贯性，使观众能够清晰地了解故事的发展。编剧可以通过不同的叙事方式来搭建剧本的秩序感。

（一）线性叙事

线性叙事是指故事按照时间顺序逐步展开，按照"开端—发展—高潮—结局"的逻辑结构来组织故事情节。

传统电影多采用线性叙事的结构方式，例如《卡萨布兰卡》《高山下的花环》。为了交代前因后果，电影有时会用闪回手法，只要故事整体按照时间顺序展开，依然属于线性叙事。

（二）非线性叙事

"非线性"一词与"线性"相对，源于电影剪辑中"非线性剪辑"一词。非线性叙事指故事叙述打破了线性的时间顺序，情节和事件不按照便于观众理解的时间顺序展开。

非线性叙事分为非线性单线叙事和非线性复线叙事两种结构。

1. 非线性单线叙事

非线性单线叙事指的是故事虽然在叙事顺序上使用了倒叙、插叙等手法使剧情扑朔迷离，但是总体是围绕一条主线进行叙述的。例如克里斯托弗·诺兰的《记忆碎片》，主人公患有"短期记忆丧失症"，需要通过文身、照片等小物件唤起自己的记忆碎片，以此找到杀妻凶手。

2. 非线性复线叙事

非线性复线叙事指故事中同时存在多条故事线索，分别展开，最终交汇于某一点。该结构包括多种形式，例如平行结构、套层结构、板块结构、放射结构、环形结构。

1）平行结构

平行结构的叙事手法通常会分开叙述两个或多个空间的故事，它们彼此联结又彼此分离。是枝裕和的《海街日记》（2015年）以镰仓海边的一座老宅为背景，采用了平行结构的叙事手法串联起了四姐妹在父母离世、家庭破碎后截然不同又互相交织的人生轨迹：长姐幸是一名护士，在家庭中承担"母亲"的角色，与已婚医生发生禁忌之恋之后学会放手，选择继续守护家庭；二姐佳乃经济上依赖大姐却反感被管束，她频繁更换男友，在一次醉酒后与大姐的争吵之中表现出对大姐的嫉妒和愧疚；三姐千佳是体育用品店的员工，个性率真豁达，充当家庭"调和剂"；小妹铃作为"第三者之女"被收留，她在与姐姐们的互动中学会了情感表达。四条故事线在"梅子酒酿造""烟火大会""祖母忌日"等节点上自然交汇。这种叙事结构让人物之间的剧情发展形成空间上的并列，具有互相参照、比较的效果。

2）套层结构

指叙述的故事空间不是单一的，主体的故事空间中还包含了其他故事空间，通常也被称为"戏中戏"结构。如果要使用套层结构进行创作，影片中的多个叙述层之间需要互相指涉，几个空间不能毫无联系，要有相互烘托、对比的关系。"戏中戏"结构往往能创造出"戏如人生，人生如戏"的艺术效果。例如在黄蜀芹导演的电影《人·鬼·情》中，秋芸童年时，母亲因与他人有染而导致家庭关系破裂，她被别的孩子嘲笑，在奋起反抗的过程中拒绝了自己的女性身份。后来，秋芸在家庭生活中难以获得丈夫的尊重，只能依靠在台上扮演武生寻找身份认同，真实生活的颓败和台上扮演武生的光鲜构成了秋芸完整的生活状态。《八部半》《法国中尉的女人》《美国往事》《霸王别姬》《小街》等影片也有类似艺术效果。

诺兰导演的电影《盗梦空间》也属套层结构，构思更为精巧，影片中的时空分为现实世界、三层梦境和迷失域（见图2-1），主人公穿梭在多重时空之中，制造出悬疑效果，大大增强了影片的可看性。

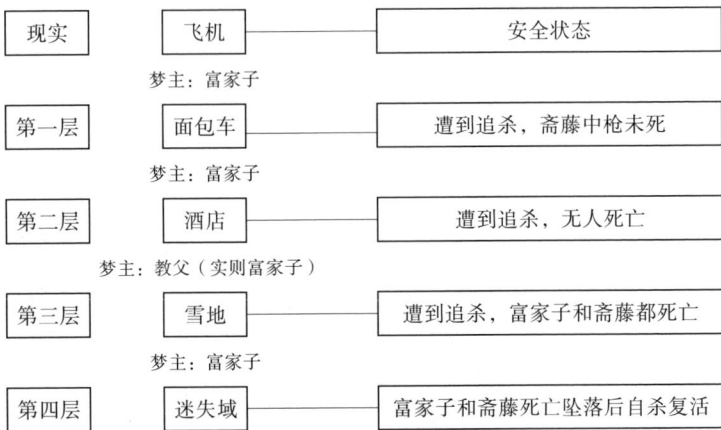

现实	飞机	→	安全状态

梦主：富家子

第一层	面包车	→	遭到追杀，斋藤中枪未死

梦主：富家子

第二层	酒店	→	遭到追杀，无人死亡

梦主：教父（实则富家子）

第三层	雪地	→	遭到追杀，富家子和斋藤都死亡

梦主：富家子

第四层	迷失域	→	富家子和斋藤死亡坠落后自杀复活

图 2-1 《盗梦空间》结构图

3）板块结构

指影片中有几个剧情上相对独立，但主题或情感上紧密联系的结构模式。例如电影《党同伐异》将"母与法""基督受难""圣巴托罗缪大屠杀""巴比伦的陷落"四个段落组合在一起，表达期盼和平友爱、反对自相残杀的主题；电影《真爱至上》由十个独立的故事串联而成，每个故事表达的都是"真爱至上"的主旨。其他诸如《重庆森林》《爱情麻辣烫》《巴斯特·斯克鲁格斯的歌谣》《我和我的祖国》等电影使用的也是板块结构。

4）放射结构

指影片的故事围绕一个中心事件或人物，通过视角的转换呈现出同一空间或不同空间的不同故事。黑泽明的《罗生门》就是典型的使用这一结构的电影：在武士被杀后，盗贼、武士的妻子以及武士的亡魂都为了美化自己、掩饰过失而说谎，呈现出不一样的故事版本。

电影通过揭示每个角色的心理动机，向观众展示了人性的复杂性与多面性，为观众提供了多重视角来理解真实的生活。《公民凯恩》《罗拉快跑》等电影也使用了此种叙事结构。

5）环形结构

指影片的开头和结尾紧密相连，形成闭环。环形叙事电影可分为单层循环叙事电影和跨层循环叙事电影。

单层循环叙事是指影片中的故事虽只有一层，但故事不断回到起点并循环往复。在电影《罗拉快跑》中，罗拉为了营救男友曼尼，开始了三次快跑营救，每次营救失败都会回到 20 分钟前。在第三次循环时，罗拉在赌场赢钱，曼尼自己脱险，结束了循环。

跨层循环叙事则是在叙事循环的过程中侵入别的叙事层中的人物、事件，形成更复杂的纠葛和影响的关系。例如《恐怖游轮》，在同一个时间点内，游轮上可以存在三个杰西，每一个杰西都会经历杀死更早登船的杰西、目睹杰西被杀、被杰西杀三个过程，每一次新杰西的出现都是一次对已经存在的叙事层的侵入。

编剧可以根据自己的剧情需要选择合适的叙事结构，形成稳定的叙事秩序。

二、什么是画面感?

在创作影视剧本的过程中，应首先考虑其可视性，即画面感。画面感可通过场景描述、人物动作和视觉元素的详细描写来构建。

（一）场景描述

场景描述可以交代故事所处的时代背景、发生环境和气氛等。剧本创作的过程，切换每一场戏时都要注意场景描述。

（二）人物动作

人物动作可以反映出人物的性格、职业等特征。故事的推进主要依靠人物的动作进行，剧本中应清晰地描述人物的行为动作，包括表情、姿态等。

（三）视觉元素

创作剧本时，加入对具体的物体、色彩、光影等元素的描写，能够增强故事的视觉效果。例如"他倚靠在窗边，阳光透过窗帘的蕾丝花纹打在他的背上"，在光影描述方面制造出一种安静祥和的氛围，而"室内仅有香薰蜡烛闪烁着若隐若现的光芒，他坐在桌前，看不清他的神情"则表现出悬疑、落寞的氛围。

（四）范例：《我不是药神》

以电影《我不是药神》中的第一个场景为例（剧本示例见下），该场景首次在剧本中出现时，有对空间的详细描绘——程勇的"印度神油"店有印度神像、招贴海报、与印度商家的合照等具体的物品，展示出该场景的特点。编剧在创作的过程中，需要对所描绘的场景进行调研、设计，最终通过具体详细的描写，将脑海中的想法落实在剧本上。

《我不是药神》讲述了主人公程勇从"印度神油"店的店主成为一个为救白血病人而贩售"假药"的"药神"的故事。在电影中，程勇起初的形象是猥琐、颓废的。为了凸显他的人物特点，剧本中加入了丰富的人物动作及外形描写，如蓬头垢面的样貌、面对催债电话时

"死猪不怕开水烫"的态度以及与小旅馆老板粗俗的对话，表现出人物在故事伊始糟糕的生活状态。

《我不是药神》剧本示例

室内　印度神油店　白天

程勇开的印度神油店内有一个办公桌、几个货架与几个展柜。

桌上摆放着各种印度神像、老虎摆件、一排排各式各样的印度神油。

墙上贴着丰满的印度女郎海报、印度纸币、程勇和印度商家的合照。

入店处摆放了一台老式收音机，上面立着一个中国的财神，财神面前的香炉里插满了香。

电话、笔记本、计算器、神油在程勇的办公桌上零落地摆放着。

电话声响起，正躺在皮质沙发上、蓬头垢面、满面油光的程勇熄灭香烟，继续玩着电脑上的蜘蛛纸牌，没有接起电话。

室外　印度神油店门口　街道上　白天

街上开着各式各样的小店，电线在半空中密密麻麻地交织着，自行车杂乱地停放，还有几个流动摊贩正做着生意。

小旅馆老板从"情缘宾馆"店走出，进入程勇的"王子印度神油"店内。

室内　印度神油店　白天

门上挂着的印度挂件边摆动身体边发出"欢迎光临"的声音。

程勇一脸困倦，脸从电脑边探出。

小旅馆老板站在店门口，衣服搭在身上，胸前佩戴着一个玉饰，歪着身子。

小旅馆老板：房东电话又打我那儿了，我说你没开门。

程勇叼着香烟，双手合十举过头顶。

程勇：谢谢。

小旅馆老板：房租赶紧付吧。

程勇：交不出来啊，没钱了，东西卖得又不好咯。

小旅馆老板无奈地转身准备离去。

程勇：我上次给你那批油，你小旅馆里摆了吗？

小旅馆老板回过身。

小旅馆老板：摆了，没人用。现在没人用这玩意儿。你那玩意儿我用过，没逑用。

小旅馆老板关上了门。

程勇：没逑用自己不行啊。

三、让一切服务于故事的情节与主题

功能性即剧本中的每一个要素（包括人物、对话、场景、情节）都应该服务于整个故事情节的发展和主题的表达，这要求剧本创作者精准把握每一要素的必要性和贡献度，确保剧本中的所有部分都有其存在的理由和作用，这包括：

（一）人物的设定要有存在的必要

剧本中每个角色都应该有其在故事中存在的原因和要达到的目的，包括推进情节、揭示主题或增加冲突。通常，主要人物有主人公、反面角色及盟友。主人公是故事的核心，故事应围绕他展开。

在设计主人公时，需要先考虑人物的缺陷。缺陷可以是贪婪、胆怯、呆板等，缺陷被主人公视为自己求生必备的防御机制，而为了达到某一目标，主人公必须克服这一缺陷。

反面角色不等同于"反派"，不一定是"坏人"，却需要在叙事逻辑中成为阻止主角实现目标的阻力，主角的人生转折事件必须由反面角色发起。

盟友是帮助主角克服缺陷的人。然而，由于主角并不认为那是自己的缺陷，故而在第二幕的第一部分中，盟友和主角通常会发生冲突。需注意，在部分故事尤其是爱情故事中，反面角色和盟友可能是同一个人。

悉德·菲尔德认为，剧本中令人满意的人物必须具备四个特质：第一，有强有力且清晰的戏剧性需求（戏剧性需求指人物期待赢得、攫取、获得或达到的目标）；第二，有独特的个人观点（独特的个人观点应该与人物特殊的个人经历相关）；第三，有一种特定的态度（态度是人物表达个人见解的方式，以行动或感情的形式体现，是一种理智的判断）；第四，经历过某种改变或转变。

人物的戏剧性需求是使剧情有逻辑地展开的关键因素。例如在《健听女孩》中，主人公露比的戏剧性需求是完成心中的音乐梦想，父母的戏剧性需求是希望露比作为家庭中唯一的健全人肩负起家庭责任，人物不同的戏剧性需求制造出人物之间的矛盾冲突，解决矛盾冲突的过程则是影片的看点。

（二）无用的对话请不必写

对话不仅是人物之间交流的工具，还是塑造人物性格、推动情节发展、传达情节信息以及增强故事主题的利器。在电影剧本中，如果台词无法发挥以上作用中的任何一种，就可以直接删除，用人物的动作代替对白。

（三）让情节点带着剧情"跑"

剧本的整条故事线由一个个事件组成，每个情节点都应该有助于推进故事、深化人物或加强主题。创作剧本时，应注意避免塞入无关紧要的情节而导致叙事节奏拖沓。

在正式写作开始前，应该确定两个情节点，它们分别处于第一幕和第二幕的交界处以及第二幕与第三幕的交界处。这两个情节点既可以是偶然事件，又可以是发生了巨大转变的大事件，目的都是将故事的发展转向另一个方向。

情节点Ⅰ是剧本的关键事件，也可称为激励事件，这个事件需要推动整个故事运转。情节点Ⅱ则要让主角陷入"灵魂黑夜"，一切事情都陷入了糟糕的境地。确定了开端、结尾、情节点Ⅰ和情节点Ⅱ，剧本的故事主线就已被把握住，接下来要做的就是根据人物的职业、性格等特质设计故事中的情节点，这些情节点都必然会引起主角内在情感的变化。剧本完成时，大致会有10—15个情节点，大部分情节点分布在第二幕。

第二节 剧本的通用格式

一、这样设置格式才"内行"

剧本在被正式使用之前需要交到导演和演员的手里，为他们的后续工作提供参考和指引。故而除了内容要过硬，剧本在格式上也要做到简明、清晰，方便片场拍摄使用。不能将剧本写成文学性过强的文字作品。

（一）页边距

场景描述、对话和角色名称的内容会采用不同的页边距来呈现。

文档整体的页边距可以设置为上 2.54 cm，下 2.54 cm，左 3.18 cm，右 2.37 cm。每个场景的标题行及描述场景时不需要进行首行缩进；在写角色名称时需要文本居中对齐；人物对话需设置文本前后都缩进 7 或 8 个字符，并且设置为对齐。

（二）字体与行距

剧本正文推荐使用黑体或者宋体，字体为小四号。每个场景的标题行建议加粗，整体设置为 1.5 倍行距。

（三）封面页

剧本的封面页需包括剧本标题、作者、联系信息等。

通常来说，剧本的标题可设置为小一号字体，放在页面的上三分之一处。作者的名字置于剧本标题下，设置为四号字体。作者的联系方式（手机号、邮箱、家庭地址等）居于封面左下角，设置为五号字体。

（四）场景编号：场景如何编号，编号的位置和格式

场景编号通常在场景标题之前。例如：

1.（室外）操场（夜间）

......

......

146.（室内）音乐厅（白天）

（五）转场说明

剧本中，场景的转换将在场景标题上有所体现，无须特意说明。

在每个场景序列中，可以在序列的第一个场景前标注"FADE IN"（淡入），最后一个场景后标注"CUT TO"（淡出）。

二、一个剧本包括哪些要素？

剧本的内容写作需要遵循一定的书写规则，确保故事的清晰传达和专业表现。

（一）场景标题

场景标题需要清晰指示时间和地点，每切换一次场景就需要写一次场景标题，通常的写法有"INT. KITCHEN-DAY"（室内 厨房-白天）或"日，厨房，内"。场景标题需要包含日 / 夜、具体场景名、内景 / 外景三个信息。

（二）角色介绍

角色首次出现时，需要对人物的外貌、穿着、动作、姿态等信息进行简短描述，让读者明确人物的性格、职业等特征。以电影《健听女孩》为例，露比的家人都是听障渔民，而她本人热爱歌唱，这些信息在电影开头就进行了铺垫和暗示："一艘渔船行驶在波光粼粼的海面上，高亢清亮的歌声传来，露比穿着背带裤，同父母及哥哥在渔船上打鱼。露比边放声歌唱，边把鱼叉放进鱼筐里。露比捡到一只鞋子，向哥哥打着手语，之后将鞋子丢了过去。"这个小段落传达出以下信息：露比生于一个听障家庭，有歌唱的梦想。

（三）对话格式

为了方便实际拍摄时导演和演员阅读剧本，对话、场景描述以及人物动作的格式应有所区分，达到清楚、醒目的效果。

角色名称出现时需要文本居中对齐；撰写对话时，需要设置文本前后都缩进 7 或 8 个字符，并将文本设置为左对齐。

（四）动作描述

描述人物动作的段落不需要首行缩进。相同人物的不同动作和不同人物的动作都需要换行书写，一切以阅读的便利性优先。（可参考前述《我不是药神》剧本示例）

（五）声音和音乐指示

声音和音乐提示在剧本创作阶段并非必要内容，但如果编剧在创作时就有独特的声音设计方案，为的是推动故事发展或揭示人物内心，那就可以利用特殊符号在剧本中标注出来，例如"【雨声戛然而止】"。

互动练习｜剧本改写挑战

一、练习概述

根据之前的学习，我们已经了解了剧本的基本构成，为了加深对剧本写作要素（秩序、画面感、功能性）的理解，并在实践中灵活应用，请在课堂上开展以下练习。

二、剧情描述

小水被人一把推下楼，在尖叫中惊醒。母亲在小水的卧室门口敲门，试图打开门，但门被反锁。小水看到自己的日记本还在枕边，连忙把日记本塞进书柜，再去给母亲开门。面对母亲的追问，小水称反锁门是因为晚上害怕，尖叫则是因为被噩梦惊吓。母亲催促小水抓紧出门，不要错过英语月考，之后拿起包急匆匆地出门上班。

小水骑自行车上学，边骑车边背英语课文。突然，一辆电动车猛地从路边小区里蹿出，尽管小水的速度不快，但还是没躲开。电动车车头被剐蹭，随即摔倒在地，餐食全部洒落，后视镜还飞出去打到了拾荒者的腿。小水拿出口袋里的三十元，准备赔偿外卖员的损失，而外卖员认为是他自己的责任。一番推让后，小水说自己早上有英语考试，急着赶路，如果外卖员不收下赔偿，会影响她的考试，外卖员这才收下钱款。被后视镜打到腿的拾荒者坐在路边看着这一幕，将自己收的废品放在身侧，喝起了酒。

一上午经历了两门考试的小水吃过午饭，和朋友小玉在操场上散步。当小水提起她的噩梦，小玉大惊，声称自己前一天晚上也做了相同的梦，梦中有一个拾荒者拿着酒瓶从垃圾桶中爬出。小水怀揣着心事回家，与母亲讲述自己今日的奇遇，可母亲听得心不在焉，只让小水注意安全。

睡前，小水打开日记本，发现自己整日的经历竟然都在纸张上缓缓出现……

三、练习步骤

（1）请班级里的同学分为几个小组，每组随机抽取一个写作要素（秩序、画面感、功能性）作为剧情的重点改进方向。例如，抽到"秩序"的小组需要重新安排故事的叙述顺序以增加悬念；抽到"画面感"的小组需要重点丰富场景和人物动作的描述；抽到"功能性"的小组则需要在戏剧性功能表现方面下功夫，确保每个故事元素都有其使命并能发挥出应有的效果。

（2）各小组集思广益，限时完成改写工作。

（3）各小组轮流展示改写后的剧本段落，并简要解释如何对抽到的写作要素进行了改进。

4. 请整个班级的同学对每个小组的作品进行简单评价和讨论，着重关注同学们进行的改写如何增强原故事的表现效果。

第三节　作为编剧利器的软件

前面已经介绍过剧本应该以怎样的格式撰写，接下来，将推荐几款主流的剧本写作软件。使用 Final Draft，Celtx，Scrivener 等软件进行创作，能够直接生成标准剧本格式。

Final Draft 是目前最畅销的编剧软件，可以简化写作流程、提高工作效率并提供正确的剧本格式。它支持自动标注页码，在工具栏的页码栏里显示场景分布情况，具有添加封面页、索引卡、节拍板和结构点等功能，以协助创作者更好地整理想法、搭建剧本结构。

一、文件的创建及保存

本节以 Final Draft 为例，展示从创建一个文件到正文写作的过程。无论你使用的是什么版本的 Final Draft，点开软件后先点开"File（文件）"栏，找到下面的"New from Template（从模板新建）"并点击（见图 2-2）。

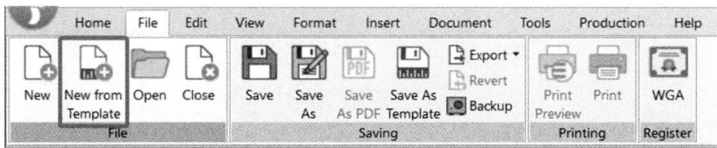

图 2-2　Final Draft 模板图之新建文件

软件中的模板超过 100 个，可以用来写电影剧本、电视剧本、舞台剧剧本等，常规写作可选择"Screenplay（剧本）"（见图 2-3）。

图 2-3　Final Draft 模板图之剧本

在写作过程中要养成勤保存的好习惯，保存也在"File（文件）"栏下，点击"Save（保存）"即可。如果你想另存为一个新的工程，可以使用"Save As（存为）"。此外，你还可以点击"Save As PDF（保存为 PDF 格式）"将文档保存为 PDF 格式（见图 2-4）。

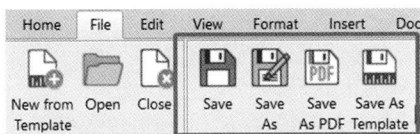

图 2-4　Final Draft 模板图之保存

二、正式写作

你如果想写出"室内　印度神油店　白天"样式的标题，首先点击"Home（主页）"栏，找到"Screen Heading（屏显标题）"，手动键入"I"或者"E"后，会自动跳出几个选项。你可以选择"INT（室内）"，也可以选择"EXT（室外）"，选择后继续输入"印度神油店"，再按键盘上的"Tab（标签）"键，选择"Day（白天）"或者"Night（夜间）"（见图2-5）。

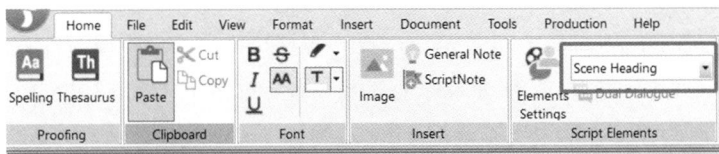

图 2-5　Final Draft 模式图之场景描述

其他文本同理，点击蓝色的向下三角，会出现几个选项，若想输入动作文本，就将文本设置成"Action（行动）"格式，若是对话中的人物名字，就设置成"Character（角色）"格式，台词设置为"Dialogue（对话）"格式即可（见图2-6）。

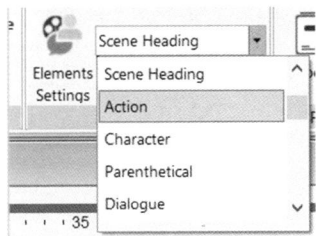

图 2-6　Final Draft 模式图之其他文本

写作完成后，你或许需要给剧本添加一个封面，点击"Home（主页）"栏下的"Open（打开）"，就可以创建封面（见图2-7）。

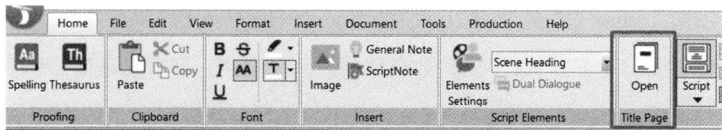

图 2-7　Final Draft 模式图之封面创建

　　封面中的"SCRIPT TITLE（剧本名称）"部分可以改为你的剧本名字，"Name of First Writer（第一编剧姓名）"部分即编剧名字，"Adress（地址）"部分写你的联系地址（邮箱），"Phone Number（电话号码）"部分写你的联系电话（见图 2-8）。无论你是否选择用 Final Draft 的封面模板来做剧本封面，上述信息都是剧本成品中的必要部分，如果信息不正确，对你的剧本感到满意的人将无法联系到你。

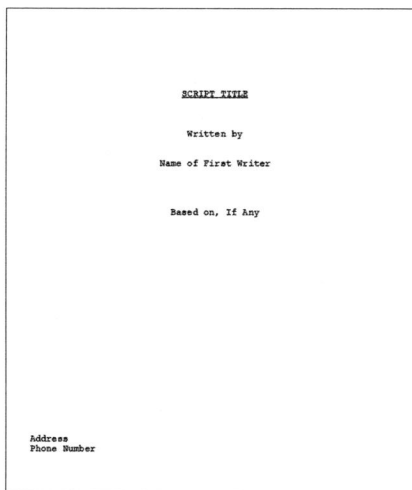

图 2-8　Final Draft 模式图之封面模板

三、操作要点

上面两小节的内容已经足够帮助你成功创建一个文本并开始写作了，如果要使剧本的结构更加规范，你或许还会用到"Beat Board（故事节拍板）"功能（见图2-9）。

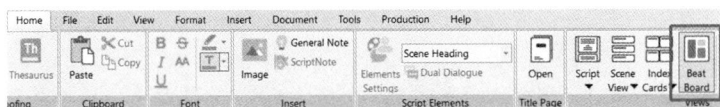

图2-9　Final Draft 中故事节拍板的位置图

在界面，你可以创建无数个卡片记录情节点，并将卡片更改成不同的颜色拖入时间轴（页数轴）内。先确定这一情节点持续的时间，再把它拖入相应节点，拖入后卡片的右上角会显示页码——这样操作可以避免你在写作时详略安排不当，比如过场戏写得过多，但重场戏却草草了事（见图2-10）。

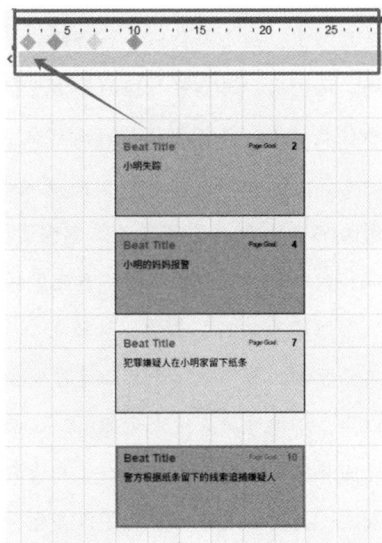

图2-10 Final Draft 中故事节拍板的界面展示图

本章练习｜场景转换挑战

一、练习目标

将一段叙述性文字转换成剧本格式，能够加深学生对剧本的结构和格式的理解和运用，并且能让学生尝试将对话和动作描述结合起来的剧本形式的文字创作。

二、练习步骤

（一）阅读素材

姐姐是县城里有名的女孩儿。我对姐姐演出的记忆是从她的中学时代开始的。因为姐姐参与演出，我们家每年都有好几次得到免费的演出票，往往是妈妈带我去看。对坐在下面的我俩来说，最重要的不是看演出，而是等待——等待姐姐参与的那个节目到来，等待姐姐出场。每一次，当盛装打扮的她出现在舞台上，妈妈就又紧张又激动地握住我的手，还不停指给我看姐姐在哪儿，好像我自己看不到似的。一开始，姐姐在其他姑娘中间翩翩起舞（她是舞蹈队的），后来，她因为唱歌出众成了领唱甚至独唱者。她在台上穿着公主裙，熠熠生辉，我们在台下心情激动，目光紧紧追随着她。

姐姐不仅能歌善舞，她还是个有魅力的姑娘。她有两个好朋友，单论长相，都比她漂亮，但意外发生了：她俩的男朋友在认识了姐姐以后，都掉过头来追求姐姐了。这两次"意外"不是同时发生的，但时间相隔也不远。先是那个长相古典、嘴角有个美人痣的非常温婉的女友，她的男友给姐姐写了很多信，还去姐姐读书的学校（那时她在外地读中专）找她。姐姐当然拒绝了他，因为她觉得朋友比男人重要得多。但那个男孩儿后来还是和姐姐的女友分手了。得知男人变心的女友伤心欲绝，从此和我姐姐绝交，仿佛这都是她的错。姐姐的另一个女友也是县里著名的漂亮女孩儿，她娇小玲珑，像布娃娃般精致乖巧。和她相比，姐姐的五官可没那么精致，皮肤也没那么白皙，眉太粗了点儿，脸也太宽了点儿。但这一次又不知为什么，那个女孩儿谈了一年多的男朋友在见到姐姐几次后突然和"布娃娃"分手了。随后，那个人花了很长时间追求我姐姐，这次，我姐姐更没法接受，因为"布娃娃"是她最好的女友。但心已经碎了的"布娃娃"没法再接受我姐姐，她们也断交了。直到四十岁以后，她俩又在某个城市遇见了，缅怀过去的友情，不计前嫌地哭着抱成一团，那个曾导致她们关系破裂的男人早就被遗忘了……这都是后话了。我是说，因为这样的事，姐姐成了别人眼中的"危险女人"，有的人甚至背后议论姐姐专门抢朋友的男朋友。作为她的亲人，我们知道她不仅没有和两个抛弃了女友的男人来往，相反，她还躲着他们。

除了这样的"意外"，她还有不少别的追求者，有的人给她写血情书，有的人天天在学校外或我家附近徘徊，还有一个男孩子，也是县里有名的文艺生，经常和姐姐同台演出，他因为遭到姐姐的拒绝竟跑到一座桥上去跳河，所幸被人救了上来……所以，我姐姐那时候想必魅力非凡。究竟是什么"组合"成了她的魅力？她的漂亮、她的才华、她的固执清高、她那股男孩子般的豪气和傲气？这些，我怕是永远不会明白。

我不了解那些男人，尽管有些人我也曾见过。我了解的是那个姐姐带回家的正式男友。那时她已经中专毕业了，在一个小学校当音乐老师。而我刚过了八岁的生日，就在同一所小学上学。有一天，我在她房间里翻看她订的《上影画报》，她突然把房门关上，神秘兮兮地拿出来一张照片给我看，那是一张男人的黑白照片。

"你觉得这个人怎么样？"她问我。

"这是谁？是电影明星吗？"我问她。

她笑起来，显得喜不自禁。

"你觉得像电影明星？"她问我。

"有点儿像啊。"我说。

"像哪一个？"她追问。

我又认真地看了会儿照片，迟疑地说："像三浦友和。"

那时候，我刚看过《血疑》，脑子里都是光夫和幸子。在我眼里，好看的男人就像三浦友和，好看的女人就像山口百惠。

"啊，"姐姐轻呼了一声，"咱俩的眼光一样！我也觉得有点儿像三浦友和呢。"

"那他到底是谁啊？"

姐姐没有马上回答，和我一起盯着照片看，笑眯眯的，过一会儿才说："要是他是姐姐的男朋友，你觉得好不好？"

姐姐的话让我愣住了。我仍有点儿不大相信。我看着姐姐，她的脸微微发红。

姐姐用商量的口气说："你来帮姐姐参谋参谋，你觉得……这个人看起来行不行？你说姐姐要不要继续和他见面，要不要……把他领回家给爸爸妈妈看？"

我后来听人家说恋爱中的人是盲目的，我想对啊，恋爱中的姐姐竟然来寻求我这个小孩儿的意见，还说需要我的"参谋"，她似乎想要听到每个亲近的人对她喜欢的那个人的肯定和赞美。我当然持绝对肯定的态度。我想，这一次，我姐姐真的有男朋友了！也就是说，我就要有个大哥哥了。我一直羡慕有哥哥的人。

暑假里的一天，我午睡起来，正在客厅里吃桃子，姐姐突然出现在门口，低声唤我："妞妞，你过来一下。"

"干什么？"我没好气地问，人还迷迷糊糊，嘴里嚼着桃子。

"你吃完擦干净嘴，到我屋里来见个人。"她可能有点儿嫌弃我那副吃相了，走过来帮我整理整理衣服。

姐姐的卧室是客厅左边的厢房，我吃完就走出客厅，晃到门廊下。我听见她的房间里有音乐声传来，音乐声中，有人在说话。我掀开竹帘走进去的时候，看见姐姐坐在她的床边，一个年轻男人坐在她那张小书桌前的椅子上。书桌上的双卡录音机里卡带旋转，放着一首我没听过的歌。我看着这个人像在哪里见过，又想不起。突然，我想起来，他是姐姐给我看的照片上的人。

我在门边站住了，不知道该不该往前走。姐姐笑着站起来把我拉过去，就像妈妈平常喜欢做的那样，让我半倚半坐在她腿上，对那人说："这是我小妹，我跟你说过。特别可爱吧？"

"真可爱。"那个男的说，"还扎着小麻花辫儿。"

姐姐笑了。她打量着我，突然批评起我来了："你看看你，怎么脸上睡的都是红印子？"

"头滑到凉席上了……"我嘟哝道。

"就是不讲样儿，天天跟个小傻孩儿一样。"姐姐怪我，捏了一下我的脸，同时朝他看了一眼。

那个人笑了，说："人家还是小孩儿嘛，哪里像你？什么都要讲样儿。"

姐姐继续怪我："整天吃东西，吃得胖嘟嘟。"

"一点儿也不胖，再说，脸圆圆的才可爱。"那个人说。

姐姐这才满意地笑了，对他说："我妹妹给我参谋过了，说你不丑，可以带你来见见家里人，所以才把你带来。"

那个人忍住笑，转向我说："那我得谢谢小妹。你喜欢什么？我送给你当礼物。"

我从来没有听过有人要送给我礼物，愣在那里，什么也想不出。

"让她好好想想。"姐姐替我解围。

我这时突然想到，妈妈不允许我向人要东西，于是小声说："妈妈说不能要别人的东西。"

那个人说："还挺听话的。可我不是别人。"

姐姐在一旁"扑哧"笑出来。

那个人又问我："你喜欢看电影吗？"

"喜欢。"我说。

"那下次我们带小妹一起去看电影吧。"他兴高采烈地对姐姐说。

姐姐马上答应了。

姐姐告诉他，他要像对待自己的妹妹一样对我好，说只有讨好我才能讨好她。那个人说，他没有弟弟妹妹，但他最喜欢和小孩儿玩儿。为了展示他陪小孩儿玩儿的能力和耐心，他当场教我叠了两种不同的纸飞机。那天下午，我待在姐姐的房间里，和他们在一起。他俩在聊天，我不记得都聊了什么，但记得他们互相看着，动不动就有个人笑起来。我坐在姐姐床上，翻看电影画报。墙角那架落地扇吹拂着小屋里闷热的空气，吹得画报里的画页总是翻卷起来。有时候，我抬头看看那个人，突然一阵心花怒放。我想，这个人就会是我的哥哥了，以后我们家里多了一个人。

几天后，他们带我去看一场晚七点开演的电影。那是我们一起看的第一场电影。去之前，姐姐认真地给我打扮一番，把我的两个麻花辫儿拆开，扎成了一个高高的马尾。她说妈妈给我扎的麻花辫儿太土气。妈妈很不以为然，但也不反对她对我进行外形"改造"。姐姐把我的衣服翻找一遍，最后拉出一条连衣裙。那条连衣裙是白色的，但有个蓝色大翻领，是当时流行的"海军领"。然后，她把我领到镜子前面让我看看自己，她说："你看，这样是不是洋气多了？"

　　我过去也常和姐姐一起看电影。我熟悉电影院，知道从哪里进场，怎样找座位的排号，还知道哪一道小门通向外面的公共厕所。但是，那天晚上，我看电影的经历是全新的。我坐在他俩中间，闻得见他俩身上热乎乎的气息，一股是我熟悉的气息，一股是陌生的、但我正慢慢喜欢慢慢熟悉的气息。在光线闪跳的电影院里，这两股气息交融在一起，包围着我，仿佛在我周围形成了一个透明的、甜蜜而安逸的"保护圈"。每当有人来兜售五香瓜子、炒花生、冰棍儿和糖果，那个人就要给我买。后来，姐姐制止他，说如果我吃了太多零食，吃得肚子发胀，妈妈会责怪她的。

　　那是一场不怎么好看的电影，演一个发生在工厂里的故事。但我的心思也没有用在看电影上，我沉浸于自己的新体验，那个人的存在、生活的变化让我觉得兴奋。散场时，人流往出口的两道小门挤去，怕我被碰撞，那个人一下把我抱起来。后来，我们来到灯火通明的街上，他把我放下。然后，他和姐姐一人拉着我的一只手，一起走在街上。夏天的夜晚，总让人觉得时间依然很早，电影院大门的前面还排着等看下一场的人群，街上晚风如游丝，风中满是晃动游走的人。我发觉和姐姐凉凉的、娇柔的小手相比，我更喜欢那只又大又温

暖的手。（节选自张惠雯《雪中散场》）

（二）转换任务

请将提供的叙述性文字转换为剧本格式。

转换过程应包括：

- 定义场景标题，明确指出发生地点和时间，如"EXT. PARK–DAY（室外　公园–白天）"。
- 将叙述中的动作转换为具体的场景和角色行为描述。
- 将内心独白或叙述者的声音转换为角色的对话或旁白。
- 保留并转写文字中的对话，确保其格式符合剧本要求。

（三）注意细节

请注意细节处理，如通过适当的动作和环境描述来增强场景的视觉呈现，确保角色的对话和行为符合其性格和故事情境。

（四）提交与反馈

剧本完成后，请通过同伴评审或教师反馈获得改进建议。

中编

技　法

第三章 作为剧作灵魂的人物

📺 **章前导言**

　　人物是故事的核心因素，是剧本的"灵魂"。一个有血有肉的人物，不仅能使剧本"立得住"，还能引发观众共鸣，成为影史的经典角色。人物创作是一门技术活，本章将探讨人物创作的关键技巧。

🔲 **学习目标**

　　（1）掌握人物塑造（主人公、盟友及反面人物）的方法。

　　（2）掌握人物弧光、戏剧冲突等创作手法。

　　（3）理解人物的概念。

🎙 **本章聚焦**

　　（1）如何塑造主人公、盟友及反面人物。

　　（2）人物弧光工作表。

　　（3）创建人物及戏剧冲突的方式。

为什么选择这个人物？
— 从典型性转向普遍性的思维路径
— 人物动机、关系与戏剧冲突

人物是剧作的灵魂

作为视点与关注对象的人物
— 视点
— 主人公、人物弧光及内在缺陷
— 盟友的三种身份

障碍与反面人物
— 目标与障碍
— 反面人物的三种身份

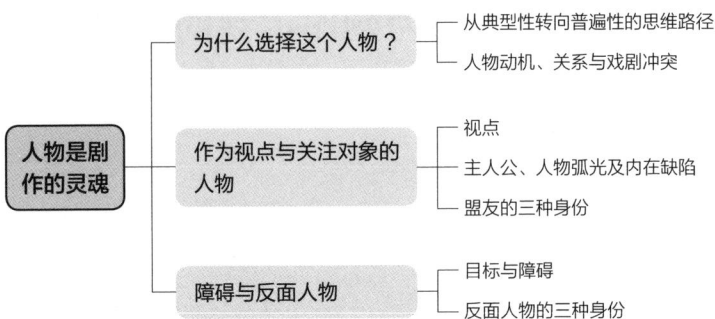

人物是剧作的灵魂，而主人公的选择则是灵魂的点睛之笔。一个角色的设定，直接关系到整个故事的逻辑根基与情感力量。因此，在探讨具体的塑造技巧之前，我们必须首先明确人物选择的根本依据。一个角色何以成为故事的中心？其个性的"典型性"与情感的"普遍性"如何统一？本节将围绕这一核心问题展开，探寻创造出"非他不可"的角色的思维路径。

第一节　为什么是他，而不是其他人？

一、从典型性走向普遍性的思维路径

（一）典型性

古往今来的艺术作品创造了众多经典的人物形象——

"悲剧英雄"，对应普罗米修斯、哈姆雷特、李尔王等；

"超级英雄"，对应漫威、DC 等电影中的主人公；

"吝啬鬼"，对应阿巴贡、葛朗台；

"黑帮电影人物"，对应《教父》的柯里昂，《美国往事》的"面条"。

……

这些形象之所以能给我们留下深刻印象，是因为其典型性。典型性意味着人物具有鲜明的个性，恰到好处地反映了作品环境，并且能引发观众普遍的认同感。我们讲"把人物写活了"，就是指创作者抓住了人物最核心、最灵动的一面。

人物塑造是一个从无到有的过程。写剧本时，编剧要创造包括主人公在内的各类角色。如何把人物写"活"？

作为编剧，了解你的角色是塑造人物的第一步。

请先思考一个问题：当你对一个人感到好奇，你会打探哪些消息？比如，名字，年龄，来自哪里？性格内向还是外向？上学还是工作？从事的职业，家庭关系……

创作有同样的逻辑。为什么要创造这样的人物？你想写一个什么样的故事？确保人物动线符合故事的逻辑。只有人物立起来了，行动才有据可依。

市面上的剧作图书涉及人物塑造的内容，可概括为两种类型：内在生活、外在生活。

人物的内在生活指从出生到影片开始这段时间形成人物性格的过程，即人物传记。比如，在电影《教父》中，迈克尔这一角色的内在生活可以这么塑造：

名字：迈克尔

性别：男

年龄：25 岁

身高：中等

体重：适中

外貌特征：黑发，深色瞳孔，外表清瘦冷峻，五官棱角分明

人物的外在生活指影片从开始到结束揭示人物性格的过程。这个环节非常关键，需要和你的人物对话，以确定接下来的人物需求和人物动机。如果你要写一名常年独居、脾气古怪的中年人，那么就要思考他的性格是否偏内向，他的原生家庭关系是否对他的选择造成影响，他内心可能藏有什么秘密……

1）教育

2）职业

3）性格

4）爱好

5）婚史

6）家庭关系

7）社会关系

8）生活方式

9）对生活的态度

10）内心的秘密

电影《教父》展现了一个黑手党家族的兴衰历程。主人公迈克尔最初被设计为柯里昂家族的"局外人"，最终被迫成为新一代"教

父",这一转变成为故事的核心矛盾。

迈克尔出生在纽约黑手党柯里昂家族,父亲维托是受人敬畏的"教父"。家族表面经营橄榄油生意,实则掌控地下犯罪帝国。迈克尔是家中幼子,二战英雄,试图脱离家族黑道背景,但家族发生的种种事件迫使他逐步沉沦。

迈克尔的外在生活表现为——

教育:以海军陆战队员的身份参加了二战并且获得了荣誉勋章,退役后进入达特茅斯学院,受过高等教育,曾是家族中唯一"清白"的成员。

职业:二战海军陆战队军官。

性格:沉着、冷静、精明、坚强。

婚史:第一任妻子阿波罗尼亚;第二任妻子是凯·亚当斯。

家庭关系:敬重父亲维托,与大哥桑尼感情深,与二哥弗雷多疏远,妹妹康妮的婚姻引发家族危机。

社会关系:与黑手党格格不入。

生活方式:初期追求美国主流中产生活。

对生活的态度:曾坚信自己与家族的黑手党事业无关,但最终成为新一代"教父"。

内心的秘密:对权力的厌恶与渴望并存。

（二）从典型性走向普遍性

成功的人物塑造,除了具备典型性,还需要普遍性。普遍性指人物身上超越个体的特征,它并非一个人所有,其情感和经历能够引起观众广泛的认同。

有句话说,所有人物原型都被莎士比亚写完了。莎士比亚的伟大之处在于，他笔下的人物不仅具有不可替代的典型性，还具备适用于当下的普遍性。莎士比亚的作品在几百年后仍然具有强大的生命力，正是因为他所描绘的人物超越了时代的限制。哈姆雷特的内心矛盾、麦克白的野心、李尔王的悲剧性错误，这些都是人类共通的情感和经历，因而能够引发观众的强烈共鸣。

编剧要做的，是使你的人物不仅代表"某个人"，还能代表"某类人"。

二、人物动机、人物关系与戏剧冲突

（一）人物动机

人物动机指驱动角色需求的原因，它回答了角色为什么要采取特定行动的问题。人物动机的驱动力是多样的，比如追求幸福、克服恐惧、追逐财富。清晰的人物动机能使观众信服，理解角色接下来的一系列行动。

在剧本创作中，人物塑造体现人物需求，人物需求决定人物动机。让观众明白你的角色最想要什么，行为受什么驱动。如果你的角色的行动没有充分的人物动机，那么这条行动线就是莫名其妙、不合逻辑的，观众不会买账。很多所谓的"烂片"饱受诟病，主要原因在于情节经不起推敲，而情节是靠角色去推动的。经典电影中有很多值得编剧学习的人物动机。

《阿甘正传》：尽管阿甘智商较低，但他以纯洁的心灵面对生活，积极追求幸福，最终收获了美好的爱情。

《美丽心灵》：约翰·纳什是一个患有精神分裂症的数学家、经济学家，在艰难的条件下依然坚持梦想，最终获得诺贝尔经济学奖。

《教父》：迈克尔·柯里昂原本是一个不愿意参与家族犯罪的青年，但为了保护家族，他开始"下海"，最终成为新一代"教父"。

看《教父》如何做人物动机。

《教父》剧本示例

迈克尔是科里昂家族的小儿子，他受过高等教育，同时还是战争英雄。影片开场我们就能得知迈克尔疏远家族事务，不愿涉及黑手党纠纷。他的初始动机即摆脱家族背景，成为"合法的科里昂"。

然而迈克尔的人物动机随着父亲维托遭遇刺杀开始发生转变。

当迈克尔在报纸上看见父亲被枪击的消息，他感到忧虑和愧疚，立刻给哥哥桑尼打电话，并回到家中参与家族谈话。

室外　柯里昂的办公室　白天

泰西欧、克莱门扎、桑尼、黑根和迈克尔全都精疲力竭。穿着衬衣，几乎要睡过去。已经是凌晨四点。看上去他们已经喝了很多杯咖啡。他们几乎累得说不动话。

......

迈克尔（打断他们的谈话）：你要把他们都杀了？

桑尼：嘿，别掺和进来，迈克尔。就当帮我一个忙。

......

黑根：或许我们不该让迈克尔就这样直接掺和进来。

桑尼：对。听着，就待在家里，听听电话，这样就帮大忙了，好吗？再试试打给卢卡，去吧。

迈克尔对于如此受照顾有点难堪。他又拿起电话。

这场谈话由桑尼主导，众人一同商量对策，而迈克尔在这场谈话中处于边缘的地位，他几乎没有参与讨论，并被桑尼发配去接电话。从剧本中我们可以看出迈克尔对自己受到照顾感到难堪，但他暂时选择接受现状。

室外　柯里昂所在医院大街　夜间
……
麦克拉斯基：我以为我早把你们这帮小混混都给抓了。你在这儿干吗？

迈克尔审视着麦克拉斯基。

迈克尔：那些保护我父亲的人呢，警长？

麦克拉斯基（暴怒地）：你这个小混蛋！你他妈到底是在干吗，竟敢管我的公务？！是我把人给撤了，啊？现在你给我滚蛋——别再靠近这家医院。

迈克尔：你不派人保护我父亲的病房，我是不会走的。

麦克拉斯基：菲尔，把他带走！

站在麦克拉斯基身旁的另一个警察。

警探：这小子没犯过事，警长。他是个服役荣归的英雄，他从来没掺和过非法的勾当。

麦克拉斯基（暴怒着跟警探同时说话）：混账！我说了，把他带走！

迈克尔（故意冲着麦克拉斯基的脸说，此时他的手被反铐着）：那个土耳其佬花多少钱收买你来害死我爸爸，警长？

麦克拉斯基：把他抓牢了！让他站好！让他站直！

麦克拉斯基向后稍稍侧身。之后用他所有力气和重量向迈克尔的下巴上结结实实砸上一拳。迈克尔惨叫一声，倒在地上。

……

迈克尔去医院探望父亲，却发现父亲身边的保镖都被撤走了。迈克尔意识到索洛佐与警长勾结，愤怒之下的迈克尔与警长爆发冲突，并被警长滥用权力打了一拳。这一拳打破了迈克尔的理想主义，他意识到警察和法律并不能保护他的家人，唯有采用暴力手段。对家人的保护欲和对现实的失望，都促使他进行转变。

室内　柯里昂的办公室　白天

桑尼在柯里昂的办公室里。他异常激动，满脸亢奋。

……

桑尼（叹了口气）：好吧。那我们等等看

迈克尔：我们不能等。

桑尼：什么？

迈克尔：我们不能等。

迈克尔：我不在乎索洛佐说的条件是怎样的，他会置爸爸于死地，就是这样。这对他来说才是关键。所以必须要干掉索洛佐。

克莱门扎：迈克是对的。

桑尼：那我来问你……麦克拉斯基怎么办？我们怎么对付那个警察？

镜头在迈克尔说话时，慢慢变焦推上去。

迈克尔：他们想跟我会面，对吧？现场会有我、麦克拉斯基和索洛佐。那就见面吧。让我们的人查清楚会面安排在哪儿。我们一定要咬死会面地点是一个公共场合——酒吧、餐厅——有人的地方，这样我才觉得安全。我一见到他们，他们就会先搜身，对吧？所以我身上不能带武器。但是如果克莱门扎能想个办法，把武器预先安置在餐厅里，我就能把他们俩都干掉。

屋子里每个人都震惊了，他们全都看着迈克尔，沉默。克莱门扎突然大笑起来。桑尼和泰西欧也跟着笑。只有黑根一脸严肃。

桑尼走向迈克尔，弯下腰。

桑尼：嘿，然后你怎么办呢？乖乖的大学生，啊？你不是不想掺和进这些家族事务吗，嗯？你现在想一枪把那个警长崩了，怎么，就因为他稍微打了你一耳光？啊？你以为这是什么，在军队里，可以在一英里外开枪？你必须离他们这么近——吧嗒，砰！他们的脑浆会溅到你漂亮的常春藤校服上。过来。

迈克尔抬起手做出防守的姿势。桑尼狠狠地亲吻迈克尔的额头。

迈克尔（跟桑尼同时说话）：桑尼！

桑尼：兄弟！你把这个当成私人恩怨了。汤姆，这可是生意，可这家伙把它纯粹当成了私人恩怨。

迈克尔：有谁说不能杀警察了？

黑根（笑了笑）：得了吧，小迈克！

迈克尔：汤姆，先听我说。我说的是一个掺和毒品买卖的警察。我在说一个——一个坏警察，一个干着不法勾当、罪有应得的警察。这是个很棒的故事。我们在报社也有人，是吧，汤姆？（黑根点点头）他们或许会喜欢这故事。

黑根：他们可能喜欢，但只是可能。

迈克尔：这不是什么私人恩怨，桑尼。这绝对是生意。

同样是家族谈话，与前文中摘录的谈话场景对比，我们可以看出迈克尔从旁观者转变为主导者。迈克尔意识到索洛佐一定会杀死父亲，他认为必须主动出击，并提出了完整的行动方案。迈克尔运用自己的军人思维，利用家族的关系网，提出在公共场合预置武器，由他前去刺杀，事后利用报社进行舆论引导，话语冷静，逻辑严密，迈克尔开始从远离家族事务的"乖乖的大学生"转变为新一代"教父"。

室内　路易餐厅　夜间
　　迈克尔看看索洛佐。然后他把脸扭向一旁，看上去心事重重。
　　迈克尔：我要去趟洗手间。可以吗？
　　……

室内　路易餐厅的洗手间　夜间
　　迈克尔走进小小的洗手间。随后他走向厕所隔间。这是一个老式厕所。他把手慢慢伸向水箱后面。他手摸不到枪，于是有些紧张。

室内　路易餐厅　夜间
　　索洛佐和麦克拉斯基在餐厅内吃饭。麦克拉斯基回头看了一眼洗手间的方向。

室内　路易餐厅的洗手间　夜间
　　迈克尔用手搜摸着，终于找到那支枪。他把它取下来。摸到枪让他放心不少。

室内　路易餐厅　夜间

索洛佐和麦克拉斯基在餐厅内吃饭。麦克拉斯基回头又看了一眼洗手间方向。

室内　路易餐厅的洗手间　夜间

迈克尔走出洗手间。他有些犹豫、手扶在前额。理一理头发。之后他走出去。我们听见高架轻轨的轰鸣。

室内　路易餐厅　夜间

迈克尔在洗手间门口稍作犹豫，看向餐桌。麦克拉斯基在吃着他的意大利面和小牛排。索洛佐听见门响，回头看着迈克尔。迈克尔也看了他一眼。随后迈克尔走回餐桌，坐下来。

索洛佐身体倾向迈克尔，迈克尔以舒服的坐姿坐着。桌子下面他的手开始解开西装。索洛佐又开始用西西里话跟他交谈，但是迈克尔的心剧烈跳动，以至于根本听不见索洛佐在说什么。镜头慢慢变焦推向迈克尔的脸，同时我们听见高架轻轨刹车时与轨道之间尖利的摩擦声。

突然之间，迈克尔没有任何征兆地站起身，举枪对着索洛佐的头。他扣动扳机。我们看到索洛佐的头直接被打爆，一阵血雾布满空中。

索洛佐似乎要慢慢地倒在地板上。他仿佛悬停在半空中。

迈克尔转过身，看着另一人。

麦克拉斯基僵住了，叉着小牛肉的叉子举在空中，来不及放入嘴中。

迈克尔开火，击中麦克拉斯基粗壮、鼓鼓的喉咙。空气中到处都是粉色的血雾。麦克拉斯基发出可怕的声音，仿佛嘴被堵住、喉咙被呛到一样。接着，迈克尔冷静而又从容地又一次开枪——这一次子弹击穿麦克拉斯基白惨惨的脑门。

麦克拉斯基从椅子上摔下来，带翻桌子。索洛佐仍然在座位上，桌子斜靠在他的身上。

迈克尔扭身看一眼站在洗手间墙根下的人。那人一动不敢动，仿佛瘫住一般。之后他张开双手，表示自己并没有武器。

迈克尔此时正处于极端情绪中。他开始动身。他的手仿佛僵住了，仍然抓着枪。

他向门口走去，枪还在手上。

迈克尔的脸冷若冰霜，毫无表情。

他快步走出餐厅。在出门前，他的手松开：枪一声闷响掉在地上。

迈克尔走出餐厅。

……

在这个段落中，迈克尔一开始"看上去心事重重""他手摸不到枪，于是有些紧张"等描写，都体现出迈克尔刺杀前的犹豫与紧张，他在做心理建设。在他带着枪走出洗手间以后，"没有任何征兆地站起身"这一动作代表着迈克尔突破其心理临界点，决意执行刺杀，对索洛佐的精准狙击体现出其军事素养，而直面如此暴力血腥的画面对他的内心造成了触动，以至于对警长开出的第一枪有些失准了，随后迈克尔又对警长进行冷静的补枪。由此，迈克尔彻底远离了文明世界，向着新一代"教父"进一步转变。

我们看到，剧本中的人物动机是一步步铺垫出来的，人物动机是有层次的。动机的铺垫是一个循序渐进的过程。编剧需要在合适的场景埋入冲突，以确保人物的每个动机都有合理的驱动力。

（二）人物关系

人物关系指角色之间的关系，包括父母、恋人、朋友、敌人等多重关系。搭建人物关系，记住三个原则——

第一个原则：确定主人公。主人公虽是正面的，但不需要完美。一个有"缺陷"的主人公更真实，更容易建立戏剧冲突。

《哈姆雷特》：哈姆雷特是一个被复仇欲望和道德困境裹挟的角色，性格弱点使得他深陷"To be or not to be"的困境，进而导致一系列悲剧事件的发生。

《辛德勒的名单》：辛德勒原本是一个追求财富的德国企业家，利用战争大发横财。随着战争的深入，辛德勒逐渐从唯利是图的商人转变为一个冒着生命危险拯救犹太人的英雄。

《洛奇》：洛奇原本是一个缺乏自信、贫困和受歧视的拳击手，压力迫使他克服内心的恐惧，在比赛中证明自己的能力。

第二个原则：人物关系的建立，是为了推动情节发展。次要角色的存在是为了服务主角，围绕主角的行动而行动。

建立有效的人物关系，不仅能增加戏剧冲突，还能增加故事的深度。

第一，介绍清楚每个角色的背景、性格特征和目标。每一个角色都需要标注和主人公的关系。关系一般有两层。假如你的主人公是一个女人，主要配角是一个男人，他们的社会关系是夫妻，他们的情感关系却可能是爱人或仇人——仇人比爱人更有看头。在大纲中呈现清晰且有创意的人物关系，会让你的剧本在制片人眼中变得"有戏"。

第二，除了主角，次要人物的人物动机同样需要明确，且所有动机都围绕着主角进行，这张人物关系网才能搭建起来，故事支线才不会走偏。

第三个原则：最重要的关系是主角和反面人物的关系，即如何构建戏剧冲突。

主角与反面人物的关系是人物塑造的核心部分，决定了戏剧冲突的强度，影响情节走向。

主角和反面人物的人物动机通常是对立的或相互冲突的。比如，《复仇者联盟3：无限战争》（2018 年）中的主角是复仇者联盟，反面人物是灭霸。灭霸的人物动机是随机消除一半宇宙生命，复仇者联盟的人物动机是阻止灭霸的计划。两者之间完全对立的人物动机、价值观，直接决定了情节的主线如何铺开。

为了更直观搭建人物关系，在剧本构思阶段，不妨用软件绘制一张人物关系图（见图 3-1）：

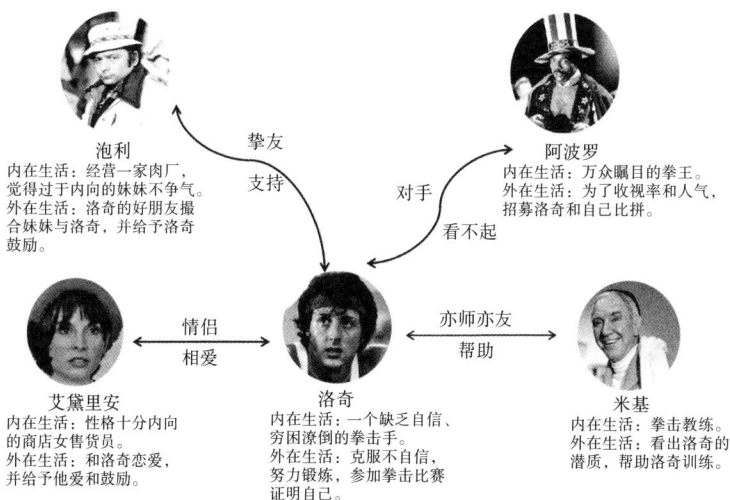

泡利
内在生活：经营一家肉厂，觉得出于内向的妹妹不争气。
外在生活：洛奇的好朋友撮合妹妹与洛奇，并给予洛奇鼓励。

挚友
支持

对手
看不起

阿波罗
内在生活：万众瞩目的拳王。
外在生活：为了收视率和人气，招募洛奇和自己比拼。

艾黛里安
内在生活：性格十分内向的商店女售货员。
外在生活：和洛奇恋爱，并给予他爱和鼓励。

情侣
相爱

洛奇
内在生活：一个缺乏自信、穷困潦倒的拳击手。
外在生活：克服不自信，努力锻炼，参加拳击比赛证明自己。

亦师亦友
帮助

米基
内在生活：拳击教练。
外在生活：看出洛奇的潜质，帮助洛奇训练。

图 3-1 《洛奇》人物关系图

（三）戏剧冲突

戏剧就是冲突。

戏剧冲突指剧本中不同人物在人物动机、价值观和行动各方面的对立。一个故事要讲得精彩，一定要设置充分的戏剧冲突。一个缺乏戏剧冲突的故事往往会显得平淡无奇，难以吸引读者的注意。

通常我们以为冲突是甲和乙的对立。你想要买苹果，结果只买到梨，这是一种小的冲突，只能说明角色遇到了困难，而不构成角色行动的阻力。真正的冲突是把角色抛到两难的境地中做选择。观众希望心爱的角色少遭受磨难，编剧就要反其道而行之，给角色加点难题，让他们为欲望、挫折、困惑而奋斗，让他们去做艰难的选择。观众和编剧之间需求的不匹配，更容易给人留下难忘的记忆点。《泰坦尼克号》之所以成为经典，不是因为发生在邮轮上的爱情有多新奇，而是因为两位主角的爱情面临大大小小的外部冲突，每一个冲突都对他们的关系造成威胁，而且突破阶级束缚后的爱情依然以悲剧收尾。

冲突有三个层面。

1. 人物内部的冲突

这类冲突关注人物自身内部的心理矛盾，通常要为了某种欲望、信念、道德而挣扎，从而使人物有血有肉。

以电影《黑天鹅》为例，主人公妮娜是一名芭蕾舞演员，她因为追求完美而逐渐陷入疯狂。剧本明面上刻画了天真的白天鹅角色和阴暗的黑天鹅角色之间的冲突，实际上刻画了生性纯真的妮娜在分饰两角的过程中开始产生幻觉，被内心深处的恐惧吞噬而逐渐失去自我的过程。妮娜面对的是前后自我认知不一造成的内部冲突。

52. 室内　公寓浴室　夜间

妮娜在淋浴，让温水冲洗着她。

她听到开门声，转身。

她透过浴帘向外看去，一个朦朦胧胧的身影站在浴室里。

妮娜：等一下。我马上就好。

没人应声。那个人影站着不动。

妮娜（恼火地）：妈妈——

妮娜撩起浴帘。

门关着。本以为是妈妈的身影原来是门上挂着的一件黑浴袍。

她松了一口气，放下浴帘，转身……

与另一个微笑着的妮娜劈面相逢了。

妮娜仓皇后退，想要逃走，却滑倒在浴缸里。

她翻过身来，抬头看去。另一个妮娜已经不见了。

但是她能看到铁锈色的水打着漩儿流进下水道。

她摸了摸肩膀，哆嗦了一下。看看自己的手，发现了一点血迹。

妮娜关上水龙头，小心翼翼地走出浴缸。

她看着镜中的自己。她的肩膀盖满了深深的抓痕，渗出血迹。

她看看自己的手指，发现指甲又长了。

她从药橱里抓起一把小剪刀，开始修剪指甲。

她抬头看镜子，发现镜中的自己剪掉了食指的顶端。

妮娜惊叫一声，丢掉剪刀，剪刀咔嚓一声落在洗脸池里。她的两根手指在流血。指端被划破了。

艾瑞卡（旁白）：宝贝？没事吧？

妮娜：没事。

妮娜盯着门把手，希望她不要进来。

脚步声远去，妮娜舒了一口气。

她放水冲去手上的血污。

这一场在剧本中十分关键，妮娜在洗澡时出现了幻觉，暗示了"黑天鹅"对妮娜内心的进一步入侵。妮娜的恐惧通过幻觉具象化，她的内心冲突也由此更加强烈。

2. 人物与人物的冲突

这类冲突强调人物关系的对立，也是最常见的冲突。上面我们提到人物关系，讲主角和反面人物的关系是人物关系中最核心的部分，强烈的戏剧冲突能制造紧张、刺激的故事。除了这两者之间的冲突，还存在主角与家人、朋友或恋人之间的冲突，它们虽不如主角与反面人物的对抗那般强烈，但往往具有更深层次的复杂性，对推动叙事有四两拨千斤的作用。

电影《洛奇》中的洛奇与米基由最初的敌对关系转化为师徒关系。

我们先来看影片的第二十一场戏。

室内　健身房　白天

米基坐在入口附近的凳子上，穿着松垮的西装，七十多岁。洛奇走过去，米基正和另一个拳手说话。

洛奇：嘿，米基！

米基：闭嘴。打身体，打得好，暂停，暂停。搞什么鬼，你想干什么？

洛奇：你今天感觉如何？

米基：什么？

洛奇：迈克尔跟我说了，为什么我的柜子没了？

米基：因为迪佩尔需要，他和你不同。

洛奇转头看向正在训练的迪佩尔——年轻、肌肉发达，一脸凶相。

米基（继续）：他是个力争上游的人，你知道你是什么？你是番茄。

洛奇：……番茄？

米基：事实就是事实。我这里是要赚钱的，不是餐厅的后厨。你昨晚打了吗？

……

米基快速扫了洛奇一眼，从兜里掏出念珠在手指间转着玩。

米基（继续）：你有天赋，但却打得像个该死的大猩猩。不过你倒是把你的鼻子保护得很好。保持下去吧，保持良好的形象，这是你该做的。

洛奇：老伙计，我要去蒸汽浴，你知道为什么？因为我昨晚表现得很好，你应该去看我的。（对迪佩尔）：你也应该去看我。

洛奇转身准备离开。

米基：嘿，你想过退休没？

洛奇：……没。

米基：你该考虑一下了。

洛奇：……是吗。

他耸耸肩走开。

迪佩尔出声叫住洛奇，洛奇转身。

洛奇：怎么了？

迪佩尔得意地看着洛奇。

迪佩尔：我接手你的柜子了，老兄。

洛奇转身垂头丧气地走向更衣室。

在这一场戏中，米基对洛奇态度轻视，他把洛奇更衣室的柜子收了，称洛奇为"番茄"，并说他"打得像个猩猩"，这些行为都能看出米基对洛奇的贬低。洛奇表面上云淡风轻，而我们通过剧本可以看出洛奇的垂头丧气。

赛事推广人杰根斯试图通过米基联络洛奇，米基将洛奇再次招来拳击馆，二人直接爆发了冲突。洛奇大声质疑米基多年来对自己的不满，而米基坦言道，洛奇有成为拳击手的天赋，却自甘堕落为一个讨债的打手，并指责洛奇在浪费时间，浪费自己的天赋。由此，我们明白了二人敌对关系的由来，正是米基对洛奇的恨铁不成钢。

室内　洛奇的公寓　夜间

米基站在门口，洛奇开门。

米基（严肃）：我来是要告诉你，这次机会得好好把握。就像《圣经》说的，人生没有第二次机会……你需要个经纪人，一个导师。我在这一行混了五十年，拳击界的门道全在这儿。（指自己脑袋）

他点燃半截雪茄。

洛奇（茫然）：五十年，哈。

米基（提高音量）：五十年！费城谁不知道我的名声？好名声买不来，但不用我告诉你这个。

洛奇：喝杯水不？

米基：洛奇，知道我干过啥吗？

洛奇（不安）：……啥？

米基（一字一顿）：我什么都干过，什么都见过。信我的话——你真该看看布鲁克林那晚，1923年9月，我把"金尼"鲁索揍出拳台——同晚菲尔波把登普西打飞出去。但谁上了报纸？他上了！因为他有经纪人——1923年9月！

洛奇（轻声）：你记性真好。

米基充耳不闻，越说越激动。

米基：看看这张脸——左眼缝了二十一针，右眼三十四针，鼻子断过十七次，最后一次是1940年新年前夜，在新泽西卡姆登对"水手迈克"——我把他揍得屁滚尿流！给，看报道。

（掏出一小块剪报，指着菜花耳）：他送我耳朵上这朵花。我有的是血泪经验……你有的是心——让我想起马西亚诺。

洛奇指向墙上最珍贵的海报。

洛奇：从没人这么说过——那是他的照片。

米基：是啊，你有点像"岩石"。动作像他。

这话戳中洛奇软肋——没什么比被比作偶像更让他高兴。

洛奇：真这么想？

米基：你有心。

洛奇：有心，但没"岩石"的拳头。

洛奇靠墙蹲下。

米基：老天啊，我懂这行。洛奇，我打拳那会儿，这是最肮脏的勾当。我们像斗狗一样被对待——扔进坑里，为十块钱互相残杀。我们没有经纪人……

米基：我在运煤车厢里打过，在妓院地下室打过，哪儿有地板就在哪儿打。十月份我打个废物，那混蛋在拳套拇指里藏了钉子，把我脸打得到处漏风，口水从腮帮子喷出来——从没经纪人罩着我！看健身房外头那张照片——"强力米克"，那是我的巅峰期。我能打趴东海岸任何轻量级壮汉——但我没经纪人。没人知道我多厉害，但我有生意头脑，攒了点钱开了健身房——

米基：是个垃圾场，我知道，但这就是我五十年拳击生涯的全部——现在你碰上这机会，我觉得像是我终于等到了自己从没有过的机会……是啊，我们被当狗对待，像罗马斗兽场里的意大利佬（无意冒犯）。现在我有这么多经验，我想传给你，保护你，让你争取最好的条件！

洛奇站起来开窗。

米基（继续）：尊重，我一直尊重你。

洛奇：……你把我的更衣室给了大北斗。

米基（几乎哀求）：对不起，我……我错了。小子，我以男人对男人的身份求你……我想当你经纪人。

洛奇：比赛定了——我不需要经纪人。

米基：听着，我的经验你买不到。买不到！我什么都见过！我有的是血泪经验。

洛奇：我也有血泪经验。

米基：求你了，小子。

洛奇（紧绷）：我有的每样东西，都是捡来的。这次机会也是——我没赢来，是白捡的……十年前我刚起步时需要你帮忙，但你从没帮过我。

米基失手打翻烟灰缸，跪下来捡。

米基：你想要我帮忙，为啥不开口？开口就行！

洛奇：我开口了！但你从没帮过！就像《圣经》说的，人生没有第二次机会。

米基（大喊）：洛奇，我七十六岁了！也许你能成为我永远没当成的赢家——你的机会是我最后的机会！

洛奇哽咽，冲进浴室关上门。

米基挣扎着站起来，像个战败者般离开。

几分钟后洛奇出来，突然追出去。

室外　洛奇公寓外的街道　夜间

洛奇冲上街区，在路灯下拦住佝偻的米基，揽住他的肩膀。

在这几场戏中，洛奇和米基之间的冲突与关系转变展现得淋漓尽致。

这场深夜对峙不仅是剧情的转折点，而且是两个人达成和解的过程。米基深夜主动来找洛奇，向洛奇滔滔不绝地叙述自己几十年的拳击生涯，他将自己的血泪经验剖析给洛奇听，与洛奇拉近了关系，并暴露自己真正的痛处——职业生涯最大的遗憾就是没有拳击经纪人。现在，他迫切地希望传授自己的经验教训，帮助洛奇成长。

洛奇被米基轻视多年，对米基不免感到些许怨恨，他质问米基十年前自己需要他的时候为什么没有给予帮助。这是埋怨，也是事实。对此，米基无法否认，他只能叹息说自己已经七十六岁了，在这一刻，一贯强硬的老人展现出脆弱，展现出哀求的姿态。洛奇冲进浴室，既是对当下的短暂逃离，又是给自己情绪缓冲的空间。

洛奇虽在言语之间对米基表达出愤恨，但他内心里赞同米基的建议，最后洛奇冲出家门追上黯然离去的米基，此刻没有台词，只是默默揽住米基的肩膀。两人一同走在路灯下。

3. 人物与环境的冲突

这类冲突指人物和外部环境（自然、社会、命运等）的对立。

是枝裕和的电影《小偷家族》刻画了一个由没有血缘关系的社会小人物组成的家庭，他们通过小偷小摸维持生计，这种生存方式体现了其艰难的生存环境。

> 他的身后只留下了购物篮，里面装满和他们的生活基本无缘的高级食材——
>
> 寿喜锅用的松阪牛肉、金枪鱼的中段刺身等。
>
> 世人称作"小偷"的犯罪，便是这对父子的"工作"。
>
> "工作"完成得顺利时，两人便会选择穿过商店街回家。商店街很久以前就有了，在有轨电车站的前面。他们要在名叫"不二家"的肉铺买可乐饼。（是枝裕和著，赵仲明译：《小偷家族》，北京联合出版公司，2019年，第6页）

柴田一家的困境折射人物和日本社会环境的冲突。低收入、社会福利漏洞、失业、被遗弃等现实因素，迫使这群人组成特殊的家庭，走上犯罪的道路。从《无人知晓》《如父如子》到《小偷家族》，是枝裕和化用真实存在的社会现象，剧本创作立足现实，探讨家庭结构在社会中的意义。这对青年编剧的启示在于，创作要善于寻找冲突点，可以从外部环境汲取灵感，关注社会中的热点话题和人的现实生活。

第二节　作为视点与关注对象的人物

一、说故事的人是谁？

视点，即以特定的视角讲故事。在不同媒介中，视点具有不同含义。

刘海波在《影视文学写作教程》中指出，想要了解影视作品的视点，就要弄清"说故事的人是谁"以及"影像本身的视点"，这可以分为三个层面理解。

首先是说故事的层面，在剧本构思阶段就应该敲定"说故事的人是谁"，这可以分为人称叙事和非人称叙事两种。其中，人称叙事指的是由一个明确的人来叙述故事，电影《罗生门》通过不同角色的主观回忆，呈现同一桩谋杀案的多个版本。非人称叙事则不依托特定角色的主观视角，以客观、全知的视角呈现故事。视点的选择和运用，本质在于编剧对叙事视角的掌控决定了观众如何认知场景和事件。

其次，视点与摄影机有关，即摄影机注视的方位。摄影机视点的选择不仅是技术层面的安排，还能够作为叙事和情感表达的策略。在电影《小猪宝贝》中，摄影机的机位都比较低，保持与动物们平视的机位。通过持续的平视镜头，农场主的房子被赋予宫殿般的威严感，这种空间呈现方式映射出了动物与人类之间不平等的权力关系。

最后，观众作为影片的接受者，在观看故事的同时，接受着影片所呈现的视点以及传递出的某种思想。不同的叙事方法，或者说不同的人称叙事所采用的视点，对观众的影响策略是不一样的。

在第一人称叙事的影视作品中，故事以"我"为叙述人，讲述着"我"经历或者了解的故事。这种叙事方式能够使故事具有更强的说服力，加强"我"与观众之间的情感联系，让观众与"我"产生共鸣。根据故事是否与"我"直接相关，通常存在两种情况，即画外或画内的"我"。画外的"我"只是一个叙述者，并不出现在银幕上，大多以画外音介入叙事。例如，在电影《红高粱》中，"我"在故事中讲了"我爸爸"，而"我"并不参与故事本身的叙事。这种手法不仅能客观地展现实际发生的事件，还能传递主观的情感。画内的"我"则指的是"我"在讲述故事的同时还参与着影片的叙事。这种叙事视点十分受限，因为"我"的视点需要和影片的时空保持一致，这类影片可以参考电影《解剖外星人》。

第二人称叙事在电影中较为罕见，这类电影会让观众直接成为故事中的"你"，是一种"打破第四面墙"的创作手法。

第三人称以"他"的身份介入叙事，具有一定的客观性，但也会带有主观色彩。通常第三人称会以画外音的形式为故事补充背景信息。例如《大决战》等历史片就使用第三人称叙述的方式，补充交代事件发生的时代背景。

非人称叙事，也就是全知视角，看起来没有某个明确的人在叙述。这种叙事手法看似摆脱了叙述的主题，摄影机以客观的视角自由呈现事件，观众也被赋予自由解读的空间，然而，这种叙事手法的背后仍有导演或者编剧的悄然引导，终极目的是让观众在无意识中接受创作者的叙事意图。

对于剧作者而言，用什么样的人称进行叙事是首要考虑的问题。当你确认了叙述者是谁，在创作时就要选择合适的视点和叙事方法。时刻保持影像思维，要思考创作的场景会被谁看到（观众会根据叙述者的视点看到相应的景别和角度）。

二、不是什么人都能成为主人公

（一）什么是主人公？

罗伯·托宾说，主人公的人生故事构成戏剧核心，观众透过主人公的眼睛看到故事徐徐展开，戏剧永远是主角的故事。一部影片可以有很多角色，而只有能够承载电影主题的才是主人公。

传统、旧式的主角往往被塑造成无所不能的英雄，他们拥有高洁的内在和美丽的外表，看起来没有缺点。然而，如今大多数编剧都会选择将主人公塑造成有缺陷的人，这样的人物更立体。他们在故事里不仅需要与反面角色对抗，还需要克服自己的缺陷，这使得故事更有看点。

如果你想写出一部引人入胜的影视剧本，就一定要确保主人公足够有趣或者说能吸引观众。有成长、有转变的主人公一定比天生的英雄更让观众印象深刻，为之动容。很多时候，主人公不一定是可爱的，充满勇气的。唯唯诺诺、胆小的人物也可以成为主人公，但他的性格一定不能是片面的，你得在某些时刻展示他独特的勇气，这才吸引人，才能让观众有足够的好奇心坐着看完整个故事。

如果说一部影片的主线在明面上是主角为达成目的和反派斗争的故事，那么主线的另一面即主角克服自己的缺陷，与自己作斗争。电影《洛奇》就是围绕着主人公如何摆脱"失败者"这一自我认知的故事。在《绿皮书》中，托尼因生活所迫，受钢琴家唐·雪利的雇佣，成为对方的司机一路驱车南下。在这个故事中二人需要克服种种困难完成演出，托尼也在这个过程中逐渐克服自己的种族歧视观念，与唐·雪利成为朋友。

时刻要记住，你写的是关于主角的故事。在学习写剧本的初期，你可能会陷入文学写作的惯性思维，下意识沿袭小说或散文的写作习惯。比如有的人会过度刻画环境，描写好山好水好风景，但这会让你的剧本变成"风光片"；又或者为了追求某种意境，将故事写得过于平淡，主人公从始至终没有发生一点变化——这两种情况都会让你的剧本变得无比寡淡。想要创作出兼具商业性和艺术性的剧本，一定不能忘记着重刻画主角与自己的缺陷作斗争的过程，并让其他人物和故事围绕着主角展开。而主角能否成功克服自身的缺陷则决定了剧本的结局是皆大欢喜还是滑向悲剧。

现在你应该对于主人公的构建有了一个大致的了解。对于初学者而言，可以试着参考日常生活中的小人物，将主人公设定为某种有缺陷同时有着成长空间的人。通过学习下文详述的人物弧光和内在缺陷，进一步搭建形象立体的主人公。

（二）人物弧光及其缺陷

人物弧光指角色从开始到结束的变化，这种变化往往源于克服内在缺陷，实现超越与成长。麦基在《故事》中称，人物弧光就是"最优秀的作品不但揭示人物真相，而且在讲述过程中表现人物本性的发展轨迹或变化，无论是变好还是变坏"。

人物弧光，尤其是主人公的人物弧光，是决定人物成败的关键。一个没有人物弧光的主人公，观众只能看到他的过去，看不到他的未来，在应用场景中就"趴下"了。

人物弧光主要有三种类型。

第一种是正面弧光（Positive Character Arc）

这是最常见的弧光类型，一般适用于主人公的成长线。主人公的价值观、信念发生了巨大挑战，促使他发生转变。

开端：角色处于不完美的状态，有内在缺陷。

过程：经历挑战，角色开始有所变化。

结局：角色克服了缺陷，完成成长。

第二种是负面弧光（Negative Character Arc）

负面弧光和正面弧光相反，角色的状况随着情节的发展逐渐恶化，其行动呈现一种由好到坏的过程。

开端：角色处于一个相对平和的状态。

过程：经历挑战，角色开始有所变化。

结局：角色的变化是负面的，以悲剧方式收尾。

第三种是无变化弧光（Flat Character Arc）

不同于正面弧光或负面弧光，这类角色没有明显的变化。角色基本上以一个稳定且掌握一定真理的正面人物形象出场。

无变化弧光不等于无弧光。无弧光属于编剧创作能力的问题，无变化弧光是编剧塑造人物的方式。福尔摩斯形象属于典型的"无变化弧光"。

开端：角色处于正面的状态。

过程：角色通过自己的能力解决问题。

结局：角色对盟友或对手产生了影响。

正面弧光的塑造过程，是一个不断唤醒你笔下人物的过程。你知道你的角色需要什么，就给他制造一些对立的缺陷，促使他成长。

常见的人物性格对比模式如下：

成功对比失败

勇敢对比懦弱

勤劳对比懒惰

智慧对比愚蠢

诚实对比虚伪

热情对比冷漠

信任对比怀疑

忠诚对比背叛

积极对比消极

自由对比束缚

比如在电影《洛奇》中，洛奇原本是一个失利的拳击手，经过不断努力，获得比赛胜利。电影《禁闭岛》中的警官泰德，前往精神病院调查失踪案件，逐渐发现赖以信任的环境崩塌，怀疑周围人对他图谋不轨，最终才意识到自己才是那个精神病人。

大多数剧作法会让人物经历两到三次挫折，最终完成人物弧光的搭建，也就是所谓的"一波三折"。在练习人物弧光的阶段，可以参考杰里米·鲁滨逊的"人物弧光工作表"（见表3-1），塑造人物成长线。

表 3-1　人物弧光工作表

角色名称：_____　　　　□主角　□配角

	物质上的	情感上的
1. 日常生活（没有挑战）		
2. 引入挑战		
3. 否认挑战		
4. 对挑战的初次承认		
5. 决定面对挑战		
6. 对挑战的试探		
7. 为终极挑战做准备		
8. 初次尝试		
9. 初次尝试的结果		
10. 对挑战的第二次承认		
11. 面对最后的挑战		
12. 赢得最终的挑战		

三、盟友如何帮助主人公？

在电影剧作中，盟友的职责是帮助主人公克服缺陷、实现目标。在大多数情况下，盟友在影片中与主人公的相处时间是最长的。

主人公因其过去的生活产生缺陷，并将缺陷视为一种防御手段。因此，想让主人公克服缺陷是十分困难的。在这个过程中，盟友一定会与主人公发生冲突，你可以围绕这一点设计有趣的冲突情节。

正如前文所说，主人公克服缺陷的成败决定了故事的结局，相应的盟友职责的发挥也分为两种结果。电影《百万美元宝贝》的结局虽然是悲伤的，但是麦琪作为盟友完成了她的职责，帮助弗兰基克服了对亲近的恐惧。

罗伯·托宾将盟友帮助主人公的方式称为 M.O.（Modus Operandi，即行为模式、操作方法）。盟友可以向主人公直接提出想法，提供行动的方案，或作为一种正面或反面典范的例子。前两种情况可以通过谈话或争吵的方式体现，这两种方式可以让观众更了解盟友和主人公的想法和内心。有时盟友是主人公的老师或父亲，以富有经验的过来人身份向主角提供建议，比如《哈利·波特》系列电影中的邓布利多。

在设置盟友的行为模式时不要太刻意和片面。试想，两个人踏上旅途，由于主人公的缺陷而产生分歧和争吵，盟友以说教或直白的方式直接教育主人公，试图让对方克服缺陷，接着主人公醍醐灌顶般醒悟——这样的方式太单调了，没人愿意看。

主人公以其缺陷应对着过往的生活，就证明克服缺陷并不是一件容易的事，这需要一个过程。在这个过程中，你可以将盟友树立为正面或反面的例子。例如在电影《洛奇》中，作为正面典范的女主人公反抗哥哥并改变了自己的生活，以此激励洛奇克服失败者的心理障碍。而反面例子则是拥有与主人公相同缺陷的盟友因无法克服缺陷而陷入更糟糕的境地，从而使主角明白克服缺陷的必要性。

互动练习 | 创造你的剧作人物角色卡

一、练习目标

通过这个活动，你将创建一个属于自己的剧作人物，并通过简短的分享，了解人物如何为剧作带来生命力。

二、练习准备

索引卡或小卡片、笔。

三、练习步骤

（一）创作你的角色

（1）从桌上拿一张索引卡和一支笔。

（2）想象一个你希望在剧作中看到的角色。这个角色可以是任何你喜欢的类型——主人公、反派、盟友等。

（二）在卡片上记录下你的角色的基本信息

1. 角色名称

给你的角色取一个名字。

2. 一个显著特征

这个角色最突出的性格或外貌特征是什么？（例如勇敢、聪明、邪恶）

3. 一个主要动机

你的角色最想要什么？他们的行动受什么驱动？（例如寻找真爱、获得权力、为家人复仇）

4. 与其他人物的关系

你的角色与其他人物是什么关系？（例如朋友、对手、导师）

（三）分享你的角色

（1）用大约 30 秒的时间，向大家介绍你的角色卡。

（2）尝试用简单的几句话让大家对你的角色有一个直观的了解。

（四）一起探讨

（1）大家分享完毕后，我们将一起讨论这些角色如何在一个剧作中发挥作用。

（2）我们会探讨：如果这些角色成为故事的主角，故事将如何展开？他们的特征和动机将如何影响故事的走向？

第三节　障碍与反面人物

一、障碍设置在目标实现的道路上

障碍指的是阻碍主人公和盟友实现目标过程中的对抗力量。设置障碍即制造冲突。

仅靠主人公和他的盟友无法实现戏剧冲突，因为缺少对手。反面人物这时就出场了，负责给主人公"使绊"。毕竟要证明主人公是个厉害角色，不是靠台词去堆砌，而是要给他匹配一个同样厉害甚至更厉害的对手，让主人公在挑战中实现成长。假如你的剧本主人公是一名网球选手，马上要进行两场比赛。第一场比赛，对手的世界排名第五十，第二场比赛，对手的世界排名第一。观众会觉得哪场比赛更值得期待？主人公赢了哪场比赛更能体现其竞技价值？

麦基在《故事》中说，反面人物的塑造原理，是"主人公及其故事的智慧魅力和情感魄力，必须与对抗力量相适应"。一个对抗力量强大的反面人物，能激发主人公更强大的行动力，会让你的故事更好看。《蜘蛛侠》（2002 年）中的彼得·帕克原来是个平平无奇的高中生，偶然被放射性蜘蛛咬伤后获得了超能力——这成为他命运的转折点。我们知道，蜘蛛侠一开始是不太会使用能力的"菜鸟"，也没有意识到责任的重要性，是绿魔等反派促使他不断超越自我，成长为真正的"超级英雄"。

二、反面人物："道高一尺，魔高一丈"

反面人物是与主人公及其盟友对立的价值观。反面人物的存在是为了制造戏剧冲突，推动情节一步步走向高潮，负责"将故事和人物带到线索的终点"。麦基将反面人物定义为对抗力量，有时反面人物并不是一个具体的坏人，与主人公进行对抗的是对抗人物意志和欲望的各种力量的总和。这种对抗力量越强大、越复杂，主人公所遭受的挫折和挑战就越巨大，故事也就越精彩、越有看点。

麦基在《故事》中将主人公代表的具有正面意义的价值称为正面价值，与正面价值进行对抗的有三种，即矛盾价值、相反价值、负面之负面（否定之否定）价值。

矛盾价值与正面直接对立，正义与非正义，爱与恨，真理与谎言。相反价值则带有负面意味，但还不至于到完全对立的地步。正义的相反价值是各种不公平的情境，比如种族歧视一类的偏见、"走后门"、官僚主义。最具有对抗性的力量是负面之负面（否定之否定），这并不是日常语义中代表肯定的双重否定，而是一种复合否定，代表着坏到极端，达到人性最黑暗的一面。而正义的负面之负面即专制（见图3-2）。

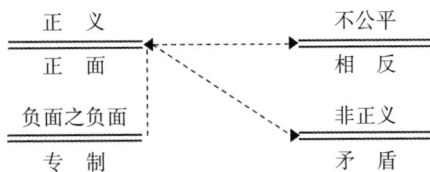

图 3-2　与正面价值进行对抗的三种价值

要想创造一个在冲突的深度和广度都达到极限的故事，就必须根据相反价值、矛盾价值和负面之负面，一点点塑造对抗力量，要让反面人物"道高一尺，魔高一丈"。电影《唐人街》（1974 年）塑造了权势滔天的对抗力量，在极度黑暗的恶势力面前，正义根本无法得到伸张。此外，乱伦真相的揭晓也使得对抗力量达到了负面之负面，这是一种极度反人伦的价值。当你在构建剧本的时候，可以参考以下罗列的对抗力量（见表3-2）。

表3-2　构建剧本的对抗力量案例表

正面	相反	矛盾	负面之负面	例子
正义	不公平	非正义	专制	《雪国列车》
爱	冷漠	恨	自恨	《罪与罚》
爱	冷漠	恨	以爱为面具的恨	《普通人》《钢琴师》
真理	善意谎言/半真半假	谎言	自欺	《罗斯玛丽的婴儿》

正面	相反	矛盾	负面之负面	例子
意识	无意识	死亡	天谴	《普罗米修斯》
富有	中产	贫穷且忍受着贫穷的痛苦	富有但忍受着贫穷的痛苦	《华尔街》
交流	疏远	隔绝	疯狂	《怪房客》
成功	妥协	失败	出卖	《黑天鹅》
智慧	无知	愚蠢	貌似聪明的愚蠢	《在那里》
自由	限制	奴役	貌似自由的奴役	《楚门的世界》
英勇	畏惧	怯懦	貌似英勇的怯懦	《回家》
忠诚	离心	背叛	自我背叛	《禁闭岛》
成熟	幼稚	不成熟	貌似成熟的不成熟	《长大》

　　当你的故事有了雏形时，不妨自查一下处于哪个对抗力量的价值阶段，你的正面价值又是什么？它们的对抗是否已经达到极致？是否可以继续深化？如果你的故事听起来有些乏味，那大概率是对抗力量还不够强大，还没有走到负面之负面的地步。

本章练习 | 构建冲突网——在荒岛上

一、练习目标

在特定的环境限定下（荒岛），通过构建人物之间的冲突网来深入理解人物动机、关系及其产生的戏剧性冲突和张力。

二、环境限定

想象你的人物因某种原因被困在一个荒岛上。这个环境为人物间的冲突提供了物理和心理上的背景。

三、练习步骤

（一）选择三到五个人物

创造三到五个在荒岛上相遇的人物。考虑他们如何到达这里，以及每个人物的背景、性格特征和目标是什么。

（二）构建人物间的关系

确定这些人物之间的基本关系。这些关系可以是合作生存的盟友，也可以是争夺有限资源的对手。

（三）设定冲突点

针对每对人物关系，设定至少一个冲突点。冲突可以是环境导致的（如争夺有限的食物和水源），也可以是人物性格或背景导致的内部冲突。

（四）绘制冲突网

在一张纸上绘制出人物以及他们之间的关系和冲突点，形成一张觉化的"冲突网"。

（五）分析和分享

（1）分析如何通过这个特定的环境设定（荒岛）加深对人物冲

突的理解。

（2）分享你的冲突网，并与其他人讨论荒岛环境是如何影响人物关系和冲突发展的。

（六）反思

（1）思考这个环境限定（荒岛）如何帮助你深入探索人物之间的动机和关系。

（2）反思在这个特定背景下，人物和冲突的创造对你理解剧作中的人物有何启发。

（3）通过引入特定的环境限定，学生将被引导在一个具体且刺激的背景下思考人物如何互动、如何面对冲突，从而更深刻地理解人物在剧作中的核心作用。

第四章　目不转睛：将观众的注意力收入囊中

在长达几十分钟甚至上百分钟的时间里，观众的注意力不会理所应当地聚焦在银幕上。画面和音响的效果固然有助于吸引他们，可唯有故事本身的趣味才是俘获观众注意力的根本，否则，再震撼人心的技术效果也将沦为催眠的伴奏曲。对于让观众的大脑保持活跃这件事，创作者从不听天由命。在故事中置入悬念，制造戏剧性效果，是解决以上问题的重要法宝。

学习目标

（1）了解悬念发挥作用的深层原理。

（2）了解戏剧性建构如何为故事的精彩呈现发挥增益效果，形成充满戏剧性的写作思维。

（3）掌握在故事中制造矛盾冲突的创作方式。

（4）学会利用时间工具加强故事的戏剧性，掌握控制故事节奏的方法。

（1）悬念的产生原因和大脑的工作原理。

（2）电影的媒介特性与电影剧本的戏剧性创作技巧。

（3）常用的悬念和矛盾冲突设计方法。

（4）电影的时间概念和使用时间工具调整故事节奏的创作方式。

🎋 知识点导图

```
                              ┌─ 经验的获取和大脑预设的认知模型
              与经验作对：悬念 ─┤
              的形成          └─ "情理之中，意料之外"的悬念设计
                                 理念

                              ┌─ 电影的媒介特性与电影剧本的戏剧性
                              │  创作技巧
培养充满      拒绝平淡！戏剧性 ─┼─ 找准故事的心脏与剧本开局的方式
戏剧性的      从何而来？       │
写作思维                      ├─ 悬念的构成与设计悬念的技巧
                              └─ 矛盾冲突的主要类型和具体设计方法

                              ┌─ 电影故事时间和电影银幕时间
              张弛有度：善用时间 ┼─ 加速节奏和减缓节奏的节奏控制法
              的工具           └─ 非线性故事线的设计方法和时间限制
                                 作为情节要素的应用
```

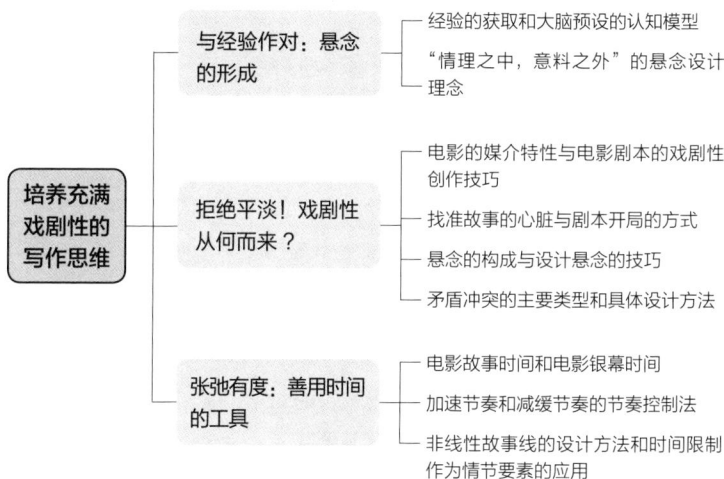

吸引观众看下去，对于诸多电影创作者而言是最基础也是最困难的挑战。通常，创作者会将故事尽可能展现得一波三折、跌宕起伏，以令观众能够在一次次解谜与接受新的谜题之间，将自己的时间与注意力心甘情愿地交给一段提前制作好的影像保管。为了达到这样的目标，无数创作者不拘一格地发散思维，持续深耕故事创作技巧，并在写作中付诸实践。

戏剧性在吸引观众注意力方面发挥了至关重要的作用。一部电影作品的情节编排若要达到引人入胜的效果，离不开戏剧性的显著表现。然而，需要明确的是，戏剧性并非一个可以单独列出并直接实现的具象元素。戏剧性是多种写作要素相互融合、协调一致的集合体现。

第一节　与经验作对：悬念的形成

一、经验获取和大脑的工作

（一）经验从何而来

大脑是能进行经验积累的器官，它擅长将新的认知和体验转化为经验储存起来，这一特质为人类的学习能力培养提供了基础。比如，对于拥有骑行自行车技能的人而言，看到自行车时，其大脑会调动已有的经验，为之匹配好"自行车骑行模式"。其脑海中会浮现出手握车把、脚踩脚踏板、腿部用力驱动车轮的知觉，甚至凭空感受曾有的骑行感受——明媚的阳光下，清风拂面。然而对于缺乏自行车骑行经验的人而言，上述感受则不会浮现。

这是因为人类的感知过程需要依靠感觉器官进行。人类通过视觉、听觉、触觉等方式探索未知。外部的物理刺激转化为神经信号，传入大脑神经元，大脑便能将这些信息悉数接收，进行精细化处理，形成供日后随时调取的记忆，这可以理解为一种"自下而上"的信息处理过程，最终形成了大脑的经验。加拿大心理学家 A.J. 科恩利用模型形象地表现出大脑的这一过程（见图 4-1）。

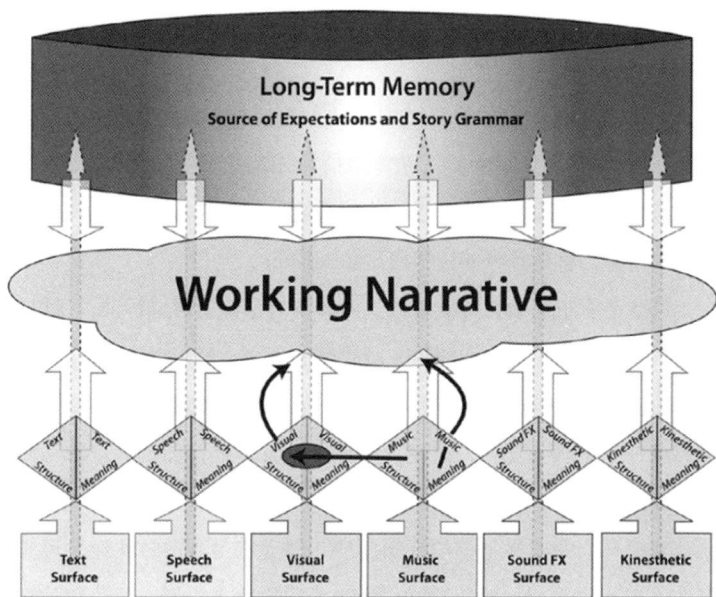

图 4-1　CAM-WN 模型图 [1]

---

[1] 图 4-1 展示了工作叙事认知情感模型，它生动地描绘了我们大脑如何整合信息并形成连贯的日常经验。该模型将这个过程分为三个主要层次：

最底层是感知输入层，代表大脑从外界接收的各种原始信息，如文本、言语、视觉图像、音乐、音效和身体感觉等。这些信息首先被解析为基本的"结构"和"意义"。

中间是模型的核心——工作叙事层。所有经过初步解析的感官信息都在此汇集。它就像一个心理工作台，将来自不同渠道的碎片化信息（如看到的画面、听到的声音）进行实时整合、组织，并让它们相互作用，从而构建一个统一、连贯的当前情景。

最顶层是长时记忆层。它存储了我们过往所有的知识、个人经历和信念，是"预期和故事语法的来源"。长时记忆会自上而下地施加影响，用我们已有的知识框架来指导和塑造工作叙事层对新信息的理解和诠释。以上来自保罗·古列诺著《科学剧作法》（*The Science of Screenwriting*）。

（二）预设的认知模型（基模）

1. 什么是基模？

记忆是大脑形成"经验结构"的重要依据。在个体独一无二的"经验结构"中，大脑会将冗杂零散的认知记忆按照某些标准进行区分和组合，最终内化为对世界的体验。这种特定的体验形成了有组织的知识集合，称作预设的认知模型（Schema，基模）。

只要是有组织的相关概念，就能够成为基模的形成标准，所以基模的形成标准是丰富多样的。人所感受的情绪、经历过的场景、经手处理的事件和接触过的人，但凡能在一组有组织的概念下集合，就可以形成一个基模。比如，鲜花、气球、生日蛋糕，加上兴奋的人们，就可以组成名为"生日派对"的基模。

基模是人的非常重要的认知捷径，因为它由人的过往经验形成，当人遇到相同或相似的情况时，大脑无须再逐个识别、解读和分析，而是可以直接调用已形成的基模，迅速作出反应。

2. 共享的经验

你会骑独轮自行车吗？如果从未有过骑行独轮自行车的经验，看似无法形成有关它的基模，然而事实上，如果你骑过两轮自行车，就不会对骑行独轮自行车的感受一无所知。感受可能包括：硬质的座椅能让骑行者坐在车上，脚踏板需要左右脚配合踩动以控制车辆，轮毂轧过不平的路面时，骑行者会感到颠簸。

这些体验并非来自骑行独轮自行车的经验，而是来自骑行两轮自行车的经验。这是因为大脑尽管对于前者很陌生，但对骑行后者的感受是已知的，于是将二者放置在同一标准下——骑行自行车的经验——建构了基模。大脑适当挪用了已有的骑行两轮自行车的基模，填补了骑行独轮自行车基模的空白，预设了骑行独轮自行车的感受。

形成基模所需的经验来源不仅限于个人层面，还能上升至自然法则的共性知识和人类共享的文化层面。依赖更大范围、更多数量的共享经验，我们可以借助所学知识来构建我们未曾直接经历的基模。

如果你穿过密不透风的玩偶服、戴过安全头盔，还听过有关宇航服构造的讲解，只要再加上在狭窄的空间里错身行走的感受，便能在一定程度上对科幻电影中宇航员的空间站生活表示理解，而不需要亲自搭乘火箭离开地球。

（三）"自上而下""自下而上"与框架脚本

以大脑为出发点的"自上而下"的信息流让人能够对外部世界产生个人化理解，并建立起独属于个人的基模，这一过程与以感觉器官为出发点的"自下而上"的信息传输过程共同使人与外部世界形成双向交流。

当大脑依据已有的经验结构对眼前所遇事件进行推断，却发现事情并未依照预想中的那样发展，也就是"自上而下"与"自下而上"的信息交流发生了冲突，框架脚本（schema script）——我们已经将剧本与特定的基模框架联系起来的行为——被违反，会产生什么结果？答案是，悬念由此形成。

电影创作者发现，引诱大脑调用已形成的基模对剧情进行推测，再释放出新的信息违背基模，迫使大脑开始分析，能够吸引和保持观众的注意力。

这种方式被广泛运用于电影的创作中。如在动作片《史密斯夫妇》（2005 年）中，一对年轻夫妇在享用晚餐时不慎将红酒瓶摔落，二人随即争先恐后地寻找清洁工具。观众如果单看这一情节，依照日常生活经验，会得出二人彼此体谅的故事结论。然而实际上，这一幕发生在二人识破了彼此的杀手身份之后——寻找清洁工具只是幌子，二人寻找的是自保的武器，一场激烈的对抗即将在他们之间发生。通过故事前情，大脑获得了更充分的信息，形成了与过往经验完全不同的新的基模，悬念于是得以构建。即使是司空见惯的生活琐事也能激发观众强烈的兴趣。

相似的手法也被应用在更早的电影《剪刀手爱德华》中。古堡阴森诡异的氛围向观众预示着此地主人的神秘和古怪，不过观众马上就会发现，与预想中的惊悚遭遇相反，这里的主人是一个单纯善良的机器人。如果创作者懂得如何创造和操纵观众的预期，那他将非常善于保持观众的注意力。

二、情理之中，意料之外

（一）不遂人愿的悬念设计法

面对未知事件，人们总是乐于结合已有经验和新线索，带着对证实自己猜测的期待，大胆推测事件走向，直至终点。观众在观看电影的时候同样如此。如果创作者操控事件发展，在情节走向合理的前提下，持续多次逆转观众的期待，便能够在一次次"出乎意料"中出色地完成剧本的悬念构建。

电影《天下无贼》（2004 年）的开场展示了一对"雌雄大盗"的生活方式——敲诈勒索、盗取财物。二人既是合拍的"工作伙伴"，又是甜蜜相守的情侣。然而，在一次"完美"犯罪后，他们选择分道扬镳，这逆转了观众的期待，同时埋下疑点——女人为何如此决绝地离开？

这种"不遂人愿"的悬念设计方式，督促创作者主动推翻心中设想好的情节，思考故事发展的更多可能性，以避免情节发展被观众精准预测，导致作品变得枯燥无味。

（二）价值负荷的正负翻转

悬念的另一种通用的建置理念来自主控思想价值负荷的正负翻转，它会引导观众的心绪随之变化，同样能达到锁定观众注意力的目的。

在大多数电影中，人物通过采取各种行动应对接连发生的事件，以实现其目标。事件是触发人物行动的必要因素，人物行动则是促使事件继续发生变化的核心动因，二者相辅相成，驱使人物的历险持续进行。在故事的开端和结尾处，主控思想的价值负荷通常是相反的。

仍以《天下无贼》为例。在故事开端，男女主人公的作为体现出无视法律威严的价值负面负荷，试想以下两种故事结局：其一，男女主人公坚持从前的行为方式，进行了更多犯罪活动，逍遥法外或被警察抓获；其二，男女主人公抛弃了从前的生活，转而成为正义的守护者。

相比之下，让人物在结局达到第二种状态对于编剧而言更具有挑战性。因为价值负荷的正负翻转需要强烈的力量驱动，否则无法达到。这与人们的生活经验相符，做出改变是艰难的事，更何况是完全相反的价值转向。

按照第二种方式设计故事结局，会促使观众对主控思想价值负荷转变过程中发生的事投以关心，从而增强影片的悬念感。事实上，《天下无贼》正是这么做的，主控思想的价值负荷在故事结尾较之开端发生了完全的翻转。

（三）情感负荷的正负翻转

故事进展通过在故事中押上台面的各种价值的正面负荷和负面负荷之间的动态移动而构建。价值负荷的正负翻转能够在故事整体走向上协助创作者完成悬念设计，而主控思想情感负荷的正负翻转还能够为具体情节的悬念设计提供帮助。

　　罗伯特·麦基依据主控思想情感负荷的转换模式差异，将故事划分为三种类别，分别概括为"理想主义者、悲观主义者和反讽主义者"，并进行了详细阐释（见图4-2）。

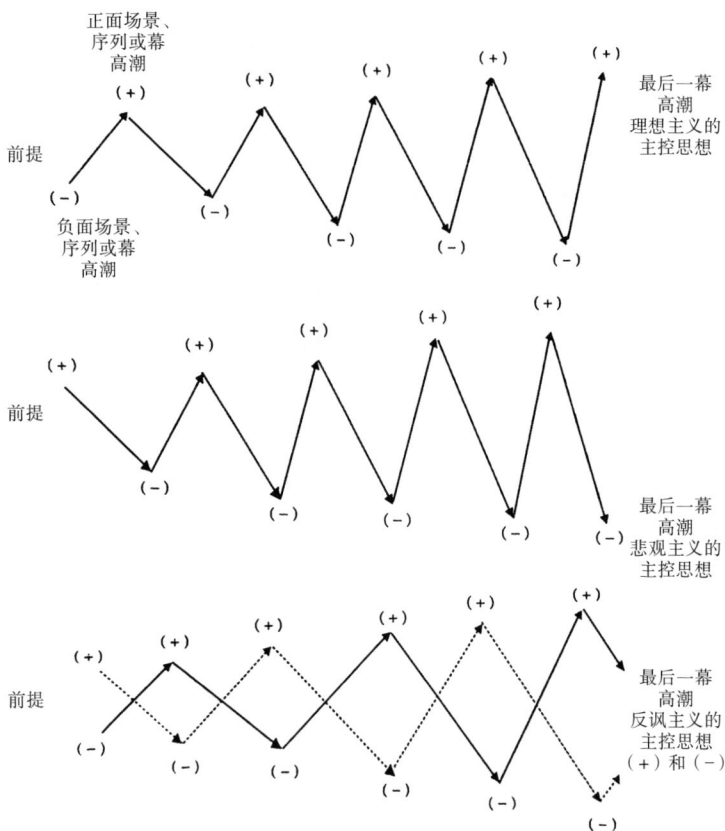

图 4-2　罗伯特·麦基的故事分类图

需要着重注意的一点是，伴随故事情节的开展，主控思想情感负荷的翻转幅度只有持续增强才能对观众产生持续、递进的吸引力。只有当观众的注意力集中在银幕上，时刻关心人物的命运走向，并抱有强烈的欲望追问"后来怎样"的时候，创作者煞费苦心的悬念设计才算产生了效果。

第二节　拒绝平淡！戏剧性从何而来？

一、作为媒介的电影剧本

（一）找准媒介定位，突出创作特点

1. 讲述故事的文字媒介不止一种

到处是故事，人的一生都被故事包围着。

在讲述故事的众多文字媒介中，电影剧本只是其中之一，且是相对年轻的一种。在中国，直到 20 世纪 20 年代，早期的电影剧本才与人们正式见面。为了进一步了解电影剧本的创作特点，我们简略地梳理讲故事的多种文字媒介。

电影剧本、电视剧剧本和短片剧本都属于影视剧本的范畴。然而，将文字作为载体讲述故事并非影视剧本的专利。在影视剧本类型之外，还存在舞台剧剧本这一大类。二者的根本差异在于，前者以镜头为最终呈现形式，经过后期制作的完整影片具有可复制性，能够长久留存并反复播放；后者采取舞台表演的方式呈现给观众，通常不涉及后期制作流程。严格来说，即便遵循同一剧本进行排练与演出，每一场表演都因其独特性而具有不可替代性。

在进一步探讨文学作品的多样性时，我们不难发现，除了剧本类型，还有诸如小说、诗歌、散文等丰富的文学形式，它们同样承载着讲述故事的重任。然而，这些文学形式与剧本类作品在性质上存在着更为显著的差异。具体而言，剧本作为一种独特的文学体裁，其核心功能在于为作品的后续环节提供明确的指导和框架，确保整个创作与演绎过程的顺利进行。相比之下，小说、诗歌、散文等作品则更加侧重通过直观、生动的语言文字符号，直接与读者建立深刻的情感与思想联系。它们通过被阅读的方式，实现信息的有效传递与文化的深度交流。

2. 剧本是个"半成品"

在电影院上映的是电影，而非电影剧本；在剧场演出的是话剧，而非话剧剧本。和那些与读者以文字形式见面就完成任务的作品不同，剧本在创作完成后，还需要经历将文字语言转化为另一种表现形式的过程。也就是说，剧本的完成稿仅为"半成品"，是为最终的表现形式服务的一个前期环节。

创作者只有清楚地了解这一特点，在创作剧本时注意内容与媒介特性的适配，才能在最终的呈现形式中更加完美地诠释剧本创作阶段的戏剧性构想。

（二）从媒介特性看电影剧本的戏剧性创作技巧

电影是视觉和听觉的艺术，其艺术语法使它天然具有蕴含庞大信息量的能力。乏味的电影讲述故事，精彩的电影呈现故事。比起采用大段的说明文字和解说交代剧情，优秀的电影编剧倾向于采用能够发挥电影媒介优势的方式，更具戏剧性地推动情节发展，较有代表性的技巧和方法有注重人物动作、情绪反应、情节转折等要素的设计。

1. 人物动作

镜头是十分敏锐的。撰写电影剧本首先要注重提供给观众的视觉信息。当观众注视画面的时候，用人物动作足够说明的事，就不要再用语言赘述。让观众始终保持自主分析力，需要靠编剧协调视觉与听觉信息的供给来实现。否则你会在电影《这个杀手不太冷》中看到冷面杀手莱昂一边进行周密的刺杀计划，一边播报自己的行动，他甚至会说，我不会乘坐电梯上去，因为我知道你们的枪在电梯外等着我。紧张又神秘的氛围大打折扣，不是吗？

2. 情绪反应

电影院的大银幕是放大剧情细节的有力工具，也是电影为观众提供沉浸式观影体验的重要硬件设备之一。那些在生活中不起眼的小动作，以及脸上的神情变化，在大银幕的展现下，将成为观众瞩目的焦点。利用好这一点，让观众捕捉角色微妙的情绪反应和更多细节，有利于真实地袒露剧中人物的情感反应，从而使观众产生情感共鸣，增进对故事内容的体会，对于推进故事情节的戏剧性开展会产生意想不到的效果。

3. 情节转折

通过前面的学习，我们已经了解，主控思想中价值负荷与情感负荷的正负翻转，能够有效为悬念设计提供支撑。悬念落实到情节发展中，便转化为推动故事前进的动力，吸引观众持续关注后续剧情。当悬念的谜底揭晓，且结果完全出乎观众预料时，就形成了情节转折。

情节转折能在观众兴趣逐渐消磨之际，将他们的注意力重新拉回银幕。由于影片受到时长与故事容量的限制，情节发展通常较为紧凑，因而优秀的情节转折设计显得尤为重要。它能够使故事一波三折、引人入胜，对于提升影片整体的戏剧张力和观赏性具有关键作用。

二、选择故事的切入点：揭开序幕

在一部电影中，哪个部分是突出戏剧性的最佳时机？故事开端，后续发展，还是结尾处？答案是，戏剧性应贯穿整部电影。

然而，就算谨记这一点，你的创作过程可能还是面临无从下手的困难。许多创作者在初次动笔写一部标准时长的电影剧本时，对这样的窘境尤其有感触。但在"万事开头难"的同时，一部电影的开头十分钟往往是吸引观众的最佳时机。观众的观影热情是被激发还是浇灭，将决定他们的注意力是否愿意为接下来的剧情停留。

一艘精致的船行驶在雾气弥漫的海面上，船上的人正谈论可怕的海盗，还顺便表达了对海盗强烈的憎恶。这时，海里出现了一个落水的男孩，众人施以援手。在男孩身后，一艘商船正燃着熊熊大火。人们笃定这一切是海盗干的，而男孩看起来是无辜的幸存者。这一切似乎毫无疑问。然而，下一个镜头，女主人公在男孩身上发现了一枚海盗徽章，她抬头远望，一艘海盗船悄无声息地隐入大雾。这一开场来自电影《加勒比海盗》（2003年）。

在上述开头段落里，创作者为引起观众的关注做了哪些工作？

（一）寻找故事的"心脏"

电影的开场和故事的切入点要尽可能选择故事中最具有吸引力和表现潜力的情节点，直截了当地回应观众的期待，向观众展示故事的核心。编剧在这部分工作中的作用举足轻重，因为他们对故事的内容了如指掌。

试想，将《加勒比海盗》的开场这样安排——金碧辉煌的皇家宫殿里，贵族们衣冠齐整地坐在高处，一位贵族女孩躲在父亲身后，听水手汇报："死伤惨重，我们救上来一个男孩，他说不定是个海盗，但他好像不知情，要绞死他吗？"听完，女孩对一旁的父亲小声说："可是我觉得海盗没那么讨厌。"父亲将食指竖在唇边，和蔼地示意女孩噤声。

战斗、男孩、海盗，同样直入主题，吸引力却大打折扣，原因是什么？差异在于原片的开场更契合故事的"心脏"。设想关于海盗的故事，观众究竟希望看宏伟壮观的海盗船破雾而行，还是严肃沉闷的审判大厅里唇枪舌剑？是商船与海盗的惨烈交火现场，还是事后的总结和复盘？是神秘的海盗真容，还是对海盗的言语描述？《加勒比海盗》在开头就告诉观众，这是有关海盗的传奇，一段史无前例的冒险。

（二）开局的艺术

1. 直入主题

直入主题式开场要求创作者直接表现故事的核心内容，最好包含故事最令人期待的场景展示。《加勒比海盗》是典型的直入主题式开场，观众跟随意外事件的发生，很快得到了影片内容的核心信息——故事将围绕海盗展开。海上的熊熊大火与远去的海盗船也昭示出，观众能在本片中看到凶险残酷的海战。

清晰的内容定位是必不可少的，因为只有极少数观众想看一部"盲盒"电影，其余的大多数则更希望能在电影中看到自己预想看到的内容，电影开场是一个回应其期待的好时机。

2. 缓慢铺陈

缓慢铺陈式开场对于故事重要场景的表现不似直入主题式开场那样直白，情节也相对平淡。然而这种开场方式的优势在于，能够交代较为复杂的故事背景，对于出场人物的刻画也更加丰富、全面，从而为故事后续发展打下坚实基础。

电影《湄公河行动》（2016年）在开头对"金三角毒品王国"的简况作了介绍，并交代了湄公河上中国商船遇袭案件引发的贩毒谜团，完善了故事背景，为之后的缉毒行动开展奠定了叙事基础。吴天明执导的电影《百鸟朝凤》（2013年）以少年游天鸣拜师的情节为影片开端，通过表现游天鸣与其父相处的细节，突出了游天鸣重情重义、敦厚质朴的可贵品质，丰富了主要人物的形象。

需要注意的是，缓慢铺陈不等于乏味。此类开场需要让观众在主人公徐徐展开的生活中看到变数，意识到新的改变即将发生。

（三）电影开场与故事的切入点

电影开场并不完全等同于故事的切入点。电影开场通常指客观时间上的电影开头，即电影成片进度条最前部分。故事切入点则通常指电影中故事详细开展的起点，并没有严格的讲述顺序要求，例如必须从故事发生的线性时间起始处讲起之类。

如果把完整的故事看作一条线段，电影对这段故事的切入点就可以是这条线段上的任意一点。换言之，电影开场是电影的开端，故事切入点是故事的开端，故事通常按照时间顺序发生，但是电影对故事的讲述顺序是多种多样的。

电影《无名之辈》（2018年）以警察对真真的讯问开场，真真看着面前照片里的两人若有所思，故事随即以倒叙的方式展开，回到了照片中两个劫匪抢劫手机店的时刻。显然，该影片的开场部分在时间维度上位于故事开端之后，且大概率发生于故事的中部，因为警方显然已经开始着手调查照片中的劫匪。

《无名之辈》将这一吸引眼球的情节前置，用照片定格事发时的状况并予以突出显示，激发出观众的好奇心，从而驱使观众保持观影兴趣，继续了解事件详情。随着故事的进一步展开，该片结合倒叙的结构安排，引入多条线索，交叉并行地完成了故事网络的交织建构，诸多细节和线索也愈加丰富。该片的故事切入点选择一方面提升了故事的整体戏剧性，另一方面也契合了喜剧电影紧凑欢快的叙事节奏。

三、纺织"悬念之网"：掌控信息的艺术

（一）悬念的构成

悬念设计是一项细致而又复杂的工作，电影中悬念的设计不是零散无序的，而是遵循一定的结构展开，呈现出多层次、多方面的特点。为了确保情节的顺利展开，编剧通常通过信息的控制和释放来构造悬念，尽可能持续吸引观众的注意力。

具体方法主要包括战略性的信息隐藏和关键时刻的信息释放。战略性的信息隐藏指为服务于故事整体架构，将部分叙事信息刻意隐瞒，令观众陷入理解的陷阱，一时难以猜出故事之后的走向和真正的谜底。电影《催眠大师》（2014 年）隐藏了心理治疗师徐瑞宁才是被治疗者的信息，为故事后半段的反转积蓄了力量。

关键时刻的信息释放指依据故事进展，在适宜的情节点埋设伏

笔，并在恰当的时机袒露，释放出重要的信息，令剧情获取继续向前推进的动力。如在警匪片、谍战片等类型题材作品中，识破潜伏者的身份所依赖的决定性证据，往往就隐藏在细微之处，等待在关键时刻揭晓。还有不少创作者会有意提示误导性信息，让观众对剧情发展的推测走上岔路，等发现结果完全不同时再大吃一惊。

除了人物戏剧动作的方面，悬念也存在于更为细节的设计当中，如关键线索的控制和释放以及隐秘的预兆，这同样至关重要，甚至能够在特定的戏剧需求下发挥扭转局面的作用。这要求编剧善用战略性的信息隐藏以及关键时刻的信息揭示，在合适的时间埋设伏笔，并在恰当的时机袒露，使其迸发出意想不到的力量。

（二）局部悬念与整体张力

仅靠一个悬而未决的问题，很难让观众保持同样的姿势坐在影院的座椅上超过 90 分钟。如果将这些问题有秩序地连缀起来，形成一段延伸向故事结局的完整线索，便能让观众对剧情保持关注。也就是说，编剧在完成故事发展大趋向上的悬念设计的同时，还需要在具体情节中置入悬念，辅助故事进一步展开，令故事的最终戏剧目标能够在具体情节的铺陈下逐步实现。

结合电影作品来看，《我不是药神》讲述了一个平凡的中年男人如何成为慢粒白血病患者公认的"药神"的故事。来自主人公开始状态与结束状态之间的差异和冲突，能够迅速引起观众的兴趣，因为人们急于探究他如何实现这一状态的转变。

只有局部悬念的铺设才能给观众指出一条明路，让他们得知其中的详情。拆分该片的情节主线，可以将程勇先后克服的难题捋出一条连贯的发展线索，筹集父亲的手术费，将印度格列宁偷运入境，售卖遇阻后暗中拓展药品的售卖渠道。能够看出，这些在具体情节中体现的悬念，其首要任务是推动故事发展，同时契合人物最终的发展目标，为解开整体悬念提供助力。局部悬念设计的有效与否，将很大程度上决定故事是引人入胜还是索然无味。

（三）信息差产生的悬念

除了编剧，电影剧本悬念构建工作涉及的另一重要主体是未来的观众。观众能否遵循编剧的设计，顺利"掉入陷阱"，体验悬念为故事带来的戏剧性效果，是检验悬念设计工作是否成功完成的重要标准。

许多悬念的设计通过剧中角色与观众之间形成信息差这一方式完成。不对等的信息使观众与角色之间裂开一道缝隙，提供了供观众展开头脑风暴的缓冲地带，在观众的推测、猜想中，实现了悬念的建构，使故事更具有戏剧性张力。这种所得信息的不对等大致分为以下三种情况。

1. 观众得到的信息多于剧中角色得到的信息

观众被赋予上帝视角旁观整个故事，能够突破时间和空间维度的束缚，同时看到主线和支线的所有剧情发展。或许有人会对这种悬念构建的方式感到疑惑，因为在观众掌握了所有信息的情况下依然激发出他们对剧情的好奇和对人物的关心似乎十分困难。

来看电影《风中有朵雨做的云》（2019年）如何利用观众与角色的信息差来构建悬念并提升故事的戏剧性的。影片以唐奕杰坠楼案为切入点，通过警官杨家栋的调查，逐步揭开城中村背后的权色交易网络。当杨家栋在21世纪10年代调查时，观众已经知道了20世纪90年代的腐败根源——姜紫成与官员的勾结；当连阿云接近真相时，观众通过监控录像和梦境闪回，早于角色感知她的生命进入死亡倒计时。观众通过林慧的扭曲回忆和连阿云失踪前在走廊徘徊的监控录像比杨家栋更早拼凑出林慧与唐奕杰、姜紫成的三角关系全貌，意识到唐奕杰的坠楼是多方势力博弈的必然结果。另一处颇具代表性的是导演运用大量的隔窗拍摄、镜子反射、偷窥视角让观众窥见唐奕杰不知道的妻子和姜紫成之间的情感纠葛。

2. 观众得到的信息等于剧中角色得到的信息

观众与主要角色共享视角，无法知道角色不知道的事情。观众尽管在信息获取方面受到了一定的限制，但也因此能更加设身处地感受角色的处境，大幅提升了观影的参与感。

电影《暴裂无声》（2017 年）在悬念设计上便采取了这种手法。观众与主人公张保民保持信息共享，观影全程都在感受张保民丢失爱子后却无法掌握有效的犯罪证据从而对嫌犯束手无策的焦灼与痛苦。

3. 观众得到的信息少于剧中角色得到的信息

这种悬念的设计通常让观众迷失在繁杂的信息中，难以辨别其间的关联，需要倾注更多的注意力和思考才能理解。

在大卫·芬奇执导的电影《消失的爱人》（2014 年）中，妻子艾米突然失踪，观众最初完全依靠丈夫尼克的视角拼凑信息，警探和艾米的闺蜜也掌握着观众所不知情的线索。当看到艾米的日记内容——尼克的背叛、控制欲以及对谋杀的策划"曝光"时，观众自以为获得了真相，然而观众所见的都是艾米失踪前的精心设计，她甚至预判了警官的侦察逻辑，观众始终处于角色编织的陷阱。这种隐藏了秩序的混乱感并未消磨掉观众的耐心，反而激发了观众反复观看、仔细品味影片的浓厚兴趣。不过前提是影片的确讲述了一个不错的故事，否则脱离对故事进行雕琢的单纯炫技往往很难受到观众的欢迎。

四、矛盾冲突：故事的动力核心

（一）矛盾冲突的多样性

没有一部电影需要一帆风顺的剧情，主人公总是需要克服一些困难再前进。当人物与不利于他实现目标的情况相对抗时，矛盾冲突就产生了。

矛盾冲突是推动故事发展下去的核心动力，充满戏剧性的矛盾冲突设计能够有效激发观众的观影兴趣。人们想知道，主人公将面临怎样的困境，又如何险中求胜。

根据不同的戏剧情境，矛盾冲突有数不胜数的设计方法，且都需要围绕主要人物展开，并为故事的关键冲突形成而积蓄力量。当然，如果电影主角不是人，而是一条可爱的小狗，那就围绕这条小狗展开。依据形成矛盾冲突的主体的不同，可将矛盾冲突分为以下三种类型。

1. 人与人之间的矛盾冲突

人与人之间的矛盾冲突成因很多，行动目标相对、立场相对、性格差异等都能形成矛盾，在故事中会表现为行动上的冲突。通过人与人之间的矛盾冲突设计，创作者可以展现出人物的性格特质、行事风格以及背景阵营等，从不同侧面丰富人物性格的同时也搭建了主要人物之间的关系网络，推动情节向前发展。

2. 人与自我之间的矛盾冲突

人与自我之间的矛盾冲突通常涉及人物的精神层面。换言之，人物需要达成的目标与其自身精神层面的某种特质存在矛盾。例如，在电影《国王的演讲》（2010 年）中，约克郡公爵因有口吃的毛病而无法在公众面前发表演讲，这是他必须面对的考验。然而，战胜这一难题的关键不在于他的口腔和舌头，而在于他如何放下内心的戒备、忧虑和恐惧。在影视剧本创作中，许多人物行为上的困境往往来自人物与自我之间的矛盾冲突。

3. 人与环境之间的矛盾冲突

人与环境之间的矛盾冲突通常包括人与自然环境和与社会环境之间的矛盾冲突。人与自然环境之间的矛盾冲突设计通常被大量应用于灾难片、恐怖片、公路片等类型题材作品的创作，渺小的人类在应对自然环境的考验时，只有释放出自身空前的能量，磨炼出足够坚忍的意志，才能摆脱对生命安全的威胁。人与社会环境之间的矛盾冲突所应用的场景则更多，且多结合人与人之间的矛盾冲突进行设计，组合发挥戏剧作用。

在许多优秀的电影作品中，不同类型的矛盾冲突并非独立存在，而是交织着，构成位于多个层面、涵盖不同方面、服务于多条故事线索的矛盾冲突网络。

（二）矛盾冲突设计要服务于故事发展

为了有效增强故事的戏剧性，矛盾冲突的构建与解决需要在故事中发挥出重要的戏剧功能。这要求编剧兼顾多个层面的思考，充分认识在构建和解决矛盾冲突的过程中，如何使其为故事整体服务。

1. 矛盾冲突带来的是发展的力量

如何理解为故事提供发展的力量？在电影《星际穿越》（2014年）中，地球上恶劣的生存环境与人类的生存形成矛盾冲突，为了种族的存续，人类必须在宇宙中寻找新家园。该片中，人与恶劣环境的矛盾冲突构建为故事提供了强烈的驱动力，确保故事能有条不紊地进行。观众知道主人公势必踏上星际探索之旅，直至终点——抵达新家园或与地球一同毁灭。

如果你设计的矛盾冲突无法为你的故事持续提供强而有力的推动力以作为后续情节开展的支撑，那么，请重新思考，对你的设计进行修改。

2. 挫折不是矛盾冲突

矛盾冲突是让你的剧本避免成为流水账的关键因素，它为你的人物生活带来波澜，阻止人物得到他想要的东西，妨碍他达到他的目标。这与日常生活中人们所遭遇的挫折有些相似，但要注意在剧本创作的层面对二者进行区分。矛盾冲突将逼迫人物偏离他现行的轨道，投身于下一场对原本的生活具有颠覆性的冒险，挫折则不会。

当你的主人公在回家途中遇到了野狗冲他吠叫、错过末班公共汽车、天下大雨却没带伞……你可以随你喜欢给他添加更多的倒霉经历，而这些都只是挫折，施加于人物身上只为让他的心理状态和当下处境直接显现，不会达到逼迫他偏离已有的生活轨道的效果。那什么可以呢？矛盾冲突。试想这一切发生在他刚刚被裁员之后，情况将大不相同。他痛苦又迷茫，必须重新寻找新工作，否则可能入不敷出。

（三）矛盾冲突与故事人物

1. 矛盾冲突源自人物的设计

矛盾冲突是人物和事件二者的组合，某些人在某些事情上产生了交集，他们的目标相互冲突，导致行动也互不相容，于是矛盾冲突产生。有一种错误的理解，即事件带来矛盾，事件是矛盾冲突的构成核心。这看似说得通，毕竟没有任何人的矛盾会凭空发生，矛盾一定会通过发生的某些事件显现。然而事实上，不存在脱离了人物矛盾的事件矛盾，人物之间的矛盾才是引发事件矛盾的根源。

结合片例探讨能够更直观地了解人物和事件在矛盾冲突构建中的关系。在电影《绿皮书》（2018年）中，唐·雪利是优雅端庄的钢琴家，却因肤色被时人歧视，他只能用坚强的外壳掩饰脆弱的心。而托尼野蛮粗鄙、收入微薄，却不妨碍他天然能赢得尊重，充满自信。二人职业经历的差异与特殊时代环境造成的社会地位上的差异形成了两对交织的矛盾冲突，在个体层面为人物附加了尖锐的矛盾点。有了具有高度矛盾性的人物设计，事件上的冲突将成为必然。

2. 矛盾冲突与人物成长

应对矛盾冲突的过程就是人物的成长过程。我们已经知道，在剧本写作中，主人公必须呈现其人物弧光，也就是他需要在故事结尾处展现与故事开端不同的状态。矛盾冲突是支撑人物弧光形成的重要情节要素，能够促进角色的内在成长。同时，人物身上发生的变化也会反过来激发出新的矛盾冲突，增强故事的戏剧性。

一个普通高中生意外拥有了变异蜘蛛的能力，他身手敏捷，还能发射出坚韧的蛛丝，飞檐走壁，如履平地。然而身体能力的强健不能等同于心智上的成长，他起初只一心利用特异能力为自己谋求利益。直到他目睹亲人死在罪犯手下，发现罪魁祸首正是他袖手旁观放走的人时，他才终于深切体会了叔叔告诉他的道理，"with great power comes great responsibility"（能力越大，责任越重）。蜘蛛侠完成了他的重要蜕变，而观众也会知道，他的变化将激发出更多的矛盾冲突——他会用超能力打击更多的犯罪行为。

互动练习｜悬念的交织与戏剧性的升级

一、练习目标

通过接龙形式的故事创作，练习构建悬念、制造戏剧性和处理矛盾冲突的技巧。在练习过程中，自由运用挑战和转折等设计，推动故事向前发展，注意：尽可能突出故事的紧张感。

二、练习步骤说明

（一）故事启动

教师提供一个开放式的故事开头，设置好场景、人物和初步的矛盾冲突，为参与者提供建构可能。

（二）轮流构建

参与者轮流为故事添加内容，每个参与者都需要根据前一个参与者设计的结尾接龙，让故事继续发展。注意，每次添加都必须引入一个新的元素或转折，使得前一个参与者为人物设定的戏剧目标无法轻易实现，增加故事的悬念感和戏剧性。可选用以下技巧：

1. 加强戏剧性

鼓励参与者在故事发展过程中加入戏剧性强的元素，持续提高故事的吸引力，如意外的发现、角色之间的冲突、人物内心矛盾的展示。

2. 时间与节奏的变化

鼓励参与者使用时间和节奏的变化技巧控制故事进展，如倒叙、加速场景、减慢揭秘速度，进一步增强悬念和戏剧效果，增强故事的整体表现力。

（三）解决冲突

当故事接近尾声时，小组成员需要共同讨论并决定如何解决累积的矛盾和冲突，为故事寻找一个令人满意又富有创意的结局。

三、示例

（一）启动你的故事

徐俐是某中学高中部的一位世界史老师，她即将迎来自己的退休之日，因为她想在退休后马上环游世界，尤其是要去冬季的鄂霍次克海追逐"流冰"。旁人不理解她对此事的执着，这背后似乎有什么不为人知的原因。退休那一天终于来到了！徐俐实现梦想的机会近在眼前。但在退休仪式上，她接到了第六医院打来的电话，得知妹妹徐婕去世，留有九岁的女儿徐欣欣无人照料，社工只得先将孩子交由徐俐照顾。徐俐原本的计划被迫推迟。

（二）轮流构建

参与者一：徐俐不情不愿，却只能接受这变数。徐欣欣不知道徐婕已经离世，总缠着徐俐带自己找妈妈。徐俐不胜其烦，决定将这块烫手山芋丢给徐欣欣的生父杨建，但寻找那男人的过程并不容易。

参与者二：徐俐多次隐瞒徐婕去向的言语引起了徐欣欣的怀疑，徐欣欣开始留意徐俐的一举一动，发现徐俐企图把自己送走。机缘下，徐欣欣接到了徐俐女儿徐巧的电话。徐巧的只言片语令徐欣欣误以为她知道徐婕的下落，遂利用信息沟通约见徐巧，又冒充徐俐前往赴约，企图靠自己找到妈妈。

参与者三：徐欣欣与徐巧顺利会面，徐俐察觉异常找来，见二人相谈，忙把徐欣欣拉走。原来，徐俐和徐巧关系不睦，徐俐虽独自带大徐巧，但与徐巧缺乏沟通，导致嫌隙与日俱增，直至关系破裂。经过与徐欣欣的沟通，徐巧误以为徐俐打算接下徐欣欣的抚养事宜，遂对此事的可操作性提出疑问。母女二人的对话充满了火药味。

（三）解决冲突

众人得知了杨建的秘密，必须阻止他带走徐欣欣，可是徐欣欣已经抵达了机场，即将登上前往海外的飞机。在徐巧等人的协助下，徐俐经过激烈追逐，奋力赶上，成功将徐欣欣截停。三人冰释前嫌，之后一起设计环游世界的计划。谁料在旅途中竟与故人相遇，徐俐执意要追逐"流冰"的心结也终于解开。

第三节　张弛有度：善用时间的工具

一、电影中的时间

电影能够在时间单向的流逝中包含进另一种时间概念。当观众坐在电影院观看一部时长两小时的电影时，所感受的极有可能是一段远超电影播放时长的人生。

要想在电影创作中将时间作为一种工具使用，服务于矛盾冲突的建构，需要率先区分与电影相关的两种时间概念。

（一）银幕时间

银幕时间，指电影作为一种储存信息的媒介，完全播放结束所耗费的物理时间，通俗来讲就是影片总时长。电影时长多为90—150分钟，也有个别作品较为特殊，比150分钟更长。

（二）故事时间

故事时间，指电影作为一种艺术作品，故事中的人物所经历的时间，也就是电影中故事的时间跨度。这通常没有一个约定俗成的时间标准，在一部标准时长的电影中，创作者既可以讲述几代人之间长达数十年的故事，又可以讲述某几天或者某几个小时内发生的故事。在电影《土拨鼠之日》（1993 年）中，主人公菲尔反复经历土拨鼠日，在往复的 24 小时中寻找跳出这段时间的办法，构成了故事的主体。

利用一种时间展现另一种时间的特性，令电影创作者可以借助两种时间的差异，为观众提供现实世界之外的时间体验方式。这为电影增添了不小的吸引力，因为不少人喜欢花费一些时间在银幕前短暂地感受另一种生活。

二、节奏的变化与悬念的建立

我们已经知道电影中故事的发展所遵循的时间并不一定等同于电影放映时的时间。这意味着，在电影的世界里，编剧可以使用创作技巧，自由地操控时间流逝的速度，达到调整叙事节奏的目的。而叙事节奏变化，能够为悬念的建立发挥重要作用，是一种行之有效的悬念设计方式。

（一）加速节奏

在故事的关键时刻或紧张场景中加速节奏，可以增加情节的紧迫感，促使观众产生焦虑感，从而进一步激发出观众对即将发生事件的期待和好奇心理。

著名的"最后一分钟营救"戏剧段落是利用加速节奏增强情节紧迫感的经典例子。美国导演大卫·格里菲斯在电影《党同伐异》（1916 年）中首次尝试这一创作手法，用于展现蒙冤的青年差点被执行死刑的惊险时刻。

行刑前，青年的爱人奋力追赶州长，试图告诉州长案件的真相，但州长已经乘火车离开。银幕上火车飞驰、汽车追赶、人物奔跑以及青年被押上绞刑架、蒙上黑色头套等镜头迅速切换，紧张的气氛被不断加速的节奏烘托到了极致，直至赦免令在执行死刑前的最后一分钟送到。正是因为有了这样的情绪积累，该戏剧段落最终的能量爆发才给观众留下了极为深刻的印象。时至今日，这样的创作手法依然广泛地应用于电影剧本的写作。

（二）减缓节奏

在揭露重要信息、深入探讨人物内心世界或呈现人物关系的发展时减缓节奏，可以使亟须解决的问题处于悬而未决的状态。这种节奏的放缓能令观众与故事情节发展一同"减速"，情绪感受适当延长，同时也能留给观众反思和推测剧情走向的时间，从而增加观众对即将到来的信息或事件的期待。

在部分类型电影中，创作者会在减缓节奏的同时，结合该类型片的特点来设计某些戏剧段落，使特定的情节呈现的基调和风格都十分独特，成为电影的"名场面"。歌舞片《爱乐之城》（2016 年）就多次采用"歌舞表演＋互诉衷肠"的剧情开展方式，来表现男女主人公之间爱情发展的重要节点，营造浪漫唯美的叙事氛围，令观众沉浸在剧情中，对二人的后续发展保持关注。

三、时间的掌控与悬念的维持

为了增强故事的戏剧性，除了适当调整叙事节奏，剧本创作者对于时间这一工具的使用还体现在故事线的多种设计方法，以及将时间限制作为一种情节要素置入剧情等方面。

（一）时间线的非线性安排

在故事时间线中融入非线性叙事，可以做到在不影响观众获取故事信息的情况下，令故事的叙述突破传统的时间顺序，从而创造出复杂的时间结构，引导观众加深对故事线索的理解。在现有的诸多采用非线性叙事手法构建故事的电影作品中，可以依据这一手法应用于故事时间线范围上的不同而将影片分作两类。

1. 全片使用非线性叙事

这类作品通常会借助多个角色的不同视角，对一件与多个人物皆有关联的事件进行局部呈现，并打乱事件开展的前后顺序。随着剧情的发展，看似零碎混乱的信息经由关键事件串联，成为一条连贯的线索，到影片高潮收束时间线，汇入最终的冲突解决环节。

在全片范围使用非线性叙事的作品中，创作者会有选择性地释放故事信息，并优先建构事件的多个侧面来引导观众完成对事件的主体想象，让观众的大脑一刻不停地对剧情进行分析，从而完成悬念的长久维持。

电影《疯狂的石头》（2006年）围绕一次翡翠展览活动，交织编排了保卫科长包世宏、国际大盗麦克和本地小偷团伙三条人物线索。全片采用非线性叙事手法，将三方人物的戏剧行动通过关键的情节点串联，演绎了一出别开生面的翡翠争夺大战。

2. 少部分情节或线索使用非线性叙事

这类作品主要的故事线依旧是线性的，只不过利用非线性叙事的手段埋藏了一部分关键信息。目的是令观众无法完成脑中那一还原全部剧情的完整拼图，因为始终缺失了一块。这样一来，观众则会长时间地对故事的完整性和结局保持好奇。与此同时，观众在脑中试图推演人物的行为动机等过程也能促使观众更加深入地理解剧中人物，对于提高观众对角色的认同感，激发与角色的共鸣都有良性作用。

在少部分情节或线索使用非线性叙事的作品中，创作者常通过倒叙、闪回或预兆等创作手法辅助观众进一步理解故事主线。例如在人物发展遇到瓶颈时再次令人物回忆起关键信息，指引人物接下来的努力方向；或是在某个看似平常的场景中，展现不寻常的事件作为预兆，尽管剧中的人物未必会即刻理解预兆的真正含义，但只要观众看了心神不宁，创作者的目的就达到了。还记得电影《楚门的世界》开头从天而降的"飞机零件"吗？

（二）时间限制的设定

在故事中设置明确的时间限制，如倒计时或截止日期，可以显著增加故事的悬念和紧迫感。这种时间的限制会让观众意识到剧中人物正逐步迫近最后期限，直至处于千钧一发之时。观众能够通过在生活中赶时间的体验，轻易理解剧中人物高压的精神状态，从而切身感受故事的紧张氛围。拆除炸弹时的倒计时，愈发缩短的破案期限和转瞬即逝、急需将领做出决断把握住的作战时机，都能对故事悬念的维持发挥助力。

🌐 本章练习 | 暴风雨中的秘密

一、练习目标

描绘一个充满悬念和戏剧性的场景，创作一个引人入胜的短剧本。

二、示例场景

夜幕低垂，一间狭小的书房里十分昏暗。书桌上那盏古老的台灯是唯一的光源，它投下了一片温暖而明亮的光圈。一台老式传真机放在桌角，它刚刚打印出一张病例报告，纸张上还残留着机器运作时的热度。这份报告上的内容对某人来说至关重要，具体内容还不得而知。

房间的另一端，一台笔记本电脑的屏幕亮着，停留在页面提醒："文件传输失败。对方已取消传输。"这份被取消的文件包含了什么信息？它和传真机上的病例报告是否有关联？

书桌前的座椅空无一人，椅子的侧面对着墙上的一面落地镜。镜中映照着这个密室般的房间，以及窗外不时闪过夜空的雷电，嘈杂的雷雨声让这间书房更添了几分神秘与阴郁。

突然，一道闪电瞬间照亮整个房间，紧随其后的是一声震耳欲聋的雷鸣。电闪雷鸣之间，房间的电路似乎出了问题，台灯忽明忽暗，笔记本电脑的屏幕也出现异常。这一刻，房间里充满了不确定和紧张的气氛，仿佛隐藏着什么不为人知的秘密。

三、练习步骤

（一）场景设定

依据示例场景设定你的故事发生场景。如果需要新建场景，必须与示例场景保持紧密的关联。

想象该场景中可能隐藏着怎样的秘密，是医疗秘密、个人秘密还是某种陷阱？

（二）角色引入

设定一个或多个角色进入这个场景，为你的故事发展做准备。这些角色是谁？他们为什么出现在这里？他们之间有何关系？

描述角色的第一反应。当这些角色来到这里，他们对这个房间的感觉如何？看到传真机上的病例和电脑显示屏上的消息又作何反应？

（三）冲突与悬念建立

设定一个能推动故事发展的冲突或问题。这个冲突是由传真机上的病例引起的吗？还是与被取消的文件传输有关？

运用本章所学内容构建悬念。考虑如何通过角色的动作、对话和内心独白增加故事的戏剧性。

（四）时间与节奏掌控

利用时间和节奏的变化来加强悬念。你的故事是否需要有时间限制的元素？如计时器倒数、紧迫的截止日期。

考虑在剧本中使用闪回、预兆等叙事技巧，为角色的行为和角色之间的冲突提供背景信息。

（五）戏剧性的高潮与解决

设计一个戏剧性的高潮，所有悬念和冲突在此达到顶点。是一个惊人的揭露、一个决定性的对峙，还是一个意外的转折？描述冲突如何被解决以及故事最终达成了怎样的结局。

尝试让故事结局令人既满足又意外，保持故事的吸引力直至最后。

（六）练习成果

创作一个完整的短剧本，其核心是示例场景中描述的神秘房间。剧本应充满悬念，通过角色之间的互动、冲突的展开和解决，以及时间和节奏的精妙掌控，引领读者进入一个充满戏剧性的故事世界。

第五章　场景写作

📺 **章前导言**

电影不可能脱离场景而存在。上至浩瀚星空，下至汪洋大海，场景的种类随电影的类型千变万化。一个优秀的场景设计往往包含着诸多巧思，在传递基本信息的同时，还能够推动情节发展。剧作者可以通过场景设计传达充满艺术感的氛围与意境，进而丰富故事的主题和象征意义。

学习目标

（1）掌握场景的各大要素，设计场景与行动的创意组合。

（2）掌握场景的五大叙事功能。

（3）通过案例分析，了解典型场景与普遍场景的应用。

（4）学会搭建建筑空间，展开不同故事。

本章聚焦

（1）场景中的要素、情境与场景设计、戏剧动作与节拍。

（2）场景的五大叙事功能。

（3）典型场景与普遍场景的案例与应用。

（4）建筑空间的搭建与事件展开。

场景中的要素
— 1. 情境与场景设计
— 2. 戏剧动作与节拍

场景 —— 场景的叙事功能
— 1. 压缩信息
— 2. 埋藏线索
— 3. 烘托氛围
— 4. 角色发展
— 5. 主题和象征

场景的应用与分析
— 1. 典型场景案例分析
— 2. 普遍场景案例分析

场景是电影重要的部分，没有影片能够脱离场景而存在。电影《红高粱》中一片片火红的高粱、电影《星际穿越》里广阔无垠的麦田、电影《肖申克的救赎》中大雨滂沱的夜晚——这些经典的场景，在观影结束后仍会停留在我们的脑海中。

第一节　融入巧思！场景不是背景板

一、情境与场景设计

通常一部电影会包含 40—60 个场景。场景并不是人物演绎动作的背景板，往往融入了剧作者的巧思。场景揭示着与人物相关的信息，有时还会推动故事的发展，一个场景的设计至少需要满足其中一点，否则就需要考虑此场景存在的必要性。要警惕陷入过度抒情的陷阱，剧本不是小说或散文，只需要将场景中包含的元素叙述完整即可，用不着进行过于铺张的描写。剧本中的一页相当于影片的一分钟，没人想在电影中看风光片。

场景包含两大要素，即时间和地点。任何人物的动作和事件的发生都是在某个特定空间和特定时间中，一个理想的场景即一个故事的事件。

第一，构建一个场景前需要思考这个场景发生的地点，可能是主人公日常生活的地点，比如家或者学校。如果这是个超现实主义的故事，场景可能是主人公的梦。场景同样可能在外太空——这是科幻电影常用的场景。总之，符合故事的大背景即可。

第二，设置时间。常见的故事通常按照线性时间顺序，从白天到黑夜，从春季到冬季。当然也可以采取非线性的时间顺序，不过要注意合理的时空转换，不要让观众感到迷茫。

场景的视觉元素主要包括环境和人物。在描写环境时，需要说明照明情况，是外景的太阳光还是室内的白炽灯，描述清楚才能方便后续拍摄等环节的进行。尽可能地交代清楚这是一个怎样的场景，如果人物即将进入一家餐馆，则需要说明这是一家经营何种餐饮的店，店内有着怎样的照明，它的布局是怎样的，客人多不多。在构建场景时，剧作者可以在脑海中想象场景的镜头，对整体情况和重要元素进行描述。同时，还需要考虑人物的行动对场景构建的影响。比如，在人物回家吃饭的场景中，如果这只是个过渡性质的场景，那么概括一下环境即可。如果将要发生一场重要的餐桌戏，最好将这一场景精心设置成一个情境。

情境是一个综合概念，它包含人物活动的时间、地点、事件以及人物关系等方面，情境是触发剧作中一系列冲突的前提条件。

一个优秀的场景不仅能传达时间地点、人物身份等信息，还能推动故事发展。无论是情节点的推进，还是人物有所变化和成长，场景中的故事总是向前进行。在下笔写场景之前，应该确定设计此场景的目的，再逐步构建其中的要素。比如在海外工作的主人公终于回国，和家里人一起吃饭。西装笔挺的主人公姗姗来迟，闯入了传统的家宴。家宴上满桌的菜，亲戚们热情地对话。他却疲惫不堪，无心应对亲戚的话茬，脑子里还在思索他的工作，还要了一杯葡萄酒……这些场景的内容即情境。另外还可以增加细节描写，进一步烘托影片的氛围，调整照明是一个很有效的方法。依旧是上述场景，也许宴席上有大片红色布料，搭配橙黄色的灯光，而一身黑色西装的主人公孤单地坐在其中，这就营造出一种孤寂感和格格不入的氛围。

电影《洛奇》以主人公的一场拳击赛作为开场，辛苦赢得比赛的洛奇回到休息室只能分到寥寥无几的奖金。沿着费城老旧的街区走回家后，孤独的他只能和乌龟说话缓解孤独。仅四个场景的变化，就交代了洛奇的基本信息，也刻画了洛奇落寞的人生处境。

二、戏剧动作与节拍

节拍是场景中最小的结构，指的是人物动作或反应的一种行为交流。一系列节拍构成场景的转化。试想一下，一群合作伙伴相约来到一家火锅店，他们闲聊，其中几人提及最近的一桩生意，暗示不满意，接着就利益分配问题开始互相指责甚至撕破脸大吵一架，最终他们决定散伙。这里就包含了若干个节拍，它们构建出了一个由饭局转为闹剧的场景。

编剧利用节拍编织剧本，人物的动作或反应一定要出现明显的变化，故事才能推进到新的阶段。

在利用节拍搭建场景之前，一定要记得先设问。剧作者首先要确定冲突，明确由哪个主体驱动整个场景，他的目的是什么？他会遇到哪些阻力和对抗力量？他会如何解决？其次需要确认场景中人物的处境，明确他正处于正面还是负面的状态。再次，开始利用节拍搭建场景，剧本需要用影像语言来表现，也就是说，当你想要表达人物情感或状态时，需要考虑这能否在银幕上表现。最好的方法是在写人物动作和反应时，不只停留在直观描述，而是透过人物表面上的动作和反应，传递更深的含义。比如一对男女初次见面，女人笑着打招呼随后离去，而男人在打招呼后一直凝望着女人直到她离去，这便是一个节拍，没有人说话，而通过男人的动作和反应，观众能看出来他可能对女人有好感。最后，在场景的末尾，人物的处境应该发生转变，开心或悲伤，正义或邪恶……这样，场景乃至整个故事才有戏剧性，才会好看，没有人会想看一个乏味无聊的故事。

互动练习 | 场景与行动的创意组合

一、练习目标

通过本练习，学习者将能够深刻理解场景与行动如何相互作用，共同推动故事的发展，增强情感表达，并丰富故事的主题和象征意义。

二、练习步骤

（一）场景与行动的选择

（1）从提供的"场景库"中选择一个场景（如田野、楼顶、雨中、火车站、酒吧）。

（2）从"行动库"中选择一个人物行动（如逃跑、告别、决斗、探索）。

（二）独立创作

将选择的场景和行动进行初步组合，独立构思一个简短的故事情节。考虑如何通过所选场景加强行动表达的情感和主题深度。

（三）讨论与反馈（详见表5-1）

（1）分组讨论每个新组合的故事情节，探讨场景和行动的不同组合是如何创造出独特的故事情节和情感层次的。

（2）讨论场景如何压缩信息、埋藏线索、烘托氛围、推进情节、反映角色内心戏或加强故事主题。

表5-1　讨论与反馈参考表

场景库		行动库	
自然环境	麦田	个人冒险	寻找隐藏的宝藏
	森林小径		独自对抗自然元素
	海边日落		追踪未知生物
	雨中街道		逃离危险区域
	雪覆小镇		探索古老遗迹
	沙漠绿洲		寻找隐藏的宝藏

场景库		行动库	
城市与建筑	繁忙街角	社交互动	揭露深藏的秘密
	老式酒吧		和陌生人深夜对话
	废弃工厂		在集会中发表演说
	摩天大楼顶层		重逢旧友
	地下铁站		与敌人和解
	古老图书馆		求助于陌生人
	昏暗的广场		组织一次意义重大的活动
室内场所	家庭餐桌	情感表达	在失去后的哀悼
	阁楼书房		爱情告白的瞬间
	舒适卧室		内心挣扎的抉择
	午夜厨房		家族之间的和解
	画室阳光下		孤独中的自我发现
	地下音乐俱乐部		在绝望中寻求希望
特殊场景	被遗忘的电影院	戏剧化行动	指挥一场逃亡
	废弃的太空港		在赛事中胜出
	孤岛灯塔		在公众面前表演
	山顶废弃神庙		执行秘密任务
	星舰控制室		揭开阴谋
	时间旅行门户		在紧张的谈判中达成关键协议

三、案例示意

（一）案例一

场景：森林小径

行动：逃离危险区域

在一条幽深的森林小径上，树木密集，阳光只能透过树冠形成点点光斑。空气中弥漫着潮湿的泥土气息，周围的寂静让人感到不安。年轻的探险家正紧张地奔跑，他的脚步声在寂静中显得尤为突兀。

探险家手中紧握着一张泛黄的地图，地图上标注的地点指向森林深处，他必须到达那里才能安全。然而，身后时不时传来的脚步声表明，他正在被一群不明身份的追踪者追捕。

森林中的小径狭窄而蜿蜒，杂草和灌木丛使前进变得困难重重。这种复杂的环境增添了逃亡的紧迫感，也给追踪者提供了埋伏的机会。探险家不断转头，眼中闪过恐惧，他知道自己不能放慢脚步。

随着继续前行，探险家发现了几处被刻意留下的信息：树上刻着神秘的符号，地面上的石块排列成某种图案，这些线索似乎在指引着他通往安全的路径。

然而，这些线索也可能是陷阱，一旦误判，可能导致灾难性的后果。探险家的心跳如雷，他感受到周围环境传来的压迫感。每一个转角、每一处阴影都可能隐藏着潜在的危险。最后，他看到了地图上标记的地点——一座废弃的石塔。这座塔隐藏在森林深处，可能是唯一的避难所。

他加快步伐，冲进石塔，迅速拉下铁门。在铁门关闭的一瞬间，探险家听到外面传来愤怒的嘶吼，追踪者被阻挡在外。他知道，这只是逃亡旅程的一个阶段，更多的危险和挑战还在等待着他。

在这座古老的石塔中，探险家短暂地喘息，他意识到自己需要重新调整策略，仔细研究手中的地图，并找到通往安全地带的真正路径。这场逃亡不仅是体力上的考验，还是对他的智慧和勇气的极大挑战。

（二）案例二

场景：森林小径

行动：在失去后的哀悼

十五年后，森林小径显得格外沉寂，原本葱郁的树木似乎也因哀伤而黯淡了许多。探险家独自走在这条熟悉的路上，脚步格外缓慢。他来这里是为了纪念那位逝去的朋友，这条小径曾是他们共同冒险的地方，而现在只剩下他一个人。

他在小径尽头停了下来，那里曾经是他们露营的草地，如今已被杂草覆盖。探险家坐在一块大石头上，手里握着朋友留下的一枚旧指环。空气中带着潮湿的味道，周围的树木看起来十分萧瑟。

他轻轻拨弄着指环，思绪回到了过去的时光。然而，指环上的纹理引起了他的注意——它和石头上的一种雕刻图案非常相似。探险家试着将指环嵌入石头的凹槽，意外发现石头竟开始缓缓转动，露出一个隐藏的隔层。

隔层里有一张地图和一封信。探险家惊讶地看着这一切，他的朋友显然早在多年前就留下了这个秘密。信中提及一段他们曾经设想的冒险旅程，然而因为意外而中断。这一发现让他感受到了一种久违的激情与希望。

就在他读取信件的时候，天空中的云层开始消散，阳光洒了下来，整个森林仿佛重焕生机。鸟鸣再次响起，树叶在微风中轻轻摇曳，空气变得清新，阳光带来温暖。探险家意识到，这是一个新的开始，是朋友为他留下的指引。

他收好地图和信件，站起身，望向小径的另一端。现在他有了一个新的目标，一个重新召集团队、完成他们未竟旅程的目标。阳光照亮了他的脸庞，他的目光变得坚定。他知道，这条小径将不再是他哀悼过去的地方，而是新的冒险的起点。

第二节　别做无用功，场景亦有功能

一、压缩信息

压缩信息是场景写作的重要功能之一。通过场景中的对话、动作和环境，剧作者可以在较短的时间内传递大量信息。这种压缩方式避免了冗长的叙述，使观众能够在短时间内获得关键的信息和背景知识。

场景中的对话可以揭示角色之间的关系、矛盾和目标。动作和行为则可以显示角色的动机、能力和未来发展方向。此外，环境设计和道具选用可以进一步传达信息，例如角色所处的时间、地点和社会环境。通过这种方式，场景可以在有限的时间内有效地传递复杂的信息，保持故事的紧凑和连贯。

例如，在电影《教父》中，开场婚礼场景中的对话和角色互动表现出柯里昂家族的复杂关系和权力结构。在电影《社交网络》（2010

年）的开场中，主人公扎克伯格与艾瑞卡对话时那如同机关枪一样的台词揭示了他的高智商和社交障碍等特点。

二、埋藏线索

场景写作可以用来埋藏线索，为后续情节的发展提供提示和铺垫。线索的呈现可以是隐蔽的，通过场景中的细节、道具、对话暗示或角色行为来实现。隐蔽的线索能够引导观众的注意力，同时增加故事的复杂性和悬念感。

埋藏线索的场景可以在不同的层面上运作，既可以是物品的暗示，又可以是角色间的微妙互动。这样的设计可以激发观众的好奇心，鼓励他们主动探索和解读故事。同时，这些线索还可以作为后续剧情发展的伏笔，最终在情节的发展中得到呼应，创造出令人惊喜的反转或高潮。

例如，在电影《盗梦空间》中，托特罗与角色间的互动暗示了梦境与现实之间的界限，为后续情节埋下线索。不同托特罗的特写场景即是伏笔，引导观众注意力落点的同时，还作为悬念激发出观众的好奇心。在电影《肖申克的救赎》中，安迪在图书馆里收集图书的场景暗示了其逃狱计划的巧妙布局。

三、烘托氛围

场景在烘托氛围方面具有重要作用。通过灯光、音响、环境设计等，剧作者可以营造场景中特定的情感基调，增强观众的情感投入。

氛围的塑造可以使故事更具吸引力，从而帮助观众沉浸在故事的世界中。

在场景设计中烘托氛围可以通过多种方式实现，例如利用光线和色调营造情感氛围，或通过音响和音乐增加紧张感。此外，特色鲜明的环境设计也能用于强化故事氛围。例如在恐怖片中，创作者常使用阴暗、破旧的场景来营造恐怖氛围。这可以让观众更深入地理解故事的情感基调，产生更强的共鸣。

在科幻电影《银翼杀手》中，夜晚的城市场景利用霓虹灯和雨天等构成要素营造了未来世界的压抑氛围，增强了故事的沉重感。在电影《教父》中，餐厅枪击场景的暗淡灯光和紧张的音乐配合营造了十足的紧迫感，使角色间关系的紧张感得到进一步增强。

四、角色发展

场景写作对角色的发展和成长至关重要。通过场景中的人物决策、互动和行为，角色可以展现其变化和成长。角色发展的场景可以揭示角色的内心冲突、成长轨迹以及与其他角色的关系。

角色发展通常通过场景中的决策和行动来实现。角色的决策可以反映他们的成长和变化，而互动则可以揭示角色之间的关系发展。通过场景写作，角色的发展可以更加立体和真实，观众能够更深入地理解角色的行为动机和成长过程。这种角色发展的呈现方式使故事更加引人入胜，并让观众对角色产生更深的情感共鸣。

例如，在电影《阿甘正传》中，阿甘在战争中的场景展示了他的勇气和忠诚，展示了他成长为英雄的过程；在电影《洛奇》中，洛奇的拳击训练和比赛场景体现出他的决心和奋斗精神，直观表现了角色的成长；在电影《肖申克的救赎》中，安迪在监狱中不同场景的情节展示了他的智慧和机智，使他最终重获自由的结局有着极高的可信度；在电影《教父》中，迈克尔·柯里昂从旁观者到新一任"教父"的转变，也是经由不同场景构建的具体事件进行展现的，突出反映了角色的成长。

五、主题和象征

场景写作还可以用于强化故事的主题和象征意义。通过场景中的符号、道具、对话和环境设计，作者可以进一步强调故事的核心主题，并增加故事的深度，强化象征意义。

主题和象征的场景通常包含了具有象征性的物品、环境或事件，这些元素可以反映故事的核心思想和主题。例如，场景中的某个道具可能象征着某个重要的概念，而有意在环境设计中埋藏的巧思能够强调故事的背景和世界观。通过这种方式，场景可以赋予故事更深的内涵，并为观众提供解读故事的多种视角。

例如，在电影《2001：太空漫游》中，巨大的黑石板象征着人类进化与未知。这一象征性道具贯穿整部影片，赋予故事以哲学意义，表达出对人类与宇宙关系的思考。在电影《阿甘正传》中，阿甘在雨中奔跑的场景既象征着自由，又蕴含了对命运不确定性的体悟，从而强化了故事主题。

第三节　上天入地，处处皆为场景

电影场景有成千上万种，只要合理，你甚至可以架空出一个异世界作为故事的主阵地。场景或传达某种视觉性信息，表明环境和人物的动作；或展示人物之间的交集，包括对话或者行动；场景有时也是二者的有机结合。场景主要分为两大类，即典型场景和普遍场景。

一、典型场景

电影的典型场景具有某种标准形式，有着鲜明的视觉和代表性特征。典型场景在某一类影片中会经常出现，被赋予了特别的象征意义。此外，典型场景还会以一种视觉母题的身份，在不同的电影中反复出现。

（一）田野场景

现实中的田野十分具有生命力。当我们看到一望无垠的金色麦田，微风拂过吹起层层麦浪时，内心会感到平静与美好。然而在影视作品中的麦田场景往往具有悬疑色彩，在隐秘的麦田中似乎暗藏玄机，某种未知的力量伺机而动。

在电影《教父》中，保利驱车载着克里曼莎和罗科，到了郊外的公路，周围都是广阔的麦田。克里曼莎下车来到麦田旁边，车里的罗科枪杀了保利，随即二人离去。麦田在风中摇动，死去的保利只身留在车里。安静的郊外、广阔的麦田、突然停下的私家车，这些元素共同构成一个具有悬念的场景。

不过，这类场景的出现并非都具有悬疑色彩。在科幻电影《星际穿越》中，玉米地场景多次出现，承载着主角对过往生活的美好记忆，是主角家园的象征。肆意生长的麦田作为一种极具生命力的意象，也象征着未来的希望。

（二）楼顶场景

楼顶场景往往出现在城市的高处，人物在楼顶可以俯瞰地面上来往的车辆和行人。这类场景通常具有较大的视觉冲击力，可以营造一种孤独寂寥的氛围，人物在这类场景中进行某种命运的抉择，将会显得尤其庄重。

电影《无间道》中的楼顶场景是影史经典画面。两个人物在楼顶对峙，楼顶既成为内心冲突和行为抉择的场所，又是点明影片主题的重要场景。正义与邪恶进行着最终的对抗，主人公必须做出决定命运的选择。在《蜘蛛侠》系列电影中，楼顶是蜘蛛侠活动的主场。蜘蛛侠站在楼顶俯瞰他所保卫的城市，在高楼之间任意穿梭，楼顶成为蜘蛛侠英雄身份和自由的象征。同时，作为蜘蛛侠与反派人物战斗的场所之一，楼顶也带着几分神秘的危险色彩，成为反抗和斗争的场景符号。楼顶还会被当作一种日常生活场景，如电影《天台爱情》中的主角常与朋友们聚在楼顶一起谈论梦想，此时，楼顶化作浪漫与梦想的舞台。

（三）雨中场景

雨是一种具有多重含义的意象。"随风潜入夜，润物细无声"的小雨具有细腻柔和的美感，而狂风骤雨则通常象征着强烈的戏剧冲突和爆发式的情感宣泄。

《盗梦空间》中的雨天增加了梦境任务的复杂程度，导致行动难度直线上升，在推动情节发展的同时，增加了场景的紧张感与不确定性。

雨水的冲刷还能象征解脱和重生。在电影《肖申克的救赎》中，主人公安迪历经牢狱之灾，最后终于逃离监狱。安迪在雨中张开双臂，迎来了解放，雨此时作为一种拥抱自由、获得重生的意象存在。

在赛博朋克的世界中，雨同样是非常重要的视觉元素。《银翼杀手》系列电影塑造了高科技与低生活并存的未来世界，雨夜加强了这个世界中冰冷压抑的氛围。仿生人罗伊与主人公里克在雨中决斗，雨的加入不仅提高了决斗的难度，还增添了戏剧张力。罗伊在雨中缓缓说着独白，伴随着"……like tears in rain, Time to die"这句台词的结束，一只白鸽飞向天空，罗伊死了。此处的雨水一方面象征着生命的流逝，另一方面也象征着命运的无情。

（四）火车 / 火车站场景

火车（站）在生活和电影中都是常见的地点，具有独特的象征意义。在这里，人们会经历重逢与离别，挽留与错过。同时，作为一种人流量大、需要争分夺秒赶车的场所，这里也很适合展开具有强冲突性的情节。

电影《一代宗师》的火车站场景中发生了一场经典对决，镜头在表现二人拳法决斗时，一旁驶过的火车为这场对决增加了紧张感和不确定性，使对决更加惊险刺激。在电影《归来》中，男女主人公相约在火车站相见，火车站场景成为影片叙事的重要组成部分。火车站场景的变化见证了人物的分别和重逢，体现出人物命运的波折，反映出时代的变迁。

电影《西北偏北》的火车站场景则十分复杂，嘈杂的人群、即将开动的列车，杂乱的环境与主人公紧张的心理相契合，营造了一种不安的氛围。火车站是主人公寻找真相的起点，也是躲避追捕的场所，主人公的命运在此发生转变，他将面临新的抉择。

爱情电影通常将火车（火车站）作为男女主人公连通情感的枢纽，电影《情书》的男女主人公在火车站相遇后相爱，火车站成为二人回忆中的重要部分。电影《爱在黎明破晓前》中的男女主人公在火车上邂逅，二人的命运从此有了交集。

二、普遍场景

普遍场景指的是影视作品中常见的场景。相较于典型场景，普遍场景没有特定的标准形式，功能上注重传递信息和推进叙事。

（一）酒馆 / 酒吧场景

酒馆 / 酒吧在电影中是十分常见的场景，尤其是在美国电影中。美国的酒吧文化最早起源于西部大开发时期，拓荒者和牛仔时常聚集在酒吧中喝酒。由于人员密集，酒吧具备展开丰富情节的条件。除了多人在场的群体演绎，酒吧还能为人物独自啜饮的情节提供场景，后者常能够表现借酒消愁、逃避现实等情绪。

在电影《卡萨布兰卡》中，酒吧是故事发生的主要场所，是各种势力的聚合之处。酒吧既是彼时社会的一个缩影，又成为不同人物的命运和故事的展现场所，例如它见证了男女主人公之间的感情纠葛。此外，影片中的酒吧还是一处"世外桃源"般的象征物，体现出身处乱世中的人物的逃避心理，反映出人性的复杂性和多面性。

电影《银翼杀手》中的酒吧则充斥着蓝绿色霓虹灯光与电子广告。这里昏暗、潮湿且混乱，黑市商人、仿生人卓拉等形形色色的人汇聚于此。此类顾客在此沉迷于虚拟感官刺激，而仿生人复制人却在此挣扎求存。这里成为信息的集合地，也是故事发展的重要场所和矛盾冲突的爆发地，主角德克常常在酒吧中获取重要线索。酒吧是赛博世界的缩影，展现了科技高度发展后都市的混乱和疏离感。

（二）家庭餐桌场景

当剧作者需要展示一家人的日常生活时，围绕家庭餐桌场景开展情节是一种很好的选择。家庭成员聚在一起吃饭，举手投足之间，一个细微的神态变化或是简单的言语就能生动地体现出人物之间的关系。

在《教父》这部史诗级黑帮电影中，柯里昂家族的餐桌不仅是家庭成员团聚的地方，还是权力交接、家族生意讨论甚至暴力策划的场所。主人公迈克尔·柯里昂在一次家庭晚餐后，冷静地策划了针对索洛佐和腐败警长的复仇行动。餐桌上的氛围时而温馨，时而暗流涌动，充分展现了黑手党家族内部的复杂关系和"家庭"概念的扭曲。

电影《美国丽人》的家庭餐桌场景中展现了家庭成员的互动，尽管该场景被布置得美轮美奂，但是观众可以通过针锋相对的对话看出一家人之间的紧张关系，餐桌场景表现出他们的冲突和隔阂。

（三）水域场景

汪洋的大海、平静的湖泊、弯曲的河流……自然界中存在着不同的水域，它们在影片中能够呈现不同的风光，成为叙事的重要元素。

阴晴不定的大海时而风平浪静，时而汹涌澎湃。在电影《泰坦尼克号》中，杰克和露丝在船头眺望远处，夕阳下的大海平静且美丽。

电影《加勒比海盗》中的海洋则翻滚着惊涛骇浪，神秘又恐怖，为人物的冒险旅途增添了强烈的戏剧冲突。

不同的水域场景能够体现出各种独特的地理环境。影片《现代启示录》多次展现越南湄公河的场景。沿着这条河流逆流而上，象征着叙事深入人性黑暗与疯狂的旅程。茂密的丛林、泥泞的河水、沿途诡异的景象，共同构成了东南亚战时河流的独特压抑氛围，也以此点出美国发动的不义之战的本质。

电影《风柜来的人》中的水域场景增强了故事的地域特色，展现了风柜海边的风光。在影片前半段，少年们精力无限，与之对应的海水也汹涌澎湃。而在影片后半段，海水变得宁静，象征着人物内心的迷茫与成长。是枝裕和导演的电影《幻之光》中也多次出现了水域场景，平静的水面烘托出孤独静谧的氛围，是主人公内心悲伤的情感投射。水域场景除了能表现人物的内心情感，还能作为死亡的象征，例如女主人公丈夫的死因如同深邃的大海一样未知。

（四）宴会场景

宴会同样是一种常见的场景，与家庭餐桌场景相比，它的规模更大一些，参与的人数也更多。这种场景可以展示某一类人的生活，也很便于触发丰富的情节。

在电影《教父》中，康妮的婚礼是展现此类场景的绝佳案例。它不仅铺陈了柯里昂家族的权势、财富及独特的意大利裔黑帮生活，还生动引入了众多核心角色与复杂关系。这场盛宴更是多条关键情节的起点，如毒品交易的提议、家族内部矛盾的显现，为后续冲突埋下伏笔。

电影《了不起的盖茨比》中的主人公通过举办宴会向外界宣告自

己的成功，宴会热闹而奢华，体现出主人公的富有和权力。宴会热闹的场面与主人公孤单站立的身影形成对比，反而衬托出其内心的寂寞和空虚。之后随着剧情发展，宴会场景又成为主人公命运的新转折点。

电影《泰坦尼克号》的宴会场景十分富丽堂皇，表现出富人奢华的生活方式。此外，宴会场景还承担了展现人物性格与情感纠葛的叙事任务。在影片结尾，原本金碧辉煌的宴会厅不复存在，取而代之的是破败不堪的海底沉船，二者形成鲜明的对比，凸显了灾难造成的悲剧。

在电影《绿皮书》里，托尼和唐·雪利的旅途中出现了诸多不同的宴会场景，相关情节不仅丰富了剧情，还通过刻画宴会上白人与黑人的待遇差别，揭示了彼时美国社会中存在的种族歧视和社会阶层分化严重等问题。

本章练习 | 设计场景

一、练习概述

设计一个建筑空间，把它用文字描述出来，尽可能写得详细。它会是一个华丽的宫殿，还是一处农场中的马厩，抑或只是一个寻常人家的餐厅？之后，分别让两件事情在这里发生，这两件事情的开展情绪须大有不同。

二、案例示义

（一）案例一

场景一：农场中的马厩

事件一——年逾九十的企业家带着儿女回到幼时自己住过的马

厩，看着熟悉的地方，他回顾过往，心中毫无怨愤，只感到安心和满足，庆祝自己度过了充实的人生。

位于郊外的农场，这里绿草如茵，牛羊在广阔的草坪上惬意地进食。年逾九十的企业家带着儿女来到位于农场东侧的马厩。马厩很大，住着八匹马，马儿们正悠闲地吃着草料。

企业家虽到了鲐背之年，但仍旧精神矍铄。他拄着拐杖步伐稳健，指着马厩中靠着墙角的一个围栏，指出自己小时候就住在这个围栏里，冬季和幼小的马儿一起蜷缩在草垛中，夜晚只能支一盏微弱的煤油灯。

他用拐杖指了指儿子，笑骂着说他从小娇生惯养，出生后一定要有人抱着哄才行，从不肯独自入睡，这让当时初为人父的自己头疼不已。一旁的马儿突然踩着脚打了个响鼻，像是不耐烦。企业家不怒反笑，说自己的女儿也是这样脾气大。笑罢，他环顾四周，看着这个变得焕然一新的现代化马厩，感叹着自己真是老了，但他的语气毫无怨愤，只有一种"轻舟已过万重山"的释然。

他和一双儿女就着一个草垛坐下，阳光透过围栏照进马厩，温暖而惬意，女儿拿出蛋糕庆贺企业家的生日，三个人分享着松软香甜的蛋糕，听企业家说起过去的故事。

（二）案例二

场景二：农场中的马厩

事件二——两个私奔的恋人花光了身上所有的钱，只能偷偷借宿在途经的马厩，筋疲力尽的他们依偎在一起抵御严寒，但其中一人开始暗中思考坚持这段感情的必要性。

深冬雪夜，鹅毛大雪席卷着农场，北风呼啸如异世界的声音。农场空无一人，也没有一盏灯，只偶尔有动物的眼睛在黑夜里发出光亮。一对男女狼狈地走进马厩，很明显受到了风雪的侵袭。他们的衣服褶皱不齐，但能看出质地不差。

漆黑的马厩中，二人摸索着四周，终于男人找到了一盏煤油灯。微弱的光源给予他们慰藉，二人相拥着前行，不时被马匹的动静惊到。二人犹疑地在马槽中翻找，女人找到半个玉米，看起来还被马啃食过。男人咽了咽口水，劝说女人先吃。女人咬了一口又递给男人，男人忍不住一口气全吃了。他像打开了食欲的大门，开始疯狂地在马槽中翻找能吃的食物，女人同样开始加入，他们翻找着吃食物残渣，男人因吃得太急而在一旁吐了起来。女人劝说他慢一些，因他们太久没吃饭，胃部容易不适。

二人找了一个空的围栏，用稻草简单铺了一下，随后依偎着躺下。此时风雪渐小，一点月光透过围栏照了进来。女人已睡着，轻轻打起了鼾，男人看着女人脏乱还流着口水的脸，一阵心烦，转过身背对女人。他开始思考坚持这段感情的必要性。

三、练习作业

在你设计的建筑空间中开展两段故事，把它们写下来。之后对比看看，两段故事中，你对同一个建筑空间的描写发生了怎样的变化？

第六章 对白（一）：基础

📺 章前导言

　　对白是电影的重要组成部分，影史上的经典台词永流传。对白不是言之无物的碎碎念，也不是进行了过度艺术加工的言语。对白既要贴合真实，又要足够准确地传递信息，表达人物的情感。通过本章内容的学习，能够帮助学生掌握对白的基础知识，避免初次写作陷入常见的误区，之后尝试创建你的人物对白。

　　📺 学习目标

　　（1）掌握对白的三大功能：交代时代环境、推动情节发展、展露人物关系。

　　（2）掌握编写对白的三大原则，学会设计简洁、真实、富有情感的对白。

　　（3）尝试利用创建对白的方法构建人物关系，扩充故事内容。

　　🎙 本章聚焦

　　（1）对白的三种功能。

　　（2）编写对白的三种原则。

```
                                    ┌─ 交代时代环境
                      ┌─ 对白的功能 ─┼─ 推动情节发展
                      │             └─ 展露人物关系
          对白(一) ───┤
                      │             ┌─ 简洁原则
                      └─ 对白的原则 ─┼─ 真实原则
                                    └─ 情感原则
```

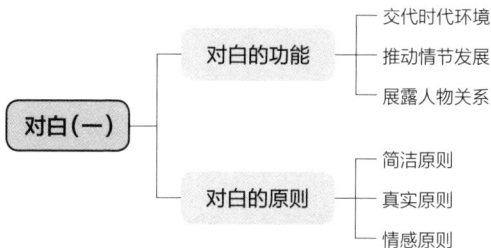

　　几乎每一场戏的文本都由场景描写和对白构成，就连无声时代的电影也会设计人物之间的对白，只不过以字幕的方式展示。剧本中的对白与现实中的对话有所区别，后者通常充斥着很多规范欠佳的遣词造句，并伴有无意义的重复、大量冗余的信息等。然而，电影对白需要更加精炼准确的语言。

第一节　拒绝陈腔滥调！

一、交代时代环境

　　观众如何得知一部电影的故事发生在什么时代、什么地点？除了人物的服装、化妆和使用的道具，以及布景表现的细节，对白也可以承担传达影片信息的任务。通过人物的对白，你可以迅速且直接地向观众传递信息，如故事发生的时代背景，人物的身份和职业，人物身处社会的关系网，还有故事发生的时间、地点、规定情境和未来事件的预示。出现在影片开头的人物对白往往能发挥此类功能，有时也表现为某个人物的独白，为故事信息输出提供了快速通道。

经典电影《魂断蓝桥》的开端就借助对白充分展示了故事发生的时代环境。

《魂断蓝桥》剧本示例

室外　伦敦街头　夜间

黑暗的马路，居民们在专心听广播。马路两旁堆放着沙袋，战争已经开始。

广播（旁白）：全世界都知道了。一九三九年九月三日，星期天，它将永远被人记住。这天的上午十一点十五分，首相在唐宁街10号会议上的演说宣布了英国和德国处于交战状态，而且殷切希望伦敦居民们不要忘记已经发布的紧急状态命令：在灯火管制时间里不得露出任何灯光。任何人在天黑以后不得在街上游荡。并且切记不得在公共防空壕里安置床铺。睡觉之前应该将防毒面具和御寒的衣物放在身边，而且不妨在暖水瓶冲好热水或饮料，这对那些深夜不得不被叫醒的儿童有好处。撤退将一直持续到今天夜里，请尽量稳定那些仍然留在伦敦的儿童。

一队小学生默默走过。

室外　军营大门　夜间

上校军官罗伊·克劳宁从军营大门出来。

一个军官：上校的汽车！

汽车驶来。

罗伊两鬓花白，满脸皱纹，声音沉闷。

罗伊：达可唐纳，就在今天晚上……

达可唐纳：你要去法国？

罗伊：是的，去法国，从滑铁卢车站出发。

罗伊上车，车开动。

室内　汽车内　白天

罗伊并坐在司机达可唐纳身旁。

达可唐纳：这些对你而言都很熟悉？（罗伊点头）

达可唐纳：我是说你经历过上次大战。

罗伊：是的，是很熟悉。从滑铁卢桥进车站。

达可唐纳：滑铁卢桥？

罗伊：时间还够。

汽车驶入滑铁卢桥，罗伊下车。

罗伊（对司机）：你把车开到桥那边等我，我要走过去！（音乐起）

　　在上述剧本片段中，观众可以通过开头的旁白知晓故事发生在第一次世界大战期间，那是一个动荡的年代。根据罗伊和司机的对白，观众得知罗伊的军官身份，激发出有关角色在战争年代中的命运发展的想象。这是一个很好的开端，当基本信息铺垫完成时，故事便能够自然地产生悬念，观众开始对罗伊中途下车，坚持步行走过滑铁卢桥这一行为的原因感到好奇（见图6-1）。

图 6-1 《魂断蓝桥》剧照 /1940 年 / 美国 / 梅尔文·勒罗伊导演

二、推动情节发展

伴随影片场景的不断变化，故事也在不断发展。对白并不是简单的对话，而是人物互动和决策过程的体现，可以推进故事情节。当对白的信息量过大时，该场景通常具有较高的紧张度和戏剧性，能通过激烈的对抗、人物的决策或关键事件的发生，推动故事走向高潮。

俗话说，什么人说什么话，人物语言体现了人物的性格特征。剧作者如果想准确把握人物性格，就要设计出不同性格的人物会说的话，通过交织的对白，塑造出人物生动可信的形象，从而推动剧情发展。以下是《盗梦空间》的剧本示例——一个堪称经典的情节设计。

《盗梦空间》剧本示例

室外　巴黎街道　白天

阿里亚德妮和科布一起沿着拥挤的街道行走。科布四处打量着街道、咖啡馆，满怀欣喜。

科布：环境不错。你已经有了咖啡馆，基本的布局……你忘记了书店，但是，其他地方有的，这里都应该有。

阿里亚德妮望着来往的行人。

阿里亚德妮：这些是什么人？

科布：他们都是我潜意识的投射。

阿里亚德妮：你的？

科布：当然——你是做梦的人，我是梦中的主体。我的潜意识充斥了你的世界。这是我们获得主体思想的一种方式——他的大脑创造了这些人，所以理论上来说，我们可以同他的潜意识对话。

阿里亚德妮：你还体验过别的什么吗？

科布：建筑。建造银行的金库或者一所监狱，一些安全的地方，这样一来，主体的大脑就会想把要保护的信息放在里面。

阿里亚德妮：之后你就闯进来偷这些信息？

科布：是这样。

阿里亚德妮对街上的细节充满了好奇。

阿里亚德妮：我喜欢这些事物的准确感知——（跺脚）真的有重量，你明白吗？我原以为梦里的空间只和视觉形象有关，但现在看起来更像和感觉有关。问题是，如果你想违背物理规律的话，会发生什么……

她全神贯注地注视着街道。街道开始对半折叠——建筑的每一边都在往内部折叠，以便形成一个内在的城市立方体。地球引力独自在各自的平面发生作用。阿里亚德妮上下看着对面城市表面的人群。科布观察着她的兴奋。

阿里亚德妮：相当壮观，是吗？

科布（冷静地）：是啊，是这样。

他们继续往前走，阿里亚德妮注意到越来越多的"投影"盯着她看。

阿里亚德妮：为什么他们盯着我看？

科布：因为你在改变事物。我的潜意识察觉到别人在建造这个世界。你改变的事物越多，这些"投影"就会更快速地向你集聚。

阿里亚德妮：集聚？

科布：他们感觉到了做梦者的异样本质，就像富于攻击性的白细胞对抗感染一样。

阿里亚德妮：他们会攻击我吗？

科布：实际上，只攻击你。

他们沿着街道继续走，随后来到地心引力发生作用的另一个层面。他们迈上另一个层面，继续走，来到一条河边。阿里亚德妮走过来，石板上传来脚步声，她领着科布走上一个小的防波堤。她开始全神贯注地想象，忽然河面上出现柱子，一座桥开始从防波堤上升起来，并且伸向对岸。他们走上桥，桥就开始延伸。科布已见识过这些。

科布：这很美……但是如果你继续改变事物……

对面桥上过来的人瞪着阿里亚德妮。好几个人经过时，撞到了她的肩膀。

阿里亚德妮：拜托！告诉你的潜意识别太紧张。

科布：这就是它为什么被称为"潜意识"的原因。我没法控制它。

桥现在跨过了塞纳河。科布赞叹不已。

科布：拱形石桥……铁柱子……

科布停下来，想着什么，突然记起来了。

镜头插入：玛尔出现，她的头发在风中飘，她转向科布，微笑着，继而大笑。他微笑以对。他们站在同一座桥上。

科布：我知道这座桥，这个地方是真的——（严厉地）这不是你想象出来的，这是你记忆里的……

阿里亚德妮（点头）：每天上学我都经过这座桥。

科布：切记不要用记忆来制造地方。要凭空想象。

阿里亚德妮：但一般都从熟悉的事物开始创作——

科布（紧张）：就用些小件——比如一盏街灯、电话亭、某种砖头——不能是整个环境。

周围有好几个人回应着科布的态度……

阿里亚德妮：为什么不？

科布：因为用记忆来建造梦境，很容易让你迷失，从而分不清什么是现实，什么是梦。

阿里亚德妮：你遭遇过这样的经历？

科布一言不发。他站在那儿，盯着阿里亚德妮。周边的人在他停下来的地方围拢来，充满了敌意。

科布：你听着，这不是关于我的事——

科布伸手去抓阿里亚德妮的胳膊把她转过来对着他——

阿里亚德妮：这就是你需要我来替你造梦的原因？

一个路人抓着阿里亚德妮的肩膀——

科布：放开她——

更多的人加入进来。有的拖着阿里亚德妮，有的抓住阿里亚德妮的双臂——科布把人群分开——人群把他推开——科布眼看着有个人穿过人群，直奔身处困境的阿里亚德妮——她是玛尔。玛尔开始大踏步冲过来——阿里亚德妮盯着她，神情慌乱不安。

阿里亚德妮：快叫醒我，科布。

玛尔走过来，拿出一把明晃晃的刀。

科布：玛尔，别！

阿里亚德妮：快叫醒我！

玛尔用刀捅进了阿里亚德妮的身体，阿里亚德妮尖叫——

这段描写非常精彩，二人不断前行，结合梦中景象和对白向观众解说梦境的机制，足够精彩且悬念感十足。如此一来，即使对白很密集，也不会令观众感到困倦。通过阿里亚德妮的台词，我们能感知到她好奇和冲动的特质。她的反问能够替观众说出心中的疑问，而她冲动的举动则能触发意想不到的事件，进一步加深剧情发展的悬念感。故事情节通过她一次次地好奇发问和制造"麻烦"的行为推进着，直到她因无视科布的劝阻而被科布的潜意识集中攻击——玛尔持刀扎进阿里亚德妮的身体，该情节达到高潮。

三、展露人物关系

如果删除所有的人物对白，仅通过观察人物行为来识别人物的社交网络，观众大概率就会因缺乏具体信息而难以准确把握人物之间的确切关系。两位有较大年龄差距的女人拥抱在一起——当你只看到这一画面，很难确定她们的关系是母女抑或亲戚。展露人物关系是对白的重要功能之一，需要注意的是，没有人想听人物呆板地介绍："这是我的爸爸、妈妈、姐姐……"

除了直接称呼后直抒胸臆，对白还可以用"藏"的方式巧妙地展现人物之间复杂的关系。在许多时候，拐着弯说话会让对白读起来更有意味。请看电影《美国丽人》的剧本示例。

《美国丽人》剧本示例

室内　伯纳姆家的餐厅　夜间

我们可以听见立体声收音机播放着约翰·科尔特雷恩和约翰尼·哈特曼唱的《你太美丽了》。莱斯特、凯罗琳和简坐在餐桌旁用晚餐。他们就着烛光，摆在桌子中间的花瓶里插着红玫瑰。在他们进餐时，摄影机缓缓地绕着他们拍摄，他们彼此没有任何交流，甚至互相都没有意识到别人的存在。直到……

简：妈，我们干吗老是听这电梯音乐？

凯罗琳（思考着）：是的，是的，我们不用听。哪天你给我做一顿丰盛可口又营养丰富，让我胃口大开的饭，你想听什么就听什么。

莱斯特：那么，学校怎么样？

简（怀疑地）：很好呀。

莱斯特：只是很好？

简：不，爸爸。糟糕透了。

莱斯特：想知道我工作的事情怎么样了吗？

现在她看着他，好像他失去了理智。

莱斯特：他们雇用了这位效率专家。他对我确实没有恶意，但我确实恨透他了。看，他们想解雇什么人，但又要顾及民主政治，每个人都得为他写什么"工作述评"，希望让管理层看见，说："哇哦，我们不能没有这个人……"

他的声音渐渐降低，显然是希望简有什么反应。

莱斯特：你能不能多少关心一下，行吗？

凯罗琳直起身，看着厨房。

简（不高兴地）：爸爸，你在期望什么？不能因为你遇到了个问题，就突然成为我最好的朋友。（直起身，看着厨房）我的意思是，你一直都不和我打招呼。你已经几个月不和我说话了。

简离开餐桌。莱斯特注意到凯罗琳正用批评的眼光看着他。

莱斯特：噢，你看什么呀，你是年度最佳母亲？你像一个雇员一样对待她。

凯罗琳（震惊地）：什么？！

莱斯特（起身跟着简）：你对待我们俩就像对待雇员。

凯罗琳惊愕地在后面看着他，表情呆滞。

这是一场并不愉快的家庭餐桌戏，通过对白巧妙地刻画了一家三口之间僵硬的关系。尽管并没有爆发争吵，甚至在大家开口前，餐厅的氛围甚至非常浪漫惬意，但当女儿简反问母亲凯罗琳为什么总是播放某种音乐时，气氛旋即紧张起来。凯罗琳回避了简的问题，出言意指女儿不做家务就别指手画脚。而父亲莱斯特突如其来的"关心"使不愉快的氛围雪上加霜。

值得注意的是，当你阅读经过翻译才与你见面的剧本时，不要机械地理解译文，而应多加考虑对白语言的本地化呈现。

第二节　别用奇怪的腔调说话

一、长话短说

银幕对白的精髓在于简短快速地交流，很少有电影会让人物时常开展长篇大论的对话。有的作者倾向于在电影中施展自己的文学抱负，可如果电影演员像诗朗诵一样大段大段地说台词，百分之八十的观众就会昏昏欲睡，恐怕没人喜欢看这样的电影。为了避免发生这种情况，创作者在下笔写作长对白时一定要慎重，请反复确认是否有这个必要，这里非要长对话不可吗？

在将文学剧本改编成影视剧本时可能会碰到这样一种问题：文学剧本仅用一句话交代了人物的背景，比如"他是一个从美国顶尖医学院回国的高才生，已经有非常丰富的临床经验"。如果要通过银幕对白的方式传达同样的信息，则需要用口语化的文字和简洁的表述，将原句转化为符合人们日常用语习惯的内容。例如，"留美回来的，据说上学时候就跟了不知道多少台手术了，年轻有为可不就是说这种人吗"。

同时需要记住的是，对白并不是越多越好，少即是多！让凝练的对白成为情节的点睛之笔，能创造出更佳的戏剧效果。

以下选自《城南旧事》电影文学剧本的开篇。

一望无际的海洋，空中黑云滚滚，映入海水中，黑沉沉的浪涛澎湃。

星月交辉，海上闪耀着粼粼碧波。

歌声起，悲怆而沉寂。

远隔重洋，远隔重洋，

重洋彼岸我家乡，家乡，家乡，家乡。

遥望长空，遥望长空，

长空之下我故国，故国，故国，故国。

飞雁断，音信绝，故国梦中归，觉来双泪垂。

歌声落到以下画面：

蜿蜒的长城。宏伟的前门箭楼。

一行骆驼迈着沉重的脚步在黄土大道上行进，大道扬起了风沙和驼铃声。

辽阔的长空，海鸥飞翔。

香山的枫树，满山红遍。

万寿山，佛香阁，玉琢银装。

中山公园的古柏林间，皑皑的雪地上，六岁的小英子挽着她双亲的手，信步走来。

春天，牡丹盛开，鸟语花香，来今雨轩茶座的前面。

小英子和她的双亲在花丛中观赏。

夏天，英子和她的双亲在昆明湖上放舟荡漾。

奔腾的黑云，汹涌澎湃的浪涛。

大街上，行人驻足，惊惶失色。正过着出红差的队伍，监斩官骑着高头大马，敞车上押着几个五花大绑的学生模样的人，背脊上插着打着红勾的法条，观者寂寂无声。

星月辉映的云空，礁石满布的海岸。

（上述画面上，叠印片头字幕《城南旧事》。歌声止。）

在剧本中，开篇摒弃了人物对话，仅通过蒙太奇和背景歌声构建情感张力，用画面代替对白，将原著散文的诗意完全视觉化，保留了文学意境。

文学剧本与实际影片有所不同，影片开头有一段人物独白：

> "不思量自难忘，半个多世纪过去了，我是多么想念住在北京城南的景色和人物啊，而今也许已物异人非了，可是随着岁月的荡涤，在我一个远方游子的心头却日渐清晰起来。我所经历的大事也不算少了，可都被时间磨蚀了，然而这些童年的琐事，无论是酸的、甜的、苦的、辣的，却永久永久地刻印在我的心头，每个人的童年不都是这样的愚骏而神圣吗？"

这段独白并没有直接叙事，而是英子对岁月变迁的情感表达。通过独白，观众能够走入人物的内心，感受英子对童年的怀念以及感伤。

二、照着现实中的人说话

对白应该尽可能地符合真实生活中人们的语言使用习惯，包括方言、专业术语、年龄以及契合特定文化特点的特定说话方式等，为的是进一步增强角色和故事的真实感。没有人想看演员文绉绉地、拿腔拿调地说话，除非这表现正符合其在影片中的身份，否则人物对白都应该尽可能地自然。如果你的故事发生在某个具体的城市，那么你需要了解当地人说话的习惯，并使之在创作中体现。比如电影《爱情神话》（2021年）的故事发生在上海，影片对白就采用了上海话。切忌地域错位，比如在充满东北地域特色的叙事环境中，剧中人物却讲了一口南方口音。当然，如果你的设定就是南方人在东北生活，那就没有问题。

总之，适当运用方言等独特的对白风格元素来丰富你的剧本，能够拉近和观众的距离！

三、哪些经典台词令你印象深刻？

对白不仅是传递信息的手段，还是表达情感和情绪的重要工具。一部优秀的影片通常会兼备好看的故事和触及心灵的对白。好的对白设计能够牵动观众的情感，让观众与角色产生共鸣。但是，剧作者可不要秉持着"我来写几句金句"的念头去写剧本，这样往往会显得刻意。好的对白应该是水到渠成，自然流露的。这需要创作者真正走进笔下人物的内心，感受人物的心声，只有这样写出的对白才能准确把握其中的情感。

不要害怕修改，灵光一现的情况总是少数，反复修改甚至推翻重写才是常态。只要坚定创作理想，总会达到最终想要的效果。

《绿皮书》剧本示例

室内　汽车内　夜间

利普为刚才的事而兴奋着，雪利却面无表情。

利普：居然是鲍比·肯尼迪给我们收拾了烂摊子，我的天，这太棒了吧！

雪利：这并不棒，甚至可以说糟透了，这很丢人。

利普：你说什么呢，原先咱们被搞了，现在咱快活得很。

雪利：而我刚刚却让美国司法部部长陷入了无比尴尬的境地。

利普：那又怎样，那些人拿钱不就得做事，不然还让他做什么呢？

雪利：那个人，还有他的兄弟正在尝试改变这个国家的现状，那才是他们应当去做的，现在他只会觉得我是个……从某个偏远沼泽监狱打来电话，请求帮助袭警指控的……谁弄成这样的，某个垃圾吧，你真的不该打他。

利普：我不喜欢他对待你的方式，让你那样站在雨里。

雪利：得了吧，你打他是因为他说你是半个黑佬。我一生都在忍耐这种言辞，你至少可以忍耐一个晚上。

利普：怎么，就因为我不是黑人就不能为此生气吗。天呢，我比你更像黑人。

雪利：你说什么？

利普：你一点都不了解你的种族，他们吃什么，怎么说话，怎生活，你连小理查德是谁都不知道。

雪利：知道个小理查德就代表你比我更像黑人吗？托尼，有时候你真该听听你自己在说什么，那你就不会这么多鬼话了。

利普：狗屁！我是谁，我知道得清清楚楚。我一生都住在布朗克斯的同一个街区，和我的父母兄弟在一起，现在还有我的妻子和孩子，就是这样，这就是我，我每天为了家人的生计奔波。你呢，大人物先生，你住在城堡的最顶层，到处旅行，为富人们演奏音乐，我住在街边，你坐在宝座上，我的世界比你的黑暗多了。

雪利：靠边停车。

利普：什么？

雪利：靠边停车。

利普：我不停。

雪利：停车，托尼。

利普：怎么了。你要干吗？博士，你到底要干吗？博士，回车里去吧。

室外　公路　夜间

夜晚正下着大雨，雪利下车淋雨沿着路走着。

雪利：是的，我住在城堡里，托尼，孤身一人。有钱的白人付钱让我演奏钢琴，因为这让他们觉得自己很有文化，但当我一走下舞台，在他们眼中我立马变成了一个黑人，因为这才是他们真正的文化，我独自忍受轻视，因为我不被自己人接受，因为我和他们也不一样，所以如果我不够黑也不够白，我甚至不够男人，告诉我，托尼，我是谁？

雪利走回车里，利普站在雨中看着他。

在电影《绿皮书》的这一段落中，雪利和利普的矛盾随着对话进行而不断升级，体现了二人对阶级分化的看法差异以及对彼此处境的不同理解。雪利在雨中的言语让利普和观众看到了其深藏内心、不为人知的一面，这段真诚又直白的对白使观众深受触动，从而与雪利产生情感上的共鸣。

互动练习｜十句话的对白关系反转

一、练习目标

限定对白长度，培养学生利用有限的对白准确描绘人物关系的能力，应在对白设计中实现人物关系的转变，从而提升对白编写的精准度和创意性。

二、练习步骤

（一）分组

两人一组，每组分配或自主选择一种人物关系进行创作表现，如同事、战友、邻居。

（二）创作指导

以小组为单位，创作一个共十句对白的戏剧段落。这十句对白需要交代清楚两个人物的关系，并在对话结束时完成一次关系反转。关系反转可以是从友好到不和，从误解到理解，从竞争到合作等。

（三）创作时间

给予一定的准备时间，让学生讨论和创作对白。

三、对白示例

场景：两位老朋友在街头偶遇，他们已多年未见。

伟航（惊喜地）：家燕？是你吗？我都不敢相信，这么多年了！

家燕（同样惊喜）：伟航！真是太巧了。你还好吗？

伟航：还不错，你呢？这么多年没见，你一点都没变。

家燕：我过得很好。你还记得我们大学时候的梦想吗？

伟航：当然，你想成为作家，我想旅行世界。说起来，我还一直在跟踪你的作品。

家燕（感激地）：真的吗？那太好了。有件事我一直想告诉你……

伟航（鼓励地）：什么事？你可以告诉我。

家燕：那本我大学时写的第一本小说……其实灵感是来自你的日记。

伟航（愣住了）：我的日记？你怎么会……（感到受伤和愤怒）

家燕：我知道我应该早点告诉你，我很抱歉。我从未想过这会伤害到你。

本章练习 | 多人对话场景练习

一、练习说明

设计多人对话的场景，尝试在利用对白描绘人物形象以及人物关系的同时，进一步制造某种戏剧冲突或情节转折，推进叙事。

二、练习步骤

（1）可以由教师提供，或是学生自行商量准备一种场景。这个情境包含的人物至少有三个，他们可以是亲属、朋友、同学、同事等不同的关系，他们由于某种原因相遇，并将发生对话。

（2）通过编写他们的对话，展现这些人之间的关系，并且尽可能地体现他们的性格。

（3）在对话场景中，注意推进叙事的进展，在对话的结尾要出现某种情节转折或者戏剧性冲突。

三、示例

场景：小美生日这一天，一家三口难得聚在一起为她庆生。

小美：今天爸爸妈妈都能赶回来，我真的太开心啦！

小美妈妈：你十岁生日我们当然要回来了，小寿星，快许个愿吧。

小美爸爸：许吧，许完就可以吃蛋糕了。

小美：好耶！我希望……

一阵电话铃声响起，小美爸爸立刻接了电话。

小美爸爸（边说边站起身）：陈总，你好，我现在有空啊，你说……

小美（轻声地）：爸爸……

小美妈妈：没事宝贝，你继续许愿吧。

小美（双手合十）：我希望爸爸妈妈……

又一阵电话铃声响起，小美妈妈接起了电话。

小美妈妈：嗯，我知道了，马上……再等会吧。

小美妈妈起身走向阳台，与小美爸爸交谈，激烈的对话声传回客厅。

小美爸爸：什么叫又说话不算话？我赚钱不是为了养小美？

小美妈妈：我工作也很多！不也是为了赚钱养小美？

独自坐在客厅的小美落着泪吹熄了蜡烛。

小美：祝我下个生日快乐……

第七章　对白（二）：如何让对白变得生动？

为什么有的人物滔滔不绝地说话，有的人物保持沉默，有的人物有话直说，有的人物却言不由衷？人物的形象决定了其说话风格，而说话的风格又能进一步加强人物的塑造。对白虽然具有叙事功能，但并不意味着越多越好，很多时候精简的话语反而更能准确传达人物的情感，适当的沉默能营造无声胜有声的意境。

🖥 学习目标

（1）理解什么是符合角色特征的对白。

（2）掌握人物的潜台词。

（3）掌握如何用更精简的对白表达更多的内容。

（4）深入角色心理，创作更富有层次的对白。

🎙 本章聚焦

（1）创建对白的风格、语速、节奏以及类型，如方言与俚语。

（2）潜台词的三大应用。

（3）学会利用视觉叙事，精简对白。

```
                              ┌─ 语言风格
              ┌─ 符合角色的身份 ─┼─ 语速与节奏
              │                └─ 方言与俚语
              │                ┌─ 暗示与预兆
对白：如何让对白 ─┼─ 潜台词 ───────┼─ 情感张力
变得生动        │                └─ 主题与象征
              │                ┌─ 动作代替言语
              └─ 拒绝信息倾泻 ──┴─ 利用视觉叙事
```

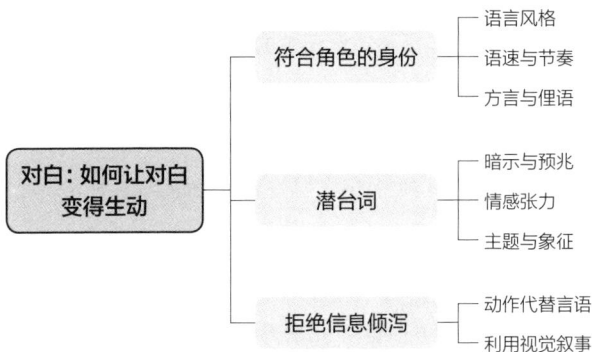

应当如何写出生动的对白？在写作时，你可以尽情想象人物说话的样子，模仿这个人物的语气来念你写的对白，看看是否符合他的人设。合乎规范的对白能够生动地建立起你的人物，而过于呆板无聊的台词只会让人想一键快进。

第一节　千人千面：符合角色的身份

一、什么样的人说什么样的话

当你着手撰写一场戏的时候，你会怎样开启人物之间的对话？假设某个中午，张三在街头遇上李四，二人互相打招呼后发生了一段对话。"你好，张三。""你好，李四。"语毕，二人离开。

这是两句非常机械的描述性对白，交代了二人相遇互相问好的情况。观众不会想在银幕上看见这种对话，因为它既没有传达推进故事的信息，又没有展现人物的形象特点，对塑造角色没有任何帮助。从这类对话中，观众根本无法了解角色的更多信息。他是哪里人？受教育程度如何？性格外向还是内向？他的人际关系怎么样？这些问题其实都能够通过对白的方式让观众得到答案，创作者可以综合这些因素，为角色设计属于其独特的语言风格，比如展示某种用语习惯，包括特定的词、短语或句式。

更具体地来说，可以用方言体现角色的籍贯，比如上海人打招呼会说"侬喫（吃）过了哇"，北京人互相见面则说"吃了吗您呐"。当然，有时候剧本设定的故事环境可能并没有精确到某个城市，甚至存在架空社会背景的情况，而有关角色身上反映出的地域特色最好有个大致的范围，这能够帮助观众理解角色。比如初步框定主角是南方人还是北方人，如果主角是南方人，大概率不会说儿化音；如果主角是北方人，则可以利用北方的语言特征来侧面表现其特点，也许是直率、豪爽、粗犷或者别的什么。

当一个角色出场后，观众通过其对白，应能够进一步了解其个性。同样是与人相遇打招呼的场景，如果发生在一个着急就医却不会用电子设备的老奶奶与年轻女孩之间，也许会出现以下对白——"小妹妹，我老花眼看不清楚，你能帮我看看怎么用医保码吗？"

对白也能负责交代一些尚未被观众所知的信息，令观众看到人物的不同侧面。当一个老者撞上一位脸上有刀疤、胳膊上有文身、看起来凶神恶煞的壮汉，壮汉却开口轻声说："对不起，撞到您了，您没什么要紧吧？"观众大概率会因此改变对壮汉的初印象。当一个小学生身处温暖友爱的环境时，却总是习惯用"不用了"拒绝同学想与他玩的善意邀约,随即转身独自走回家,则可以体现其独来独往的个性。

二、急性子没法慢悠悠说话

你可以观察一下周围的人,留意他们说话的语速和节奏。如果你正在上课,可以看看台上的老师是娓娓道来还是慷慨陈词。坐在你旁边的同学有没有讲悄悄话?他的语速如何?是不紧不慢的,还是恨不得一秒钟全部说完?一个人说话的语速和节奏与其性格特点以及发言时的情绪状态相关,不同的角色可能会有完全不一样的语速和节奏。比如,性格急躁与性格沉稳的人,说话的语速和节奏完全不同。当角色处于激动或焦虑状态的时候,其语速可能飞快,一口气说完一大段话。而当角色放松舒缓的时候,此人说话也许慢悠悠的。

电影《头脑特工队》是一个生动的例子。在影片开头,代表着快乐、忧伤、害怕、厌恶、愤怒五种情绪的角色陆续登场。乐乐是个以欢乐为情绪主基调的角色,语速偏快,说话富有节奏感;而以忧伤为情绪主基调的忧忧则语速较缓,语气忧愁,经常话说到一半就被打断了。通过角色之间的对白,观众能够直观地了解其不同的性格特征。

电视剧《神探夏洛克》中的福尔摩斯和电影《疯狂动物城》中的闪电这两个角色形成鲜明的对照。剧中的福尔摩斯经常用快节奏的语速进行演绎推理,台词通常一针见血,且语气坚定不容置疑,这使得其推理能力突出但脾气古怪的特征得到加强。相比之下,《疯狂动物城》中的闪电不但行动缓慢,而且说话的节奏也慢得差点逼疯急性子朱迪,该对白在提供笑点的同时,也成功表现出角色做事拖沓的个性。

三、不是所有人都说普通话

正如前文所提及的，方言和俚语能够有效地丰富角色的背景。不同地域和文化背景的人通常会形成不同的语言特征。例如，在电影《疯狂的石头》中，角色用重庆话交流，不仅为影片增添了喜剧效果，还表现出重庆的本土文化特征和独有的生活氛围。

相较于普通话，方言在电影中的运用通常与体现地方特色文化有关，不同方言的用词和语音、语调等都有差别。从增强故事的真实感、拉近观众与故事距离的角度来看，当观众坐在银幕前，听到剧中人物用其熟悉的方言演绎一段其家乡故事时，扑面而来的亲切感会把其注意力牢牢吸引。例如电视剧《山海情》全剧采用西北方言，十分贴合真实的西北农村生活。这种现实生活的生动再现，为整部作品带来了极高的关注度。

试着和周围的同学用各自的家乡话交流，感受不同方言碰撞下擦出的戏剧性火花。在创作故事梗概的阶段，通常需要确定好故事发生的地点以及人物的背景等信息，时刻谨记：方言的使用不要背离你的设定，二者必须相互配合。如果你使用的是普通话，也要注意南方和北方的普通话存在用语习惯的差异，记得在写台词前进行充分调查。

《山海情》第一集剧本示例

室外　杨三家门口　白天

　　杨三：不想吊庄了。

　　马得福、张树成、马喊水依次站在杨三面前，张树成拿着笔记本记录着，马喊水嘴里叼着草歪着站在一边。

　　张树成：为啥？

　　杨三：不为啥，就是不想去。

　　张树成：总得有个原因吧。

　　杨三：没有。

室外　五蹲家门口　白天

　　五蹲正在家门口干活。

　　五蹲：我没在家。

　　马得福：五蹲叔，你咋能说你不在家呢？

　　五蹲抬眼看了看张树成等人，放下手里的活。

　　五蹲：叔叔叔，叔就是没在嘛！

　　……

室内　李大有家　白天

　　李大有听见马喊水等人的动静，立刻在炕上卧倒装睡。

　　马喊水边喊着李大有的名字边领着张树成和马得福进屋。

　　马喊水：大有！大有！哎呀，咋这阵子还睡着，快起来起来，来客人了，快点！

　　李大有闻声，不情不愿地下炕。

　　李大有（埋怨地）：我媳妇不都说不在不在了，你咋还来？

　　马喊水：你这烂房子还来过这么尊贵的客人吗？快找个座，坐坐。

　　马喊水使唤李大有拿凳子给张树成坐。

马喊水：凳子搬了让他坐了嘛。

张树成坐下，李大有递烟给众人，被拒绝。

马喊水：去去，娃娃吃啥烟呢。

李大有：你娃才吃了几天官粮，抽不了旱烟了。

马喊水：那咋？那吃烟也得吃那带把的纸烟啊。

李大有：把你能耐的。

马喊水：不要跟我抬杠了，张主任来找你有事的，说事。来，张主任。

张树成：李大有同志。

李大有：我知道，我知道，喊水背着我带着你，把该问的人都问了。涌泉村不就是想把我当个靶子打吗？

李大有：我先声明啊，在这件事情上，我绝对没有撺掇任何人。我为啥不去，我是有沙眼，老毛病了。啥叫沙眼？就是你端端的眼睛不能见风沙，一见风沙泪哗哗哗，流得人受不了，我是真的因为受不了那儿的沙尘暴我才回来的。他们谁回不来，跟我述关系都没有。

在电视剧《山海情》第一集中，马喊水带着主任张树成和马得福，向村民们了解吊庄移民逃回涌泉村的情况。通过三个人到各家各户走访时与村民的对话，凸显了各个人物不同的性格特点，再加上当地方言的运用，西北农村独特的生活基调得到了生动展现。

影视剧中有时还会出现流行用语，比如喜剧片会以此来增加笑料。如果你想在剧本中使用流行用语，那么一定要谨慎，毕竟日常生活中很少有人会将所谓的"金句"一直挂在嘴边。

更重要的是，流行用语往往具有突出的时效性，等到剧本创作完成与读者见面时，流行语还流不流行是个需要考虑的问题。另外，如果你选择使用流行用语参与叙事，请务必确保它符合你剧中人物所处的年代，也要符合人物的身份。换言之，你的人物在那样的环境中应能自然而然地讲出那些话，而非被你强塞到他的对白里。

第二节　迂回前进：潜台词

一、明人也说暗话

或许你也听说过"今晚月色真美"。这句话借夸奖月色含蓄地表达爱意。"我爱你"就是这句话的潜台词。在对白中，潜台词指的是台词字面意义未直接体现或需要结合语境理解才能懂得的言外之意，潜台词通常包含更丰富的信息，能够展露人物内心的情感。编剧有时会利用角色的行为、对话中的暗示或故事背景中的细节来隐藏故事的发展线索，利用这种方法让观众自己推敲和想象接下来的情节。这样能够有效提升观众的参与感，增加故事的悬疑感。

比如，当角色在对白中提及一个旧物件或一个特定的地点，也许就是编剧在为后续剧情埋伏笔。提及的对象可能预示着未来发生的危机，也可能暗示着过去某个被埋藏的秘密。

在电影《盗梦空间》中，柯布在阿里亚德妮试图将梦境中的巴黎街道设计成和现实完全一样时说"不要用现实中的记忆来构建梦境，那会让你分不清梦境还是现实"，这为后续剧情中他私自用记忆构筑有亡妻的梦境导致影子反复出现而造成危机埋下了伏笔。

二、话中有话，暗藏玄机

在谍战片和悬疑片中，我们时常会看到一些看似平静，实则暗流涌动的对话。尤其是当角色自知已经身处险境，却只能强装镇定地化解危机时，观众的心可谓被提到了嗓子眼。

编剧通过角色之间顾左右而言他的互动和暗藏玄机的对话来展现角色内心的冲突、渴望或恐惧，而不用通过直白的对话交代。通过具体行动和潜台词设计呈现的情感变化，能让情感表达更加微妙和复杂。

如果你的主人公原本过着平静的生活，家族却突然遭受重创，你决定让他向反派复仇，他将在餐厅里与反派面谈，其后杀了对方。如何设计二人之间的对话？

在电影《教父》中，这样的场景发生在迈克尔与索洛佐餐厅面谈的戏剧段落里。当迈克尔落座以后，索洛佐开始拉拢迈克尔，迈克尔却看起来心事重重。尽管在赶来此地之前，迈克尔已经做好了枪杀对方的计划，但还是留有一线余地，主动向索洛佐提出保全自己父亲性命的要求，希望对方答应。然而见索洛佐顾左右而言他，迈克尔便起身去厕所拿手枪。去而复返之后，迈克尔一直保持沉默，观众依然能看出他的紧张和纠结。

讲述日常生活中普通家庭的故事，同样可以设计富有张力的潜台词。尽管日常生活中很少出现震撼人心的枪林弹雨场面以及令人过目难忘的奇观事件，但这并不意味着编剧无法在对白中融入惊心动魄的潜台词。要做到这一点，只需要深入挖掘你的人物特性，找到形成矛盾冲突的那些对立面。

来看看电影《绿皮书》的开头如何描绘托尼·利普的家庭。

《绿皮书》剧本示例

室内　利普家客厅　白天

客厅电视屏幕上正在播放棒球比赛，利普打着哈欠走出房间，他伸手摸了摸走过去的儿子。

利普的家人们正坐在沙发上看电视。

强尼：加油罗杰，来个全垒打。

鲁迪：别吵强尼，说出来就不灵了。

利普：喂！强尼，你也吵够了吧。

强尼：罗杰上场了。

利普：嗯，我也起床了。你们怎么跑这儿来了？

强尼：我们是来陪德洛丽丝的，加油。

强尼谨慎地看向厨房，两个黑人工人正在厨房收拾东西。德洛丽丝则站在旁边看着他们。

德洛丽丝的父亲安东尼说着一口意大利语。

安东尼：你不要只顾睡觉，让我女儿一个人应付这些黑佬。明不明白啊？

利普：我也不知道会派什么工人来啊，不知道会派黑佬来。

尼古拉：这本是意大利人的工作，真耻辱。

德洛丽斯倒了几杯柠檬水，把它们递给黑人。

鲁迪（对着电视喊）：加油啊罗杰，拜托。

利普看着工人们喝柠檬水，之后德洛丽丝把杯子放进水槽里。

德洛丽丝：我送你们出去。

工人：好的。

强尼：我们反超比分，来一个啊。

德洛丽丝把黑人工人送到门口。

德洛丽丝：谢谢你们。

沙发上的大家都站起来欢呼。

利普走进厨房，眼睛盯着水槽，接着又走到做好的菜面前。

德洛丽丝回来了，看见利普拿起香肠吃了起来。

德洛丽丝：别闹托尼，去换衣服，要开饭了。

德洛丽丝端着菜转身离开。

利普把玻璃杯从水槽里拿出来，扔到垃圾桶里。

室内　利普家餐厅　白天

利普一家围绕着餐桌坐在一起，大家正在做祷告，集体说着"阿门"。

德洛丽丝：……如果听说有托尼能干的活，就告诉我们。

利普（请求地）：德洛，别提这个。

鲁迪：怎么了？炒了你吗。

利普：不是。

德洛丽丝：没有啦，科帕要停业装修，所以这几个月他需要一份短工。

尼古拉：大人物啊，就知道买买吧。

利普：好了，爸，地板都发霉了。确实得换啊。

弗兰：他人脉那么广，肯定很快就能找到活的。

强尼：他之前在卫生部的工作就很好啊，你不应该打领班的。

托尼：他不应该吵我睡觉。

大家一边吃着一边笑了起来。

强尼：这就是托尼。

室内　托尼家厨房　白天

德洛丽丝正在清理厨余垃圾，她打开垃圾桶发现里面的两个空杯子。她无奈地看了一眼托尼，接着拿起杯子放进水槽里。

上述文字展示了托尼的家庭成员结构。一大家子人聚集在一起看球赛和吃饭，可以看出他们之间深厚的亲情。这个段落中托尼并没有直接说出厌恶黑人的台词，而我们通过他的动作和语言能够读出他的潜台词——他歧视黑人，具体表现为：托尼发现家里有黑人时投去警惕的一瞥，以及直接将黑人使用过的杯子扔进垃圾桶。德洛丽丝对于丈夫的种族歧视观念有些无可奈何，这也不是通过直抒胸臆的对白展现的，而是借助德洛丽丝自然而然将垃圾桶中的杯子拿出来清洗并无奈地看了丈夫一眼这一连贯动作输出的。扔杯子和捡杯子的情节，生动刻画了二人的观念差异、性格特点以及相处模式。

三、你是否知道"玫瑰花蕾"？

在影视剧中，人物对白、有特殊意义的象征物和重复强调的戏剧元素都可以被用来传达更深层的意义，进一步加深故事主题的深度和叙事的复杂性。在电影《公民凯恩》中，"玫瑰花蕾"是一个重复出现、具有象征意义的元素，作为线索贯穿了整部影片。直到电影结尾，我们才知道这是凯恩幼时的雪橇上的记号。玫瑰花蕾象征着凯恩美好的童年时代，是他念念不忘的精神寄托。

经典且具有标志性的台词能够深入人心，当你回忆起自己看过的电影，是否还记得其中的经典台词？譬如，在电影《楚门的世界》中，楚门每天都会说这样一句问候语："如果再也见不到你，那么祝你早安，午安，晚安。"又如电影《蝙蝠侠：黑暗骑士崛起》中小丑的经典台词："怎么这么严肃？"

在创作剧本之前，你可以构思一个类似"玫瑰花蕾"的元素贯穿故事。这样，在制定剧本大纲和分场景写作时，就可以设置这个元素什么时候出现、出现的频率是多是少。

不过，不要太过执着于打造经典台词这件事，也最好不要把设计经典台词的工作放在创作的最前面——经典台词可没有故事大纲重要。不要执着于将你认定的"好词好句"填塞进剧本，最重要的其实是适合，一句话只有真正被一个场景、一个情节所需要，它才有可能成为经典。这依赖于创作时的灵感迸发时刻，以及创作者对对白的反复打磨和推敲。

互动练习 | 对白创作研讨

一、练习目标

通过集体研讨和创作练习的方式，加深参与者对于以下知识点的理解：如何根据角色的不同背景创作独特的语言风格、合理运用语速与节奏，以及恰当使用方言与俚语，从而提升编剧技巧。

二、准备工作

（一）角色与情境描述

准备一系列角色身份和相关情境描述，确保描述得足够详细，能够激发参与者的想象，提供创作素材。

（二）小组分配

将参与者分成小组，每组分配不同的角色和情境。

（三）研讨指导材料

准备一份指导材料，介绍如何根据角色的背景创作对白，如何在对白中体现角色的个性和情感，以及如何通过对白推进故事情节等。

三、练习步骤

（一）角色与情境分配

每个小组获得一组角色和情境描述，小组成员讨论并理解角色的特点和背景。

（二）集体创作

小组成员共同创作一段对白，要求在对白中体现角色的语言风格、语速与节奏、方言或俚语的使用等特点。小组成员可以交替扮演不同角色，共同推敲每句对白，以确保它们符合角色特性和情境需求。

（三）对白呈现与评议

每个小组轮流向全体参与者展示创作的对白。展示结束后，其他组的成员提供反馈，如指出对白中生动和真实的部分和可能需要改进的地方。

（四）指导反馈

教师或指导者针对每组的作品给出专业反馈，指出其中的亮点和可以改进的方面，帮助参与者提升对白写作的技巧和水平。

四、角色描述示例

（一）角色一：李晓丽

背景：李晓丽是一位年轻的图书馆管理员，拥有文学硕士学位，对古典文学情有独钟。她性格内向，喜欢安静的环境，有时显得有些神秘。

语言风格：她的语言充满了文学色彩，偶尔引用经典文学作品中的词句。她说话温和，语速适中，偶尔会流露出轻微的怀旧情绪。

（二）角色二：胡晓斌

背景：胡晓斌是一位热情的街头艺人，擅长演奏吉他和唱歌。他虽没有接受过正规的音乐教育，但他的才华和对音乐的热爱让他在街头艺人中小有名气。

语言风格：胡晓斌说话直接，充满活力，他的语言中充斥着音乐和街头文化的俚语。他说话速度较快，带有一定的即兴感。

五、情境描述示例

（一）情境一：遗失的笔记本

李晓丽在图书馆中发现了一本遗失的笔记本，里面写满了美丽的诗歌和歌词。她决定找到笔记本的主人。不久后，胡晓斌来到图书馆寻找他遗失的笔记本。

（二）情境二：意外的合作

在图书馆举办的文化活动中，李晓丽负责组织一场诗歌朗诵会，而胡晓斌则被邀请进行音乐表演。在准备过程中，他们发现将诗歌和音乐结合起来会有意想不到的效果，于是决定合作展示。

六、练习指导

（一）角色分析

小组成员对拿到的角色进行细致研究，包括分析角色的背景、性格、兴趣等，理解并推测角色可能的语言风格和表达习惯。

（二）情境设定理解

小组成员阅读并讨论情境设定，明确情境出现的背景，发生的地点、时间以及涉及的事件。

（三）创作对白

基于角色分析和情境理解，小组成员共同创作对白。确保对白体现角色的个性和情境的特点，并考虑如何通过对白展现角色之间的关系，以及如何通过对话推进情节发展。

（四）对白呈现

小组成员可以选择一种舒适的方式来呈现创作的对白，例如朗读、简单的角色扮演，或者将对白写在黑板上供大家阅读。

（五）评议与反馈

其他小组成员和教师提供反馈，明确对白创作中的亮点和可以改进的方面。

第三节　删除对白！拒绝信息倾泻

一、能动手就少动嘴

在某些情况下，角色的动作比任何言语都更能表达其意图、情感和性格。例如，一个简单的拥抱可能比千言万语更能表达人物间的亲密关系，一个下意识的手势可以展现角色内心的不安，一个眼神间的交流比多次语言交锋更能表现情绪的紧张程度。

在电影《我不是药神》中，吕受益初见程勇时给程勇递上橘子，请求程勇帮忙走私印度仿制药。吕受益病重住院后，程勇去医院看望他，他让程勇"吃个橘子吧"。橘子是吕受益与世界主动建立联系的资源共享物，是该人物形象拼图的一个重要部分。吕受益去世后，"黄毛"不停往嘴里塞橘子，眼泪随之落下。这段演绎虽没有台词，但观众都明白这是"黄毛"对吕受益的沉痛缅怀。

在电影《蝙蝠侠：黑暗骑士崛起》的结尾，管家阿尔弗雷德在咖啡馆遇见了布鲁斯，二人没有交谈，也没有挥手打招呼，只是坐在各自的位子上注视对方，微微点头示意。只需一个对视和点头，观众便明白布鲁斯生活得很好，无须阿尔弗雷德牵挂。

编剧并不需要事无巨细地倾泻对白，那样会显得喋喋不休。想要把握好对白在剧本中的占比，你需要挖掘角色的心理，同时考虑观众的感受。一方面，你塑造的角色特性决定了其对白的篇幅。试想一个行动派的硬汉角色，他几乎不会将接下来的安排娓娓道来，他大概率诉诸行动而非言语。另一方面，你需要考虑观众是否对你写的对白感兴趣，长对白只会让观众昏昏欲睡。比如描绘一个家庭不幸福的小女孩，可以抛弃小女孩本人或其家庭成员口述交代的方式，而是通过小女孩生活中的举动表达这些信息——看到同学和父母打闹嬉笑，她脸上浮现落寞的神情。

二、如何创造"无声胜有声"的意境？

在某些时刻，留白能提供更多的想象空间，传递更丰富难言的情感，俗话说"无声胜有声"。场景设置、道具的选择和使用，以及色彩和光影的运用，都可以表现故事背景、角色情绪以及强调故事发展的关键点。通过精心设计的视觉元素，能够使观众在无须任何对白的情况下，理解并感受到故事的氛围和情节的进展。

想象一下，一对情侣在分别后再次相遇，他们即将展开一段对话。也许双方已经释然，会说一句好久不见；也许旧情复燃，他们又不顾一切地在一起；也许多年的积怨又一次爆发，他们面红耳赤，吵得不可开交。无论哪种设定，都能带给故事不一样的风味，而且除了语言，似乎用眼神、神态和人物动作，也能表现出不同的情绪氛围。

在电影《爱乐之城》的结尾，米娅和塞巴斯汀在爵士酒吧里重逢。米娅坐在台下，看着昔日的爱人在台上弹奏钢琴。影片用蒙太奇的手法展现了二人幸福生活的场景，然而这只存在于幻想中。回到现实，昏暗的蓝色灯光下，二人只是短暂对视，他们彼此明白，往事一去不复返了。在这个段落中，二人用眼神和神态表达了深刻的感情以及内心的遗憾。这种无声的表达方式，比任何对白都意味深长，更具有意境。

构建这样的场景需要充分利用视觉元素，当你的画面传达了足够的信息，观众并不在意角色没有台词，因为他们已经得到了想要的。可以充分利用布景、灯光、人物服装、化妆、道具等众多的元素去达到你的叙事目标，让观众沉浸在影片中，走进角色的内心世界。

"无声胜有声"的留白让人意犹未尽，可也别滥用留白。过多的留白会使表现意境的文艺幻想占比剧增，导致信息量不足，继而让观众陷入迷惑，看得云里雾里。

本章练习 | 深入角色心理的对白创作

一、练习目标

通过深入角色的心理和背景，创作出富有层次和深度的对白，从而提升编剧在角色塑造和情感表达方面的技巧。

二、练习步骤

（一）角色构建

选择或创建两个有明确背景故事、性格特点和戏剧目标的角色。描述这些角色的基本信息，包括他们的职业、教育背景、家庭状况、性格特点、生活态度，还有他们在故事中想要实现的目标。

（二）情境设置

设计一个情境，使两个角色的目标产生冲突。这个冲突可以是直接的，如对某个资源的竞争关系，也可以是间接的，如价值观的冲突。描述这个情境出现的背景，包括时间、地点和引发冲突的具体事件。

（三）对白创作

1. 初始对白

创作一段对话，展现两个角色首次就他们的冲突进行交流的场景。注意体现每个角色的语言风格和他们如何通过语言策略来实现自己的目标。

2. 高潮对白

在初始对话的基础上，发展情节至高潮部分，此时冲突达到顶点。在这一部分的对话中，需要深入展现角色的情感张力并辅以潜台词的运用。

3. 解决方案对白

创造一个情节转折，为冲突提供一个解决方案或者更深层的展现。这部分对白应体现角色的变化，以及他们对冲突的新理解。

（四）反思与分析

1. 角色分析

回顾你的对白创作，分析每个角色的语言风格如何反映其性格和背景，以及他们如何通过对白达到自己的目标和解决冲突。

2. 情感张力分析

探讨在对白创作过程中，如何通过角色间的互动和潜台词设计建立情感张力，以及这种张力如何影响故事的发展和观众的情感体验。

3. 潜台词与象征的运用

分析对话中潜台词的运用如何增加了故事的深度和复杂性，以及是否有任何象征元素被用来加强故事主题或体现角色发展。

三、案例展示

（一）角色和背景简介

父亲：经验丰富的外科医生，对医学充满热情，希望女儿能继承自己的事业。

小美（女儿）：热爱绘画的高中生，渴望通过艺术表达自己对世界的理解。

（二）初始对白——角色初次交流的场景

场景：家中的书房，父亲的医学书籍在书橱中整齐地摆放着，小美的画架立在一旁。父亲将画架挪到一边，从书橱中拿出一本医学解剖类书籍递给小美。

父亲：小美，你这几天总是和我聊文艺复兴，聊达·芬奇画的黄全比例。达·芬奇能画出《维特鲁威人》，但是他能画得出精准比例的解剖图吗？

小美：爸爸，我知道你想说什么。可是画画对于我，就像做手术对于你一样，是很重要的呀。

（三）高潮对白——冲突达到顶点的场景

场景：晚餐桌上，父亲试图用更直接的方式劝导小美。

父亲：小美，爸爸明白你是有才华的小姑娘。只不过你还是太年轻了，对自己的未来考虑得不够周到。爸爸是过来人，只要你点头，我会全心全意培养你，以后你也能成为别人嘴里的"王一刀"。

小美：爸爸，有些话我不想再重复了，或许在你不那么偏执的时候就能理解我了。

（四）解决方案对白——寻找解决方案的场景

场景：父亲在小美的画室中，他们共同审视墙上挂着的画作和照片。在不同的照片中，小美身边都围着许多孩子，有的孩子还穿着病号服。

父亲（眼前一亮，开始理解女儿的视角）：这些年你在外面画画，还去给这些孩子们做绘画治疗？小美，我好像能明白你的想法了。也许我们只是用不同的方式治愈人心吧。

小美（感动地看着父亲）：是的，爸爸，您终于能理解我了。我一直想说，无论选择医学还是艺术，我们最终都能造福社会！

第八章　用结构来洞悉创作（上）

剧本的"套路"是成熟的编剧应该掌握的剧作手法，并非一个贬义词。三幕式的剧作结构不仅限于"起、承、转、合"，而且存在严格的幕间关系。本章将学习每一幕的搭建方式和幕间关系的过渡手法，以此创作出精彩的剧本。

学习目标

（1）掌握三幕式结构中点以前部分的内容组成及结构安排，学会使用斯奈德节拍表进行创作。

（2）掌握十大故事模型，找到自己的创作方向。

（3）进行练习，展示剧本第一幕和第二幕前半部分剧作结构的学习成果。

本章聚焦

（1）剧本创作的三幕式结构。

（2）斯奈德节拍表。

（3）广受认可的十种故事模型。

```
                        ┌─ 三幕式结构
        作为蓝图的结构 ──┼─ 斯奈德节拍表
                        └─ 十大故事模型

用结构来洞悉            ┌─ 序幕的构建
创作（上）   序幕与第一幕 ─┼─ 有利环境的搭建及缺陷的显现
                        └─ 主人公的人生转折事件

                        ┌─ 开启新历险
      第二幕（直到中点）──┼─ 辨析敌友
                        └─ 开弓没有回头箭
```

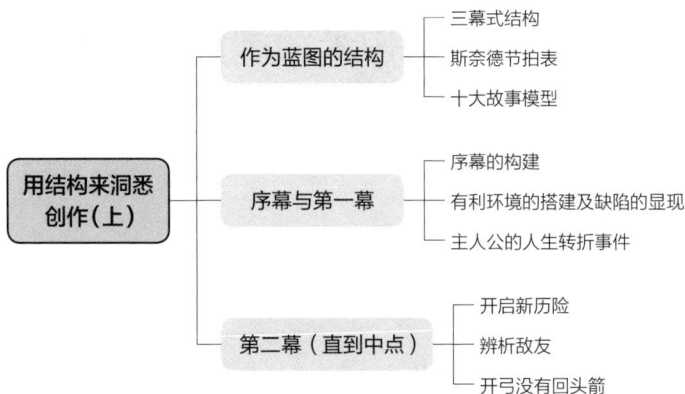

　　故事模型听起来似乎像是某种数学公式，然而要真正掌握运用这些"公式"绝非易事。每种模型都有它需要遵循的规则，如果不考虑规则，故事也许就难以成型或者杂乱无趣。编剧需要做的就是基于基础模型，发挥创造力与想象力，写出新的精彩故事。

第一节　作为蓝图的结构

一、"套路"并非贬义词

　　当你在看电影时，是否会感慨"好俗套啊"？实际上，没有俗套的故事，只有不会讲故事的编剧。那些被诟病"俗套"的剧情，如果按照剧本创作的"套路"去写，未必不能成为一个好剧本。剧本创作是天马行空的，不代表它没有可遵循的准则，当编剧掌握了这个准则，就如同拿到了创作"秘笈"。

悉德·菲尔德在《电影剧本写作基础》中认为，电影剧本的戏剧性结构可以阐释为：一系列互为关联的偶然事故、情节或大事件，按照线性安排，最后导致一个戏剧性的结局。一部电影剧本就是一个由画面讲述出来的故事，还包括语言和描述，这些内容都发生在其戏剧性结构之中。可以明确的一点是，剧本结构的编织对故事的构建有至关重要的作用。

接下来将为大家介绍三幕式结构和斯奈德节拍表。

（一）三幕式结构

电影剧本是一个由画面讲述的故事，由开端、中段、结局三幕组成。在第二章，我们已经学习了电影剧本写作的标准格式，按照标准格式进行写作，无论剧本写得全是行为动作、全是对白，还是两者互相融合，剧本的一页内容都相当于银幕上影像的一分钟。

以一部120分钟的电影为例，第一幕是整个故事的建置段落，剧本通常有20—30页，银幕表现则有30分钟左右。在这一幕中，编剧需要建置故事中的人物和戏剧性前提，明确故事是关于什么的，之后描绘出故事的情境，包括行为发生的环境等，最后别忘了初步建立起主要人物和那些围绕着他、与他产生这样那样交集的其他人物之间的关系。

剧本的第二幕通常有60页左右，从第一幕的结尾起，即第20页至第30页的内容之后，至第三幕的情节开始之前止，即第85页至第90页附近。

第一幕转至第二幕时会出现一个情节点，即情节点Ⅰ。情节点Ⅰ

也被称为激励事件，由反面角色发起，会彻底打破主人公生活中各种力量的平衡，逼迫主人公对此作出反应。主人公可以接受挑战，也可以逃避这变化，但无论主角做出何种反应，都应表现这样一种倾向——急切地想使生活恢复平衡。

第二幕是对抗段落，主要人物将遭遇并尝试克服种种主观或客观的障碍，努力向他的目标前进，满足其戏剧性需求。第二幕的前半部分，也就是故事中点之前，主角需要经历和盟友的磨合甚至对抗，从盟友那里得到支持或一些教训，总之对他的成长有益。到了第二幕的后半部分，主角将与盟友或是新学到的那些能力一起，正面对抗反面角色。

第三幕有20—30页，从第二幕的结尾处即85—90页开始，直到剧本结尾处。第二幕转向第三幕与第一幕转入第二幕剧情时的情况有些相似，同样需要一个情节点，即情节点Ⅱ，也被称作"灵魂黑夜"，引导主人公与他的终极对手正面一战，推动故事走向结局。第三幕是结局段落，结局并不意味着主角实现其目标，失败也是一种结局，故事关注的重点事件有了不可逆转的结果，就是结局。

（二）斯奈德节拍表

剧本也有节拍表？是的，但不建议编剧完全依赖节拍表进行创作。节拍表像辅助轮，通常在故事发展遇到瓶颈时提供帮助，也能为反复推敲剧情推进节奏从而不断完善作品的编剧提供修改建议。

我们以总时长110分钟的电影为例，学习斯奈德节拍表的使用方式，文字后括号内的数字为该部分内容在剧本中出现的页数。

1. 开场画面（1）

一部影片的基调、情绪、类型和规模都体现在开场画面中，主要角色通常会出现，并向我们展示他或她的"前情"片段。

2. 阐明主题（5）

电影的前五分钟必然有一个人向主角提出一个问题或做一番陈述，这大概率暗示了电影主题，会对主角产生深远且挥之不去的影响。例如在电影《无名之辈》中，闹事的混混对马先勇说"你是保安，不是公安，晓得不"。对"无名之辈"的嘲弄点出了故事的重点，围绕这个说法是否立得住脚就是影片接下来要讨论的问题。

3. 布局铺垫（1—10）

剧本的前 10 页，最多前 12 页，就要让参与主线剧情的所有人物全部出场，无论是直接出现，还是间接展现其影响力，都要让观众知道人物的存在。

在前 10 页中，要给所有角色埋下伏笔，让观众更进一步地了解每个人物的属性。例如，可以反复呈现主角在过往人生中缺失的东西，暴露主角性格上的弱点或缺陷，为后续的人物弧光建设做准备。

4. 触发事件（12）

布局阶段展示了故事所处世界既有的运行模式，而触发事件要将这个模式彻底打破。切忌因为细节描写过多而将触发事件拖到第 20 页。

5. 展开讨论（12—25）

表现主角对于触发事件的反应，他是否想反击？主角在这个部分要决定他要采取的解决办法。

6. 进入第二幕（25）

主角进入第二幕应该是他应对危机主动做出的决定，不能是被诱骗、哄骗或是不知不觉进入第二幕的。

7. 副线故事（30）

副线故事一般是爱情线，同时承载着电影的主题，不能与主题毫无关系，副线故事通常能缓和主线剧情幕间转换造成的突兀感。副线故事一般还会引入一些剧本前 10 页没有出现过的新角色，这些人或许是第一幕中角色的反面映像。

8. 玩闹和游戏（30—35）

这部分内容的基调比其他部分更轻松，需要集中体现影片的看点，此处通常是电影海报表现的核心内容。

9. 中点（55）

在此处，主角的人生或处于"高点"，达到了巅峰，或处于"低点"，他的世界彻底崩塌，但这两种情况都只是假象。抵达故事"中点"意味着"玩闹和游戏"结束了，剧情回到正轨。

10. 反派逼近（55—75）

"反派逼近"这个词指的是主角在中点的处境。此时，反面角色或负面因素暂时被吓退，主角团队看似取得了胜利，但那只是阶段性的，反派很快决定卷土重来。同时，主角团队内部的不和、怀疑、嫉妒也开始萌生、滋长，逐渐瓦解主角的力量。

11. 失去一切（75）

主角的生活陷入混乱，看上去要彻底走向毁灭。在这一部分，可以制造一种"死亡的气息"，花、鸟、鱼、虫等活物的死亡都可以赋予剧情以象征意味。

12. 灵魂黑夜（75—85）

主角处于黎明前的黑暗，正在奋力寻找拯救自己的办法，他需要与自己对话，认真思考这一切。时间可能持续五秒，也可能持续五分钟，但一定要有这个部分。

13. 进入第三幕（85）

此刻，主角在外部（主线故事）和内部（副线故事）都找到了解决问题的办法，接下来就要付诸行动。主线和副线的融合方式可以是主角从爱人那里得到启发，得到既能打败反派，又能争取爱人爱意的两全之法。

14. 结局（85—110）

就是第三幕。在这个部分，主角需要克服自己的性格缺陷，在主线剧情和副线情节中都得到结果，胜利或彻底失败，总之新的世界秩序已然建立，不可逆转。所有主要人物的结局，当然也包括反派的下场，必须有所交代，困扰主角的那些"问题"根源要一一铲除。

15. 终场画面（110）

要与开场画面所呈现的世界相反或至少大有不同，如果此处推进遇到阻碍，可以回头检查第二幕是否缺少了必须要素。

学习完斯奈德节拍表，你或许会感慨它的奇妙和实用性。不过，走马观花是无法将其转化为你的知识储备的，想要进一步掌握，请找两部在剧作方面广受好评的电影，对照三幕式结构和斯奈德节拍表进行拉片练习，你会有意想不到的收获，比如发现这二者竟是共通的。

二、市场十大热门故事模型

在上一节中，我们已经了解了三幕式的基本结构和电影剧本节拍的大致分布，可你是不是还是无从下笔，不知道自己该创作什么类型、模式的故事呢？比如你笔下人物的行动线和目标是什么？他正处于何种情境？有人指出，所有影片可以分为十大故事模型，你可以通过了解和学习这十种模式，找到创作的方向。

（一）屋里有怪物

这个原型符合人类的原始求生本能，一般具有"怪物"和"屋子"两个要素。"屋子"必须是一个封闭空间，并且发生过源于人性之恶的罪恶事件，"怪物"扮演的则是复仇者的角色，将犯下罪行的人杀掉，并且放过悔悟的人，例如电影《侏罗纪公园》《致命诱惑》就属于这一类型。在写这一类型的故事时，需要注意"怪物"要足够可怕，不能是一个弱小的、人类可以轻而易举消灭的对象；"屋子"也不能是一个可以随意逃脱的地方，否则戏剧冲突的产生将不具有必然性，故事也将缺失令人可信的发生条件。

（二）金羊毛

讲述的是英雄为了寻找某样东西而"踏上旅途"，并在旅途结束后找到了他自己。"旅途"中桥段设计的重点在于每一个情节转折点都对主角产生了新的影响，电影《绿野仙踪》《回到未来》《雨人》以及绝大多数劫盗电影都属于这一类型。

（三）愿望成真

"愿望成真"是人类心理中极为重要的一部分，这一类型电影的主角必须是一个被周围人欺负的灰姑娘型人物，需要有人或者事物来解救她，但切忌让她从此一帆风顺，主人公最后需要明白当个普通人是最可贵的。"受到诅咒""因果报应"类型的影片也属于这一类，主角得是一个虽非常"欠扁"但又值得挽救的人，开头可以设置一个情节用以展示其灵魂中值得肯定的那一部分，让观众觉得此人不是无可救药。到了故事结尾，主角要通过魔法（诅咒）有所收获，并最终获得胜利。

（四）陷入困境

这个类型用一句话概括就是"一个普通人发现自己陷入了不普通的困境之中"。这一类型需要两个要素——普通人和困境，并且主角这个普通人必须战胜自我才能走出困境。这类故事要想写得好看，困境与主角之间的能力差距必须足够大。主角要极其弱小，而战胜困境又需要主角冒极大的风险。在电影《辛德勒的名单》中，主角的朋友遭到了屠杀，主角作为一个普通商人，只有战胜自己心中的懦弱、抛弃明哲保身的处世原则，才能冒着生命的危险助那些可怜人一臂之力。

（五）超级英雄

与"陷入困境"相反，这个类型可以概括为"一个超乎寻常的人发现自己身处一个非常普通的世界"。该类型除了漫威宇宙和 DC 漫画里的超级英雄是典型以外，电影《美丽心灵》《惊情四百年》中人类身份的特异者也当属其中。写这一类型故事的时候，主角需要先遭受误解，让观众产生"再厉害的人活得也不容易"的想法，从而博得观众的同情和认同。

（六）人生变迁

"人生变迁"不只是单纯记录一种改变，而重在讲述主角如何学会"放弃"。主角在面对无法撼动甚至无法理解的强大力量时，心里虽有愤恨，但只能一步步接受，直到主角可以微笑面对那力量时，他将意识到生命中还有更重要的部分，这也是一种胜利。例如在电影《本杰明·巴顿奇事》中，主角面临"逆生长"的困境，他的人生从80 岁老人的形态开始，至婴儿形态终结。不只是基本生活，他的人生理想和感情生活都面临着种种意想不到的困境，但他在这段艰难的旅程里坚持前行，终于与自己特殊的命运达成和解。

（七）伙伴情谊

这一类型是关于"我和我最好的朋友"的故事。"伙伴"最开始要互相憎恶对方，再通过共同的旅程了解、依赖对方。然而当他们意识到彼此的重要性之后，却又因某些原因走向决裂。好在这不是结局，他们最终将成为新的自我，一波三折的关系得到弥合，获得胜利。爱情电影属于有潜在性关系的"伙伴电影"，小男孩与狗的故事也属于"伙伴电影"的模式。

（八）推理调查

这一类型的影片并不以表现主角的成长为唯一目的，而是让观众借机跟随主角的视角获取破案的线索，一步步接近让人意想不到的人性阴暗面。在创作这一类型剧本的时候，要尽可能让观众感到那些被人隐藏了的人性秘密被你窥探、揭露，此类影片有《公民凯恩》《看不见的客人》。

（九）"傻瓜"获胜

这一类型故事需要两个要素，一个看起来没用的失败者和一个失败者所对抗的体制，傻瓜主人公通常还有一个自以为聪明的同伴。创作这类故事，要让卑微的傻瓜与一个有着强大力量的坏人对立起来，这个坏人通常是人们眼中的人生赢家，而傻瓜要打败这个坏人，很可笑吧？但并非不可实现。这样的故事对日常生活中严格的等级秩序进行嘲讽，能让观众找到新的生活希望，《阿甘正传》就是这一类型的代表性影片。

（十）体制之下

这类故事讲述的是把群体置于个人之上的利弊，一方面赞颂体制，一方面也暴露体制的问题。故事中的群体常常很疯狂，带有自毁倾向。这类电影常以一个外来人的视角展开，观众想要知道的也正是这个外来人想知道的，之后渐渐探析群体内部的秘密。

学习了这十大故事模式后，你会感发现很多电影在结构上有些相似，例如电影《惊爆点》和《速度与激情》的结构几乎一模一样。不过需要你学习的是怎样运用这些结构进行创作，而不是被这些结构束缚创作灵感。

第二节　序幕与第一幕

一、序幕：尽可能留住观众

序幕，严格来说，是在叙事主线"真正开跑"之前发生的一段"前史"。它并非可有可无的背景介绍，而是为人物弧线奠基的一整套因果链：哪些事件铸成了主角的核心缺陷？他怎样评价自己、又被外部世界怎样评价？在初始时刻，他的情绪基调是渴望、羞耻，还是冷漠？这些信息共同决定了后来剧情必须把他送往何处，才能完成一次可信而动人的转变。因此，序幕既是角色心理债务的"欠条"，又是编剧设计转折与高潮的"施工图"。

然而，序幕的存在方式并不固定。它可以被完整呈现，也可以被高度压缩，甚至干脆隐去，让观众在更紧凑的节奏中自行拼图。判断要不要"显示序幕"，要看两件事：第一，影片的类型与观众的节奏需求；第二，缺陷-解救链条的复杂度。

（一）完整呈现型

如电影《阿甘正传》从阿甘的童年讲起，观众一路见证他的缺陷、善良与逆袭。编剧选择用详尽的序幕来建立"弱者视角"与史诗跨度，因为阿甘的缺陷不是心理暗伤，而是与生俱来的智力限制；只有当观众亲历这些限制，后续的传奇才具备情感分量。

（二）隐匿型

更多现代电影（尤其是类型片）为了节拍流畅，会把序幕"埋"进剧情深处。

例如，电影《百万美元宝贝》开场即抛出弗兰基的固执与冷酷，直到尾声才揭示他背负的愧疚——晚到的序幕让观众的评价随着真相"二次翻转"，同时保留了体育片应有的动能。

电影《洛奇》只用一张老照片和一句父亲的评语暗示过去，这些碎片足以解释他的低自尊与对身体的执拗，却又不会拖慢拳赛节奏。

电影《无间道》干脆把刘健明与陈永仁的受训经历化成简单的闪回蒙太奇和对话，全片的张力来自"立场错位"的即时危机；若在前段大篇幅铺陈身世，警匪猫鼠游戏的当下感就会被稀释。

这种"压缩序幕"策略背后的创作逻辑是：当观众只需要理解"缺陷是什么"而非"它是如何逐层累积的"时，序幕就可以让位于动作与冲突。相反，如果角色弧线依赖于复杂的心理伤口或漫长的社会背景（如电影《追风筝的人》里的童年阴影），翔实的序幕就又变得不可或缺了。

综上，序幕不是结构教条，而是一种信息分配工具。编剧需要权衡：是让观众先"共情"后"冲刺"，还是让他们在缺信息的状态下一边追逐情节，一边回头补位？答案取决于故事想要施加的情绪节奏——同情、悬念或二者兼而有之。理解这一点，也就抓住了现代剧本在"叙事厚度"与"观影节拍"之间游刃有余的秘诀。

二、有利环境及缺陷

（一）有利环境

第一幕需要着力描绘主角所处的环境，这个环境是让主角得以保留缺陷的"有利环境"。有利的故事环境是指主角发现或创造的、允许其保留（性格）缺陷的环境。简单来说，"有利环境"不仅是一块背景布景，还是一座专门为角色缺陷量身定做的"温室"。记住！是缺陷的"温室"，而不是主角的"温室"！它在叙事中承担三重职责：让缺陷得以合理化、让角色主动维护缺陷、并在合适时机为转折事件提供爆破点。

1. 让缺陷得以合理化

有利环境的"温室"让"带伤生存"成为日常，它允许主角继续保持他们真实但有缺陷的自我，而不必引人关注或做出改变。主角可以在这样的环境中安全地生活，完整地保留其缺陷。

例如，电影《百万美元宝贝》在第一幕开头就介绍了故事环境——肮脏、务实、极度现实的拳击世界。在这个环境中，人们总是被击倒又总是爬起来，他们知道下一击又要来了，根本不用指望别的。这样的故事环境允许弗兰基继续前行，做真实的自我，而不必引人关注，因为他放弃了，也辜负了斯凯普。在电影《心灵捕手》中，我们看到威尔·杭汀跟他街头的朋友们在南波士顿的酒吧喝酒，看到他在麻省理工学院做清洁工打扫走廊。这两种环境都符合威尔的目的：他可以做一个愚蠢的街头小子，尽管事实上他的才智超乎常人；他又可以接近麻省理工学院中的国家精英。在这两种环境中，他都不需要摆脱自身缺陷。类似的情形还出现在电影《尽善尽美》，主人公梅尔文凭借固定餐桌、固定步伐与严格的生活仪式感，把强迫症和社交恐惧圈养在私人"洁净区"里；只要周遭秩序不被打破，他就永远可以不动如山地维持顽固缺陷。

2. 强化主角的目的性，维持缺陷本身就是主动选择

这些环境往往符合主角（维持缺陷）的目的。主角甚至会为了不威胁自己的性格缺陷和有利环境，而决定是否接受某个行动方案，也就是说，维持缺陷本身就是一种主动选择。一旦意识到对其性格缺陷及有利环境存在威胁，主角可能会停止行动。比如在电影《钢铁侠》中，托尼·斯塔克开场时身处军火帝国与名流社交圈的双重温室——私人飞机、拉斯维加斯颁奖典礼、阿富汗前线的随军展示，都在重复同一句潜台词："世界爱上了你的玩世不恭。"这套看似光鲜却极度功利的生态让托尼可以心安理得地逃避责任：他是天才，只需要酷、挣钱、享受，不必问武器落在谁手里。直到绑架事件威胁到这份奢华与安全，他才被迫面对自己的冷漠及其后果。又如在电影《这个杀手不太冷》中，莱昂把生活压缩成替黑帮清场、回家养盆栽、喝牛奶睡觉的三步极简循环，因此，一旦托尼提出更大买卖，或玛蒂尔达提出情感请求，他就本能地退却，因为那意味着走出无痛区。

3. 故事发展的催化剂

转折事件往往会直接威胁到主角的有利环境的改变，这构成了刺激主角对转折事件作出回应的部分诱因。

例如，在电影《洛奇》中，卫冕冠军阿波洛抛出的"素人挑战"

打破洛奇在二流拳坛的自嘲舒适区；他若拒绝挑战，就能继续当无名拳手维持低自尊，但挑战书逼他正视自我价值。在电影《盗火线》中，悍匪尼尔邂逅艾迪并动情，爱情威胁其"十分钟内可抛下所有"的戒律，也把他推向悲剧抉择。正是这些精准命中的外力，让角色意识到：要么保护缺陷，就此停滞；要么拆毁温室，踏上转变之路。这一部分，我们在专门讨论转折事件时再作详细分解。

（二）缺陷

在一个成熟的剧本里，"缺陷"并不是开场时随手按下的音符，它就是那条自始至终贯穿旋律的低音线——所有情节、所有冲突、所有转折都围绕它张弛起落。第一幕只是让观众看见它的冰山一角：主人公靠它生存，拿它当护甲，甚至引以为傲。然而从第二幕开始，剧情会不断举起锤子，用一连串看似外部的障碍去敲击这块护甲；到第三幕，角色要么像铁匠一样把铁皮锤成新的形状，要么让它在最关键的时刻碎裂、反噬自己。缺陷就是人物弧光的"度量尺"——开场时封闭得有多深，终局时敞开的幅度就有多大；它既决定了故事的驱动力，又最终决定了观众的情感回报。

在开场阶段，编剧会公开展示这种阻碍角色自我实现的深层惯性——有时是明显的症状（如酗酒、暴躁），有时只是根植于心的情绪底色（如怨恨、恐惧）。重要的是：这份缺陷曾经保护过主角，使他们在某次创伤后得以存活，因此主角误把它当作盔甲而非桎梏。影片随后展开的全部冲突，其实都在逼问一个问题：当外部世界或内心渴望要求"脱甲"时，人物愿不愿付出代价？

在詹姆斯·布鲁克斯导演的电影《尽善尽美》（1997年）中，梅尔文·尤德尔的强迫症与社交恐惧被刻画得淋漓尽致：固定的餐厅座位、对陌生人的刻薄，甚至不敢踩地砖裂缝。那些看似荒谬的仪式，其实源于他对混乱世界的恐惧——洁净和秩序让他感觉安全。随着邻居受伤、服务生请假，他被迫踏出公寓，照顾小狗，陪同行程；一次次被迫介入他人生活，让他体会"失控"并非世界末日。当最终说出"你让我想成为一个更好的人"时，梅尔文的弧光才完成，这时，恐惧让位于关怀，防御式孤立转化为自觉的联结。

西德尼·吕美特导演的电影《大审判》描绘的弗兰克·高尔文，则把自我厌弃包装成醉酒放纵。他坚信自己是"大输家"，酗酒是阻止自己再度误判人生的麻药。当一起医疗事故案摆到桌前，他原想敷衍了事，却在病房里看见沉睡的受害者，从而撕开自我麻痹的裂缝。这桩官司最终逼他戒酒，直面过往失误，并在法庭上用一次嘶吼般的陈词找回尊严。弗兰克的弧线是从自我放逐到自我解救——缺陷仍在，但已不再主宰他的选择。

克林特·伊斯特伍德导演的电影《百万美元宝贝》展示了更悲怆的版本：拳击教练弗兰基的暴躁、疏离与对亲密的逃避，都源自对子徒斯凯普受伤的愧疚以及与女儿的决裂。玛吉闯入他的生活，把拳台变成情感修复的场域。当他选择为瘫痪的玛吉终结生命时，弗兰基并非战胜了缺陷，而是以最极端的爱来承担去逃避的责任——他的弧光是一道裂隙：用牺牲补偿旧罪。结局的黯淡提醒我们一个重要的剧作原则，缺陷的克服并非必然带来圆满，却提供了角色完成自我定义的最后机会。

让我们再来从全片视野看几部非常典型的影片，看看缺陷这一要素是多么重要：

在电影《钢铁侠》第一幕里，托尼·斯塔克从拉斯维加斯的颁奖晚宴到搭载火箭弹的军车秀，他乐于让世界看见自己"天才、亿万富翁、浪子"的光环。在这个由名流派对、军火合同与随行记者构成的温室中，托尼最根深蒂固的缺陷——对后果的轻慢与对责任的逃避——不仅没有被暴露，反而被声望与金钱加倍肯定。然而绑架事件撕开了这层安全网：碎片逼近心脏，爆炸武器伤及平民，他不得不直视自己产业的杀伤面。之后，托尼打造方舟反应堆与试飞战甲，每一步技术升级都伴随道德坐标的重设，我们看见他第一次拒绝军火交易，第一次亲身飞赴战场。决战中，托尼选择以身犯险保护无辜——曾用来炫耀的高科技变成守护工具——缺陷由逃避转向担当，完成了从浪子转向守护者的人物弧光。

电影《洛奇》开场的费城街区是洛奇·巴尔博亚的舒适圈：低级地下拳赛、屠宰场搬运、酒吧闲聊——这里没人期待他出人头地，他也乐得用玩笑和自嘲掩饰"自我价值感低下"这一核心缺陷。即便拳击手米基提醒他在挥霍天赋，洛奇仍躲进"二流拳手"的标签中自足。转折来自阿波罗的"素人挑战书"：若接受，他必须公开承认自己值得一搏；若拒绝，就继续在阴影里苟安。第二幕的训练蒙太奇正是缺陷被一步步逼退的具象化呈现，每一次汗水都是与自我怀疑的搏斗。到最终回合，洛奇并未击败阿波罗，却在站到终场铃声的那一刻证明了自身价值——弧光从失败者到证明自我价值完成了闭环。虽然他没有打赢比赛，但是他在所有观众心中都是赢家。

电影《勇闯夺命岛》在用缺陷引导人物弧光这方面做得更为典型。对这部电影而言，主角是温室里的化学专家斯坦利·库斯比。影片第一幕把他的缺陷扎紧在对实战的恐惧上：他在美国联邦调查局（FBI）实验室中穿西装弹吉他，拆玩具火箭练习解毒，一身本领却从未真正在枪火里用过；对未婚妻，他絮絮叨叨谈黑胶唱片和啤酒花，任何与危险、暴力相关的话题都会让他显得局促。这套科研温室正是他的"有利环境"——知识让他自信，安全感让他不必面对血肉与牺牲。

转折点是 VX 神经毒气被劫持到恶魔岛，汉默将军威胁旧金山；斯坦利被临时抽调进入突击小队，温室顷刻粉碎。第二幕的地下管道、毒弹拆解与近身枪战不断把他的缺陷推到极限：第一次被敌人用枪指头时，他语速狂飙，脑袋一片空白；第一次拔枪射击时，他差点被震得跌倒；但每一次惊惧过后，他都迅速用专业知识找回主动，直至决战时斯坦利能在导弹顶端徒手拆弧形气弹并高喊"绿烟"指示轰炸，弧光完成：他的专业不再是隔绝危险的屏障，而成为直面危险的武器。

约翰·梅森虽非主角，但拥有一条辅线弧光，使整部片更丰厚。第一幕中的梅森是满腹愤世嫉俗的前特别空勤团（SAS）特工，被非法囚禁三十年，对任何官方命令都冷眼相向，只信赖自己的生存本能——这是他的防御性缺陷。随着行动的推进，他不得不与斯坦利、与年轻士兵合作；在毒气弹危机渐逼、斯坦利几乎崩溃时，他选择留下援护，而不是独自逃生。片尾，当他把尼克松密卷的线索悄悄交给斯坦利，并以"去找你的女孩"作别时，他的个人缺陷也得到缓释：从彻底的孤狼走向有限的信任。影片的主调写的是斯坦利——那个只会摆弄试管的书生——如何在枪林弹雨里硬起胆子；梅森则从满腹怨气的孤狼，一步步找回信任与正义。两条成长线交织：他们既挽救了城市，又补全了彼此。

在第一幕里揭露主角缺陷的同时，编剧必须几乎同步地抛出一丝

"可取之处"，否则观众在尚未建立感情之前就会被角色的顽劣劝退。布莱克·斯奈德提出的"救猫咪"本质上就是在强调角色的"可取之处"。在他看来，与展示缺陷相比，更要紧的是为角色安插一抹能与缺陷互补、让人物立得住的亮色。这抹亮色通常在开场十分钟内现身，像一道微缝，让人看见盔甲里尚未枯死的柔软，从而心甘情愿陪主人公走完跌宕旅程。

电影《百万美元宝贝》把弗兰基刻画成易怒、讳莫如深的老拳师，但第一场比赛后，他低声告诉徒弟威利，自己已替他拒绝冠军赛，只因那场硬仗会毁掉他的手。拳馆嘈杂，灯光冰冷，可镜头捕捉了弗兰基语气里的柔软。他用粗暴的外壳所包裹的，其实是对拳手的父亲式关怀。观众立刻意识到，这个看似铁石心肠的老人并非无情，而是害怕再一次失去所爱，于是对他日后与玛吉的情感碰撞产生期待。

电影《洛奇》的开头充满市井的油腻味：洛奇在肮脏的地下拳场拿着微薄的出场费，晚间又替高利贷者收账。然而他又很容易对可怜的欠债人发生同情，其粗犷的外表被一丝善意撕开，此时，观众立刻捕捉到"打手"外壳下的仁慈，由此相信当全国直播的挑战机会落到他头上时，他也许真会用拳头证明真正的价值。

电影《心灵捕手》开场五分钟，威尔·杭汀随酒肉朋友在南波士顿闲逛，看似游手好闲。路遇童年欺负过自己的富家子，他冲上去挥拳，却在警察赶至后挺身替兄弟顶罪。悍然暴力背后的忠诚一览无余：他会为朋友承担后果。正是这一可取之处，让观众相信当心理医生肖恩戳破其自我防御时，威尔最终有能力把同样的忠诚献给爱情与自我成长。

从羞耻感、怜悯心到责任本能，这些"可取之处"无一不是在第一幕就被精准点亮。它们削弱了缺陷的尖锐度，激活了观众的耐心与好奇，也预示着角色日后可供放大的优点。

三、人生转折事件

转折事件通常出现在第一幕尾声，它像一股突如其来的离心力，将故事抛向更广阔、更危险的第二幕。此时，反面角色往往是始作俑者：他们提出一个威胁，抛出一个诱饵，或制造一扇看似通往更大机遇的门。对主角而言，这道门既闪耀又凶险——除非他愿意脱下赖以生存的性格盔甲，否则根本无法穿过。转折事件由此达到双重效果：一面无可抗拒地吸引主角，一面又要求主角拿缺陷作赌注。主角若试图带着旧缺陷闯关，必遭挫败，故事也由此获得持续的张力和动能。从某种程度上说，第一幕的写作目标就是抛出这个彻底打破平衡的转折事件。

在电影《洛奇》中，阿波罗抛出的"挑战书"便是这股离心力。它并不要求洛奇立刻击败世界冠军，真正的考验是：他是否敢公开承认自己值得站上聚光灯。当洛奇决定接受比赛时，缺乏自尊的心理盔甲开始松动。尽管最终判定落败，但是他在十五回合里坚持到底，以实际行动证明了自身价值——转折事件使他接受挑战即可获胜，并把观众带入第二幕。

在电影《百万美元宝贝》中，看似"大块头"的威利离队才是变故，但那并未触及弗兰基对亲密的恐惧。真正的转折发生在剧本的第三十五页：玛吉锲而不舍地敲开他的戒备，让他在"继续逃避"与"亲手塑造天才"之间作出抉择。玛吉的坚持不仅挑战了弗兰基作为教练的专业骄傲，还深挖了他埋藏已久的情感裂痕。弗兰基试图带着恐惧应对，却一步步被拖进情感投资的深水区，最终不得不面对自己的缺陷。

再看两部情绪基调完全相反的影片——《夏洛特烦恼》与《我不是药神》。两部影片的转折事件的动能均十分强劲。

在《夏洛特烦恼》里，夏洛的缺陷是自恋与逃避——年近而立仍无所事事，却把失败归咎于当年没娶校花秋雅。第一幕结束的婚礼闹剧便是典型的转折事件，校花携功成名就的丈夫高光登场，夏洛当众出丑，醉倒在厕所，羞辱与失落一齐冲破了他自怜又自夸的外壳。由昔日女神这一反面力量触发，他意外回到1997年——时空的逆转看似机遇，却暗暗附带挑战，除非夏洛放下虚荣、直面自己的才华与责任，否则纵有重活一次的机会，仍将重蹈覆辙。于是第二幕展开后，观众看到他先抄袭歌曲大肆满足虚荣心，后因亲情与爱情危机被迫清算缺陷，整部喜剧的情节波浪正是对这个转折事件的持续回响。

《我不是药神》的男主角程勇的人生开局围绕着其无法自证的自我价值展开：他的保健品店门可罗雀，生活潦倒不堪，尽管如此，他依旧醉心于赚钱。影片第一幕的末尾，真正的转折事件到来：假药贩子张长林提供的劣质药品导致急需救治的白血病患者不幸身亡。这一悲剧性事件不但直接揭示并激化了程勇与张长林之间的冲突，而且成为一个关键节点，迫使程勇从混乱的局面中开始审视仿制药背后的生死重量与道德困境。这个由反面角色（张长林代表的唯利是图的假药链条，以及更广义上高价正版药背后的既得利益集团）间接制造的挑战，对程勇而言，不再仅仅是最初接触仿制药时那种快速暴富的诱惑与承担刑事责任的危险并存的局面。患者的死亡将他推向一个更为严峻的抉择关口：是继续在混乱中逐利，还是直面这份"违法但救命"

事业背后沉甸甸的责任？程勇最初或许本想仍以"赚钱至上"为核心，而在这一转折事件的冲击下，他无法再简单地将兜售药品仅视为生意。这一转折事件迫使程勇开始重新评估自己的行为及其后果，并为第二幕中他面对患者群体的生死困境时内心冲突的不断放大埋下伏笔，最终将他推向舍弃个人利益、直面良知与担当的临界点。这一转折事件也由此成为整部影片道德辩证的强大发动机，并启动了主人公程勇从自私自利滑向敢于担当的关键弧光。

互动练习 | 缺陷的抉择：情节点上的连锁反应

一、练习概述

通过模拟主角在关键情节点（人生转折事件、遭遇盟友或障碍）因其核心缺陷所做出的不同选择，体验这些选择如何直接影响情节走向，塑造人物关系，并为后续的成长（或困境加深）埋下伏笔。

二、练习步骤

你将作为编剧，为面临困境的主角（及其缺陷）选择行动路径，并观察（或构思）由此引发的连锁反应。

（一）第一步：选择你的"问题主角"

以下有三位预设的主角，他们各自带着一个核心缺陷，并处于特定的"有利环境"中。请选择一位开始你的故事实验：

1. "掌控者"李明

职业：初创科技公司 CEO。

核心缺陷：过度掌控，不信任他人。他坚信只有自己亲自把控所有细节，公司才能按"正确"的轨道发展。

有利环境：公司早期凭借他事无巨细的微操管理和技术远见取得了一些成功，这强化了他的掌控欲，员工们也习惯了听命行事。

2."逃避者"张悦

职业：才华横溢但未发表过作品的青年小说家。

核心缺陷：害怕失败，习惯性逃避。对自己的作品要求极高，更害怕负面评价，所以总是在"快要完成"时放弃或无限期拖延。

有利环境：有一份稳定的兼职翻译工作维持生计，家人也比较宽容，让她可以"慢慢来"，这使得她的逃避行为得以持续。

3."老好人"王强

职业：社区经验丰富的老片警。

核心缺陷：不懂拒绝，牺牲自我边界。希望获得所有人的认可，面对不合理请求也难以开口说"不"，常常把自己搞得筋疲力尽。

有利环境：在社区里人缘极好，大家都喜欢他，他的"乐于助人"也确实解决了很多邻里矛盾，让他获得了情感上的满足和大家的赞扬。

请选择你的主角（李明 / 张悦 / 王强）：＿＿＿＿＿＿

（二）第二步："转折事件"降临

你选择的主角的平静生活被打破了。

1. 若选择李明（掌控者总裁）

转折事件：公司一款核心产品在上线前夜，被发现存在一个由第三方供应商技术组件引发的可能导致大规模数据泄露的致命漏洞。距离发布会只有 24 小时，供应商的工程师暂时联系不上。

2. 若选择张悦（逃避者小说家）

转折事件：她的一位文学系恩师突然病重，老师表示最大的心愿就是在有生之年看到张悦的作品出版，并利用自己的人脉为她推荐了一位知名出版社的编辑，约定一周后见面。

3. 若选择王强（老好人片警）

转折事件：他所管辖的老旧小区突发连环宠物失踪案，居民人心惶惶，媒体也开始关注。与此同时，他的儿子正面临重要的升学考试，急需他的陪伴和辅导。

（三）第三步：缺陷驱动下的第一反应

面对上述"转折事件"，你的主角会如何基于其核心缺陷做出第一反应？请从以下选项中选择一个，或者如果你觉得都不够贴切，可以简要写下你认为更符合其缺陷的反应。

1. 若选择李明（掌控者总裁）

选项A：立即召集自己的核心技术团队，试图绕过第三方组件，自己通宵写代码替代，并严令任何人不得将漏洞消息外泄，包括对其他部门的同事。

选项B：一边让团队尝试联系供应商，一边自己也开始疯狂查找资料，试图理解并修复那个第三方组件的漏洞，拒绝了下属提出的"延迟发布会并坦诚沟通"的建议。

你的其他反应：＿＿＿＿＿＿＿＿＿＿＿＿

2. 若选择张悦（逃避者小说家）

选项A：表面答应老师，内心极度焦虑，开始疯狂修改现有稿件，越改越不满意，甚至想从头再写一个"完美"的故事，眼看一周就要过去。

选项B：借口自己最近状态不好，作品还远未成熟，试图婉拒编辑的会面，并开始逃避老师的电话和信息。

你的其他反应：＿＿＿＿＿＿＿＿＿＿＿＿

3. 若选择王强（老好人片警）

选项 A：向儿子保证会尽力，之后全身心投入对宠物失踪案的侦破工作，挨家挨户走访，调取监控，答应居民 24 小时开机，试图尽快破案以安抚大家。

选项 B：试图两头兼顾，白天在社区忙得团团转，晚上回家强打精神辅导儿子功课，结果身心俱疲，两边效率都不高。

你的其他反应：＿＿＿＿＿＿＿＿＿＿＿＿＿

请记下你的选择或构思。

（四）第四步：连锁反应——进入第二幕的困境

根据你在第三步中为主角选择（或构思）的缺陷驱动的反应，这个反应会带来什么样的直接后果？这个后果是如何将主角推入第二幕的更复杂困境，并可能引出新的角色（盟友或对手）或副线故事的？

思考提示：

（1）这个反应是否让问题更糟？（例如，李明的 A 选项可能导致团队因信息不透明而协作失误，B 选项可能因方向错误而浪费时间。）

（2）这个反应是否错失了良机？（例如，张悦的 B 选项可能让她错失一次宝贵的出版机会和恩师的助力。）

（3）这个反应是否让主角承担了过多压力或暴露了新的脆弱性？（例如，王强的 A 或 B 选项都可能导致其崩溃或家庭关系紧张。）

（4）在这个困境中可能会出现一个怎样的"盟友"角色？其行事风格是否与主角的缺陷形成对比或构成挑战？

（5）请简要描述这个连锁反应导致的困境和可能的盟友互动：＿＿＿
＿＿＿＿＿

（五）第五步：反思与总结

（1）回顾你的选择和构思，主角的缺陷是如何在其第一次应对"人生转折事件"时，主导其行为，并直接"创造"了第二幕的初步困境？

（2）如果主角在第三步时没有依照其缺陷行动，而是做出了一个更"理想"或"成熟"的选择，故事的张力和看点会发生怎样的变化？为什么说"主角的缺陷往往是戏剧冲突的引擎"？

（3）你认为这个"缺陷驱动的连锁反应"对于观众理解和共情主角有何作用？

第三节　第二幕（直到中点）

一、开启新历险

在第一幕的"人生转折事件"之后，主角被迫卷入一个全新的局面，第二幕第一部分由此拉开序幕，标志着其新历险的正式开启。最初，主角会对这个突如其来的转折事件表现出直接的情感反应，这可能包括否定、愤怒、恐惧、绝望，甚至是傲慢或宿命论等复杂情绪。紧随情感反应之后，主角必须在身体上对这一由反面角色引发的事件作出回应。这通常意味着主角会开始审视眼前的挑战与机遇，并着手制定初步的行动方案。在这个阶段，客观故事线（主角回应人生转折事件的外在抗争）和主观故事线（主角克服其缺陷的内在斗争）开始交织展开。有时，客观故事线还会引入"时间期限"，增加故事的紧迫感。主角往往会寻求盟友的帮助，或者向已经出现在生活中的盟友求助，希望找到一种既能面对转折事件又无须抛弃其性格缺陷的方式。随后，主角会与盟友一起，对反面角色或当前的主要障碍发起第一次试探性的行动，正式投入新的冲突。

在电影《百万美元宝贝》中，当主角弗兰基最终在玛吉的坚持和斯凯普的间接推动下，违背自己"不训练女拳手"的原则，同意正式开始训练玛吉时，影片便进入了"开启新历险"的阶段。这一阶段深刻地展现了主角在"人生转折事件"后的初步反应、行动以及内心世界的变化。

最初，弗兰基的情感反应是复杂且矛盾的。他虽然在行动上开始了对玛吉的指导，但是内心深处对其性格缺陷——因与女儿关系疏远而产生的对亲密关系的恐惧和逃避——并未立即克服。这种内心的挣扎体现在他对玛吉依旧保持着情感上的距离，言语上可能依然带着他惯有的粗暴和挑剔。玛吉则表现出极大的热情、决心和对弗兰基的全然信任，她的目标明确，就是要成为一名成功的拳击手。

他们的初步行动方案便是围绕着拳击训练展开。弗兰基开始运用其专业的知识指导玛吉，而玛吉则以惊人的毅力投入训练。影片中提到，在这一阶段的初期，弗兰基甚至还会做出一些试图推开玛吉的举动，比如"弗兰基试图让玛吉远离他的拳击袋，并表明她已经过了做拳击手的年纪"。这既是他们"新历险"的一部分——即弗兰基尝试接纳并训练玛吉的初步行动，又是弗兰基性格缺陷的体现，以及他对玛吉（作为推动他改变的"反面角色"或挑战者）的一种试探和防御。

在这一阶段，影片的客观故事线（玛吉在弗兰基的指导下，开始其职业拳击生涯并逐步取得成功）和主观故事线（弗兰基逐渐被玛吉的执着和纯粹打动，开始面对自己内心的情感壁垒，并与玛吉建立起类似父女的深厚情感）也清晰地铺展开来。弗兰基训练玛吉参加比赛，是客观故事的推进；而他内心中对亲密关系的害怕与渴望，以及最终对玛吉产生的深情，则是主观故事的核心。这个"新历险"的开启，不仅是玛吉拳击之路的起点，还是弗兰基情感拯救之路的开端。

二、辨析敌友

在第二幕第一部分中，"辨析敌友"阶段是主角在初步涉入核心冲突后，人物关系与内在成长发生显著变化的关键时期。这一过程并非一帆风顺，而是充满了试探、冲突、和解与深化，其核心在于主角、反面角色及盟友三者之间动态的相互作用，以及这种作用共同推动故事向前发展的过程。

该阶段往往由反面角色的反击行动拉开序幕。在主角与盟友采取初步行动之后，反面角色必然会作出回应，通过反击来彰显其实力，并更为清晰地表明其立场与决心。这种反击不仅提升了外部冲突的激烈程度，还迫使主角和观众对反面角色的本质有更深刻的认识，从而为后续的较量奠定基础。反面角色的立场阐述，实质上是故事核心价值观冲突的进一步展现，使得戏剧张力得以增强。

紧随其后，盟友的角色在这一阶段变得至关重要。盟友通常会主动提供帮助，支持主角的行动。然而，主角固有的性格缺陷往往会在此时暴露无遗，成为实现共同目标的阻碍。例如，主角可能因恐惧而退缩，因自私而犹豫，或因过去的创伤而无法做出正确的判断。这种阻碍行为将不可避免地引发盟友的质疑与对峙。盟友的对峙行为并非单纯制造麻烦，而是起了催化剂的作用，它迫使主角无法再回避自身的缺陷，必须正视其行为带来的后果。这种冲突是主角内在成长不可或缺的一环，又是对主角与盟友关系的第一次严峻考验。

面对盟友的对峙，主角必须积极寻求解决方案，以维系乃至深化这段重要的同盟关系。这通常表现为主角努力说服盟友再给予一次机会，并通过切实的行动来证明自己改变的意愿和能力。在这一过程中，主角可能会开始部分地克服自身的性格缺陷，从而实现一定程度的自我拯救，并最终与盟友重新团结起来。这个"说服—证明—拯救—团结"的过程，是主角弧光发展的重要节点，它展示了主角在压力下的成长潜力，也为后续更复杂的挑战储备了必要的人际支持。

以电影《百万美元宝贝》为例，在弗兰基开始训练玛吉（开启新历险）之后，便进入了"辨析敌友"的阶段。这里的"反面角色"并非传统意义上的单一敌人，而是多方面的：包括拳击运动本身的残酷性、玛吉遇到的越来越强的对手，以及弗兰基内心的恐惧——害怕再次投入情感后受到伤害。当玛吉在拳坛崭露头角，渴望挑战更高水平的比赛时，这构成了对弗兰基固守其情感舒适区（性格缺陷）的一种"反击"或挑战。

此时，盟友斯凯普的作用得以凸显。斯凯普不但是玛吉的支持者，而且是弗兰基良心的代言人，他不断就弗兰基对玛吉的过度保护和情感保留与其"对峙"。弗兰基因为过去的创伤（与女儿疏远，对斯凯普失去一只眼睛负有责任）害怕玛吉受伤，这成为其行动上的"阻碍"。斯凯普的对峙迫使弗兰基审视自己的内心。为了回应玛吉的期望和斯凯普的敦促，弗兰基必须"说服"自己和斯凯普，他能克服这种恐惧。他开始为玛吉争取更好的比赛，更用心地照顾她，这便是他"向盟友证明自己"并寻求"部分自我拯救"的过程。最终，弗兰基与玛吉之间的情感联结日益加深，他向玛吉（某种程度上也是向斯凯普）展现了自己脆弱和关爱的一面，回应了他们对他更深情感投入的"要求"。

在主角与盟友初步和解并重新团结后，他们的关系将进入一个新的层面，往往以一次更为深入的对峙或交流为标志。在这次互动中，主角可能会更坦诚地向盟友展现其性格缺陷的一部分，寻求更深层次的理解与接纳；相应地，盟友也可能对主角提出新的要求，这些要求往往与克服主角的性格缺陷或实现更宏大的目标相关。有时，盟友还会通过展示自身的努力或牺牲，为主角树立榜样，进一步激发主角的成长动力。至此，"辨析敌友"的过程基本完成，主角在经历了外部的挑战和内部的挣扎后，不仅对敌人有了更清晰的认识，还与盟友建立了更为稳固和深刻的联结，为第二幕后续情节的展开奠定了坚实的基础。

三、开弓没有回头箭

标志着第二幕第一部分的高潮和转折点，主角在此阶段所做的决定和经历的转变，将深刻地影响其后续的行为轨迹和整个故事的走向。它不仅指外部情节的推进使得主角难以脱身，更重要的是指主角在经历了一系列内心挣扎和外部考验后，其主观认知和行动决心达到一个新的层面，使得回归旧有状态或放弃当前目标变得几乎不可能。

首先，这一阶段的核心在于主角在经历了"辨析敌友"过程中的波折、与盟友的对峙及和解后，会重做决定来面对转折事件。这种"重做决定"并非简单的重复，而是在更深刻理解了自身缺陷、盟友期望以及反面角色实力后的重新承诺。至关重要的是，主角开始真正"面对自身缺陷"。这不再是浅尝辄止的回避或被动的应付，而是主动地、有意识地去审视和克服那些曾一度阻碍其前进的内心障碍。这种内在的转变是"开弓没有回头箭"的心理基础，因为一旦主角开始瓦解旧有的防御机制并建立新的自我认知，就很难再退回原来的状态。

　　其次，伴随着内在的成长，主角的关心范围会显著扩大。他不再局限于个人的得失或狭隘的目标，而是开始将更多的人、更广阔的社群乃至更崇高的理念纳入其责任范围。这种视野的拓展，使得主角的行动更具道义上的力量和情感上的驱动力。同时，在这一阶段，"主观与客观故事线"会更加紧密地交织并向前发展。主角在克服内心缺陷（主观故事线）的同时，也在积极地推动外部事件（客观故事线）的解决。有时，一个明确的"时间期限"会进一步增加紧迫感，迫使主角必须勇往直前，没有退路。

　　最后，主角通过一系列关键性的行动和决策，逐步将自己推向一个无法轻易回头的境地。这些行动往往既是对其性格缺陷的直接挑战，又是对其新建立的决心和价值观的印证。每一次成功的抉择，每一次与盟友并肩作战克服困难，都在不断巩固其新的道路，并切断其回归旧有生活方式的可能。主角与盟友之间通过共同患难建立起来的信任和情感联系，也成为他坚持下去的重要支撑。此时的主角，如同离弦之箭，其前进势头已难以遏制，只能朝着既定方向继续深入，直至第二幕的高潮和最终的结局。

继续以电影《百万美元宝贝》为例，在弗兰基经历了与斯凯普的争论以及自身对玛吉情感投入的初步挣扎（辨析敌友阶段）之后，当他决定全身心投入培养玛吉，并开始为她安排更高级别、也更危险的比赛时，便已进入了"开弓没有回头箭"的阶段。此时，弗兰基重做决定来面对转折事件，这个转折事件不仅指玛吉的职业生涯，还指他自己情感世界的再度开启。他开始真正"面对自身缺陷"——即他对亲密关系和潜在失去的恐惧。每一次他为玛吉的胜利而欢呼，每一次他像父亲一样照料玛吉，都是在克服这种恐惧，都是在主观故事线上向前迈进。

同时，弗兰基的"关心范围"也从最初可能只关注拳馆的运营和自身的孤独，彻底"扩大"到玛吉的梦想、安全和幸福。他为玛吉倾注了几乎所有的心血，这种情感的深度使得他无法再轻易退回到过去那个封闭、孤僻的状态。在客观故事线上，玛吉参加的比赛级别越来越高，她离冠军越来越近；在主观故事线上，弗兰基的情感投入越来越深，他与玛吉之间建立起了牢不可破的"父女"情谊。这种双线并进且深度交织的叙事，使得弗兰基的每一步决策都更具分量。当他最终决定支持玛吉挑战最危险的对手时，这条路便再无回头可能，他已经为这段关系和玛吉的梦想押上了自己的一切。

再看电影《洛奇》，在洛奇（主角）接受了与世界重量级拳王阿波罗的比赛邀约，并在米基（盟友）的指导下开始了艰苦的训练之后，当他从最初的自我怀疑和不适应，逐渐转变为全身心投入，决心要在拳台上"坚持到底"时，他便进入了"开弓没有回头箭"的阶段。洛奇开始真正"面对自身缺陷"，这个缺陷不仅是他作为一个

"蹩脚的拳击手"，更是他作为一个被父亲和社会贴上"失败者"标签的自我认知。他"摆脱他失败者的形象所做的努力就是主观故事线"。

在这一阶段，洛奇的"关心范围"从仅仅是浑浑噩噩地过日子，扩大到为自己赢得尊严，为米基的期望而战，并赢得艾德里安（另一个重要盟友）的爱与尊重。他的训练日益艰苦，他与艾德里安的情感也日益深厚，这使得他与过去那个漫无目的、自暴自弃的洛奇渐行渐远。客观故事线（备战拳王争霸赛）与主观故事线（证明自己不是失败者，值得被爱和尊重）紧密交织。当洛奇在费城的街道上奔跑时，当洛奇在寒冷的肉库中击打冻肉时，当洛奇公开承诺要打满全场时，他已经将自己置于一个无法回头的境地。他承载的不仅是个人的梦想，还有社区的期望和艾德里安的支持，这使得他除了勇往直前，别无选择。

本章练习 | 主人公决策剧场

一、练习概述

在这个互动任务中，你将通过选择不同的故事元素来构建一个独特的故事框架。你需要决定你的主人公是谁，他们面临什么样的冲突，以及他们将如何做出关键决策来左右故事的进展。我们提供了元素库（人物群组、缺陷群组、环境群组、决策群组、冲突群组、盟友与对手群组），来帮助你创作一个引人入胜的故事。

二、练习步骤

（一）角色与背景设定

（1）从人物库中选择一个角色，并为他们匹配一个来自缺陷群组的缺陷。

（2）思考你的主人公是谁？他的目标是什么？他的起始位置或状态是什么？

（3）例如，你选择了一个野心勃勃的科学家，他过于自信，可能导致错误的决策。他的目标是研制出一种治疗罕见病的药物，他仅差最后一步就将成功。然而，他在成功进行了动物实验后，打算跳过在人身上实验的步骤，因为他的自信告诉他——药一定没问题。

（二）探索决策路径

为你的主人公设置两个关键决策点。每个决策点都需要从决策群组中选择两组可能产生的结果分别进行分析，并思考人物做出的不同选择将对你的故事造成何种影响。

例如科学家需要选择是独自行动还是寻求帮助，独自行动会让病人承受极大的风险，而寻求帮助可能导致实验成果被别人剽窃。

（三）搭建故事框架

充分利用你的角色、背景设置、决策路径，以及冲突群组和盟友与对手群组，撰写一个简短的故事框架。包括：

（1）一个吸引人的开始，介绍主人公的初始状态、人物缺陷和初始冲突。

（2）主人公在故事初期面临的关键决策点。

（3）主人公做出的决策如何推动故事进入第二幕的前半部分。

（四）即兴分享

与同学分享你的故事框架（示例见表8-1）。可以是口头叙述，也可以是简短的戏剧表演。重点展示主人公的关键决策及决策对故事走向的影响。

（五）思考要点

（1）你的主人公在故事中是如何成长和变化的？

（2）不同的决策会如何改变故事的发展方向？

（3）盟友和对手是如何影响主人公的决策和故事结果的？

表8-1　故事框架示例表

人物 群组	寻求复仇的侦探：一个因个人悲剧而追求正义的角色。
	失落文明的最后继承人：拥有古老知识和技能的神秘角色。
	野心勃勃的科学家：渴望通过发明或发现改变世界的角色。
	叛逆的艺术家：以非传统方式表达自己，挑战社会规范的角色。
	悲观的预言家：能预见未来但很少被人理解的角色。
缺陷 群组	过分自信：角色对自己的能力过于自信，可能导致错误的决策。
	恐惧失败：角色害怕失败，这可能阻碍他经历必要的风险。
	过度保护：角色可能会因为过于保护他人而做出不理智的决策。
	好奇心过强：角色的好奇心可能会将他置于危险的境地。
	难以信任他人：角色的不信任可能导致他被孤立或误解。
环境 群组	末日废墟（后末日时代）：在一场全球性的大灾难之后，如核战争、气候灾难或瘟疫大流行，世界变成了一片废墟。社会秩序崩溃，幸存者在废墟中寻找资源，建立新的社区。在这样的环境下，主人公的缺陷（如"过分自信"或"难以信任他人"）被视为生存的必需，因为他们需要在这个危险和不确定的新世界中找到自己的立足点。
	异世界王国（奇幻时代）：在一个充斥着魔法和奇幻生物的国度中，存在着宏伟的城堡、神秘的森林和禁忌的领域。这个环境下的故事常常围绕着权力的斗争、魔法的秘密和古老的预言展开。主人公可能是一位年轻的法师、勇敢的骑士或是预言中的英雄，他们的缺陷（如"好奇心过强"或"恐惧失败"）在探索未知和对抗邪恶力量的过程中成为其成长的催化剂。

环境群组	未来都市（赛博朋克时代）：在一个由高科技和人工智能主宰的未来城市中，社会分化加剧，高楼大厦与贫民窟并存。这个环境下的故事可能探讨科技伦理、人类身份和社会正义等主题。主人公可能是一位黑客、科学家或反抗者，他们的缺陷（如"过度投入工作"或"难以适应变化"）反映了这个时代人们面临的挑战和冲突。
	遥远星球（太空探险时代）：在地球以外的一个拥有独特生态系统的星球上，可能存在着未知的生命形式和古老的文明。主人公可能是一名太空探险家、科学家或是异星遗民，他们在这片未知的土地上探索、生存并揭开星球的秘密。他们的缺陷（如"过分自信"或"恐惧失败"）在面对未知和危险时尤为凸显，但也是推动他们超越极限的动力。
	历史时期（历史冒险时代）：在特定的历史背景下，如古罗马、维多利亚时代或是战国时期，故事融入了丰富的历史元素和文化细节。主人公可能是一名士兵、探险家或是贵族，他们的冒险和挑战深受当时社会环境和文化习俗的影响。他们的缺陷（如"好奇心过强"或"过度保护"）在这样的历史背景下显得合情合理，甚至可能是故事中的重要转折点。
决策群组	直面还是避开：面对挑战时，是勇敢直面还是智慧避开？
	独自行动还是寻求帮助：在解决问题时，是独自一人还是与他人合作？
	保守秘密还是揭露真相：当知晓重大秘密时，是保持沉默还是揭露真相？
	追求爱情还是事业：在事业和个人关系之间做出选择。
	复仇还是宽恕：当受到伤害时，是选择报复还是宽恕？
冲突群组	个人与社会：角色的信仰或行为与社会规范相冲突。
	内心斗争：角色与自己的恐惧、欲望或信念斗争。
	人与自然：角色与自然力量的斗争，如自然灾害、野生动物。
	人与科技：角色与科技的冲突，可能因为科技的不受控制或伦理问题。
	好与恶：经典的善与恶之战，角色可能需要决定站在哪一边。

盟友与对手群组	共同事业的伙伴：这位盟友与主人公共同创办或经营一个事业，他们之间基于共同的目标和梦想建立了深厚的信任和理解。在面对挑战时，这位伙伴的支持对主人公至关重要。
	来自异国的顾问：这位盟友带来了与主人公截然不同的视角和解决问题的方法，他的建议往往能帮助主人公从另一个角度看待问题，发现新的解决方案。
	竞争中的朋友：尽管在某些方面与主人公存在竞争，但这位角色在关键时刻提供帮助或信息，证明了在竞争之外的真诚友谊。
	意外的盟友：这位角色可能在故事初期与主人公立场相反，但由于某些转变或共同的威胁，成了主人公意想不到的帮手。
	神秘的对手：这位角色在故事的大部分时间里都隐藏在幕后，通过巧妙的策略和计划对主人公构成威胁，他的真实身份和动机直到故事高潮时刻才逐渐揭晓，为故事增添悬念。

第九章　用结构来洞悉创作（下）

在前一章中我们已经学习了三幕式结构以及序幕、第一幕、第二幕前半部分的搭建和注意事项，本章将继续介绍第二幕后半部分及第三幕该如何布局。故事进入中点之后，一切冲突都将白热化，主角内部和外部的矛盾所造成的戏剧张力是此部分表现的重点。

学习目标

（1）掌握第二幕（中点之后）的事件布局。

（2）掌握第三幕的叙事节奏和结局设计方法。

（3）学习如何为角色设置绝境，并设计解脱方案。

（4）学习如何让角色克服缺陷，迎接终极挑战。

本章聚焦

（1）第二幕（中点之后）的矛盾激化、主题呈现、危险迫近。

（2）第三幕中人物的结局走向。

（3）角色陷入绝境与脱身困局的情节设计。

知识点导图

```
                                        ┌── 矛盾激化
                    第二幕（中点之后）── ┤── 问题本质
                                        └── 危险迫近
用结构来洞悉
创作（下）
                    第三幕 ──┬── 前路走向
                            └── 线索收束
```

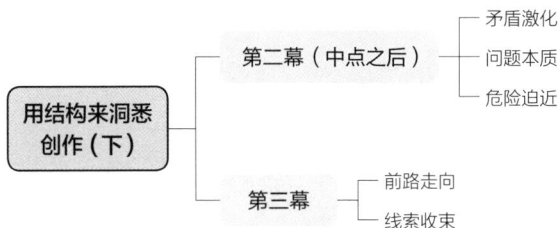

走马观花地学习结构对于剧本创作而言是不够的，只有理解结构、化用结构，将结构变成一件创作时称手的工具，结构的妙用才能显现。将凌乱的思绪整理成一个个情节点，排布在整个故事结构之中，并根据需要强化矛盾设计，使得故事在增强戏剧性的同时，其主题内核也在结构框架中呈现。

第一节　第二幕（中点之后）

一、让你的剧情"燃"起来

当故事推进至第二幕的第二部分时，情节往往会进入一个急速升温的阶段，其核心功能在于将先前铺设的矛盾与冲突推向一个更为激烈的高潮，让整体戏剧张力"燃"起来，紧紧攫取观众的注意力。这一阶段的启动，往往以主角在经历了前期的摇摆与成长后作出的一个更为坚决和主动的"抉择"为标志。这个抉择不再是试探性的，而是带有破釜沉舟的意味，它驱动主角以更昂扬的姿态投入核心对抗。紧随其后，我们通常会看到主角与盟友更加紧密地"联合"，共同对抗反面角色。这种联合不再是松散的互助，而是形成统一战线，他们协同行动，策略性地向反面角色的阵地发起冲击。这种主动出击的态势，必然会激起反面角色更为猛烈的"还击"。反面角色的反击是制造剧情"燃烧感"的关键，其力度与智慧将直接考验主角团队的韧性与能力，使得双方的较量充满了火药味。为了进一步升级紧张态势，反面角色往往还会"增加其威胁范围"，将战火蔓延至主角更为珍视的领域，或引入更具毁灭性的力量，从而将赌注提至最高，让观众时刻为主角的命运捏一把汗，使得整个剧情如烈火烹油般炽热。

在电影《百万美元宝贝》中，当弗兰基在情感上对玛吉（某种意义上的盟友，也是驱动他改变的人）投入更深，并决定支持她挑战水平更高也更危险的对手时，剧情也进入"燃"的阶段。弗兰基的"抉择"意味着他必须直面自己因过去创伤而产生的恐惧，甘愿为玛吉的梦想承担更大的风险。他们"联合对抗"的"反面角色"是拳击世界的残酷以及玛吉遇到的越来越强大的对手。随着比赛级别的提升，对手的实力和危险性也随之"增加威胁范围"，例如与以打法肮脏著称的"蓝熊"麦莉·德里彻的比赛就充满了不祥的预兆和高度的紧张感。每一次铃声响起，每一次重拳出击，都牵动着观众的心，使得围绕拳赛的剧情线充满爆发力和燃烧的激情。

在电影《蝙蝠侠：侠影之谜》中，当布鲁斯·韦恩（主角）成为蝙蝠侠，不再满足于初步清扫街头犯罪，而是"决定"向哥谭市根深蒂固的犯罪组织（如法尔科内家族）及更大的阴谋（如影武者联盟）发起全面挑战时，剧情的激烈程度显著提升。他与阿尔弗雷德、卢修斯·福克斯以及戈登警长（盟友们）"联合对抗"这些强大的"反面角色"。而这些反面角色的"还击"也异常猛烈，无论是法尔科内利用其黑白两道的影响力进行反扑，还是影武者联盟逐步揭示其毁灭哥谭的庞大计划，都急剧增加了威胁范围，将冲突从个人恩怨或局部犯罪行为升级到危及整个城市存亡的层面，使得蝙蝠侠的每一次行动都充满了紧迫感和高风险，让剧情持续升温。

二、问题本质浮出水面

在外部冲突如火如荼地展开的同时，第二幕第二部分的叙事深度也在此阶段得到显著拓展，其核心在于拨开层层迷雾，让整个故事的核心问题本质浮出水面。这不仅指外部矛盾的根源，更指向主角内在性格缺陷的深层症结。在不断升级的对抗和重重危机之下，主角可能会被逼入绝境，甚至在某些时刻"打破自己"一贯坚守的"原则"。这种行为往往是极端压力下的无奈之举，它模糊了正邪的界限，使主角的内心世界经受更为剧烈的拷问，并迫使他/她（和观众一同）思考更深层次的道德与人性命题。更为关键的是，反面角色往往会在此阶段采取一个或一系列决定性的"行动"，直指主角的缺陷，旨在迫使主角彻底抛弃自身缺陷。正是在这种生死存亡的关头，当主角意识到若不彻底改变，便无法战胜强敌或保护所爱时，他才真正获得了对困境根源的洞察。此时，主角会认识到真正的危险，这种危险不仅仅是物理层面的威胁，更是精神层面的迷失、信仰的崩塌甚或人性的泯灭。至此，故事的核心矛盾、主角的内在驱动以及反面角色的真实图谋都将变得异常清晰，问题的本质昭然若揭，为后续的最终对决奠定了认知基础。

以电影《百万美元宝贝》为例，当玛吉的拳击生涯如日中天，弗兰基也日益将她视若己出时，一场与打法肮脏的"蓝熊"的比赛带来了毁灭性的打击——玛吉颈部重伤，全身瘫痪。这一突如其来的灾难，无疑将弗兰基推向绝境。在这一过程中，弗兰基可能需要打破自己的原则，比如他一贯以来"保护拳手"的信念在玛吉坚持比赛的意愿面前显得无力，而之后他将面临更重大的原则挑战。更重要的是，玛吉的悲剧使得弗兰基之前因与女儿关系疏远而产生的对亲密关系和潜在失去的恐惧（他的性格缺陷）以最残酷的方式成为现实。他再也无法回避，必须直面这种撕心裂肺的痛苦。此时，弗兰基才真正"认识真正的危险"——这种危险不仅是拳击运动的残酷，更是情感投入后可能面临的无法承受的失去以及随之而来的沉重道德困境。问题的本质——关于爱、失去、责任以及生命尊严的探讨——也因此深刻地呈现在观众面前。

三、主角越惨越吸睛？

当问题的本质暴露无遗，剧情往往会将主角推向一个承受能力的极限，即所谓的"最低点"或"至暗时刻"，这便是"主角越惨越吸睛"这一阶段的戏剧核心。这里的"惨"并非为了刻意制造煽情，而是通过将主角置于极端的困境与痛苦之中，来最大限度地激发其潜能，展现其意志的坚韧与人性的光辉，并最终完成角色弧光中最深刻的蜕变，达成不可逆转的承诺。在这一阶段，主角常常会经历第二种环境、挑战、抉择、自我定义和情感状态。这意味着他可能会在一种全新的或者与最初形成其性格缺陷时的场景高度相似的环境中，面临一个关乎其核心信念的终极挑战。他必须在此做出一个与过去截然不同的抉择，这个抉择将直接导向其全新的"自我定义"和"情感状态"，象征着他彻底告别过去的阴影，实现了内在的重大突破。同时，面对不断升级的威胁，特别是当其所珍视和保护的人或事物面临毁灭性打击时，主角往往会（最后一次）将其关心范围扩大。这种在自身"最惨"境遇下仍能超越个人安危，为了更宏大的目标或更广泛的群体而承担责任，甚至不惜牺牲自我的精神，极大地提升了角色的魅力和故事的感染力。最终，在经历了这一系列极致的考验、情感的淬炼和意志的磨砺后，主角将抵达一个"无法回头的界点"。这可能是一个重大的决定，一个关键的行动，或是一个彻底改变自身命运与故事走向的事件。主角此时必须要么彻底抛弃缺陷，要么毁灭——不论是身体上还是情感上。这是故事中主角的最低点，是危险最大的时候，相应地，也是机遇最大的时候。主角在最低谷的挣扎、抉择与最终迸发出的力量，正是最能牵动人心、吸引观众目光的华彩篇章，也为第三幕的最终解决问题奠定了坚实的情感和戏剧基础。

继续以电影《百万美元宝贝》为例，当玛吉因"蓝熊"的卑劣犯规而颈椎断裂、全身瘫痪后（问题本质浮出水面），弗兰基（主角）便被抛入其人生的"最低点"。玛吉的病情持续恶化，从失去一条腿到全身长满褥疮，每一次打击都让弗兰基的痛苦与无助加深。这构成了一种残酷的"第二种环境、挑战、抉择、自我定义和情感状态"。他所面临的"挑战"不再是拳击场上的胜负，而是关乎生命、尊严与爱的终极"抉择"。当玛吉在极度痛苦中请求弗兰基帮助她结束生命时，弗兰基的情感状态无疑是"最惨"的。这个请求迫使他重新"自我定义"：他不再只是一个拳击教练或情感上的父亲，而成为一个必须在法律、道德与深沉的爱之间做出艰难抉择的人。此时，弗兰基的"关心范围"（最后一次）彻底"扩大"并聚焦于玛吉的意愿和解脱，超越了其个人的痛苦和世俗的评判。最终，他选择帮助玛吉结束生命，这一行动是其情感与承诺的顶点，也是一个无可挽回的"无法回头的界点"。正是弗兰基在这般极致的"惨境"中所展现出的爱与担当，使得这一情节极具冲击力和吸引力，深刻地触动了观众。

📊 互动练习 | 至暗抉择：从"燃点"到"终极对决"

一、练习概述

本练习聚焦第二幕终点后的"灵魂黑夜"段：反派发出毁灭性一击，主角跌入最低谷，唯有直面核心缺陷，在盟友的牺牲或镜像刺激下，才能重塑信念。你将依次设计：① 压迫升级的具体事件；② 主角情绪崩溃与绝望节点；③ 引发觉醒的一束微光；④ 主角以新价值观整合线索并展开反击。练习帮助你体验缺陷驱动的因果滚动如何让后半程张力递增，并学会在高潮前精准收束主题与人物弧光，为第三幕终极对决注入"情感炸药"。

二、准备材料

短暂的危机已经过去四个小时。台风眼正以每小时二十五公里的速度逼近位于公海的深海钻井平台"深蓝-9"，预计八小时后正面登陆。平台第一次封井仅成功七成，主井与侧井之间仍存在危险裂隙；一旦潮汐与高压叠加，随时可能引发爆管与大规模原油泄漏。供应舰因恶劣海况已被迫撤离，留守平台的七十名工人只能依赖有限的应急资源：液氮冷却剂尚可支撑三个半小时，备用电力也在快速消耗。

主角苏倩，二十九岁，是"深蓝-9"的设备总监。她以完美主义和强烈的控制欲著称，凡事亲力亲为、不肯授权。在剧本中点之前，苏倩与安全主管韩译完成了信任修复——两人曾因安全策略争执激烈，但危急关头的并肩作战让他们化解芥蒂，如今彼此倚重。

韩译经验老到，座右铭是"人命关天"。在剧本中点之后，苏倩在他的协助下，以及一位资深工程师的牺牲中深刻领悟了生命至高无上的真谛。然而他们面临双重反派力量：其一是失控的井口压力与不断恶化的海况；其二是联合开发此项目的幕后的资本财团。后者刚刚下达最后通牒——四小时内必须恢复生产，否则将远程切断动力、弃井撤资。换言之，他们不仅要跟台风赛跑，还要与唯利是图的资本方博弈。

此刻，"深蓝-9"进入决战前夜：

• 技术极限——液氮冷却和备用电力只能再支撑不到四小时；

• 资本极限——四小时内若无产量，平台将被远程停电，等同判死刑；

• 自然极限——八小时后台风触顶，任何撤离或维修都将变成徒劳。

在这样三重倒计时的夹击下，苏倩必须彻底放下控制欲，真正把权力和信任交给韩译与整支团队；韩译则准备以孤身潜入侧井、手动引爆反压弹的方式完成二次封井，随时可能牺牲。在人命与利润、信任与控制、责任与自我拯救之间，苏倩即将迎来无法回头的终极抉择。

（一）燃点再升级（外部压力）

根据以下示例或自拟，写一条向平台上所有人进行通告的无线电广播：

A. "井口温度飙到 1200℃，随时爆管！"

B. "远控泵站被停电，只剩 180 分钟应急液氮！"

C. _____

（二）盟友的牺牲式方案

韩译提出极限方案："我独自潜入侧井手动引爆反压弹，你留在主控室完成二次封井。"

填入苏倩的回复（≤50字），要听得出她已放下控制欲、仍有情感挣扎：

苏倩：_____

（三）主角彻底放下缺陷

资本方恢复通讯勒令："必须立即开启主井，维持合同产量！"

苏倩必须用一句广播（≤100字）向全员宣告最终立场——

（1）彻底违抗：撕毁合同，全员转入弃井程序。

（2）智取拖延：虚假回应资本方，争取25分钟，让韩译完成任务。

（3）自拟：须体现其对控制欲的彻底放下，以及对盟友价值观的接受。

苏倩（广播）：_____

（四）终极对决

用三行动作/台词/音效的叠加效果完成高潮，须同时呼应：

台风迫近、资本施压、韩译的自爆式封井、苏倩的新抉择。

示例：

室外　平台指挥中心外走廊　夜间/狂风暴雨

苏倩顶着风雨，冲向主控室。对讲机里传来韩译冷静但急促的声音："已到达预定深度，准备封井最终调试。"

她推开主控室大门的瞬间，看到资本方代表正通过视频通话咆哮，屏幕上的信号因风暴干扰而不稳。

主控室内灯光闪烁，全体船员的目光都聚焦在她身上，气氛凝重如冰。

室内　主控室　夜间 / 平台剧烈晃动

苏倩一把夺过工程师手中的总通讯麦克风，语气不容置疑："所有部门听令！中止与岸基的一切无效沟通！现在，救人第一！"

她转向韩译的通讯频道，声音因决绝而颤抖："韩译！情况有变，资方可能会提前断电！你还有多久？！"

窗外一道闪电劈下，瞬间照亮她苍白而坚毅的脸庞，应急电源指示灯开始疯狂闪烁。

室外　钻井平台下方海域（水下摄影机视角）　夜间 / 海水浑浊

韩译艰难地在剧烈晃动的井口固定着反压装置，潜水头灯的光柱在泥沙中摇曳。巨大的金属撞击声从上方传来。

他通过喉麦低吼："苏倩！他们动手了！平台在下沉！立刻给我……封井授权！"

信号中断——水下摄影机画面瞬间被翻滚的气泡和泥浆吞噬，一片漆黑。

苏倩大吼："但是你还在井里！"

她望向总控大屏幕上韩译的生命监测仪数据，代表心跳的曲线扑通扑通地闪烁着。

你的创作：

（1）＿＿＿＿＿＿＿＿＿＿＿＿＿＿＿＿＿＿＿＿＿＿＿＿

□

（2）＿＿＿＿＿＿＿＿＿＿＿＿＿＿＿＿＿＿＿＿＿＿＿＿

□

（3）＿＿＿＿＿＿＿＿＿＿＿＿＿＿＿＿＿＿＿＿＿＿＿＿

□

（五）反思

（1）第四步骤是否显示苏倩真正把决策权交出去？若否，应如何修改？

（2）若韩译成功但牺牲，你会用什么视觉或音效意象作为落幕？

（3）结局后平台与资本方走向：

- □ 封闭式：损失核算、苏倩辞职 / 入狱 / 重建
- □ 开放式：媒体视角，暗示后续环保或法律风暴
- 简述理由：＿＿＿＿＿＿＿＿＿＿＿＿＿＿＿＿＿＿＿＿

第二节　第三幕

一、前路走向何处

在这条通往最终对决的道路上，对主角的损害（无论是情感上还是身体上）往往会持续增加，显示出斗争的残酷和主角所付出的巨大代价。叙事也常常会在此处将主角推入"低谷"。这时的"低谷"是

主角在最终决战前所遭遇的最严重挫折，一切似乎都已失败，看不到任何成功的希望。然而，绝境往往也孕育着转机，在"低谷"之中，主角可能会意外地"发现反击机会"，这个机会可能是新的线索、盟友的支援，或是主角自身潜能的爆发，它为主角指明了绝地反击的方向。为了进一步提升紧张感，剧本可能会在此刻让"观众完全认识反面角色的威胁"，甚至是一些主角尚未察觉的、更为深层次的危险。紧接着，主角也会"察觉危险升级"，让他明白前路的每一步都充满了前所未有的凶险，也更坚定了他必须走下去的决心。这一系列要素共同塑造了第三幕开篇"前路走向何处"的戏剧氛围：道路已定，充满艰险，但希望尚存，主角必须勇往直前。

在电影《百万美元宝贝》中，当玛吉因比赛重伤导致瘫痪后，第三幕的"前路走向何处"阶段便以一种极其沉重和悲怆的氛围展开。弗兰基（主角）的人生轨迹与玛吉的命运紧密相连，此刻他所踏上的"前路"，是陪伴玛吉在绝望中挣扎，并最终面对一个他从未想过的艰难抉择。这一阶段的基调是孤注一掷的，弗兰基将自己的全部情感和精力都投入照顾玛吉之中，试图为她找到一线生机，但这更像是一场明知不可为而为之的坚持。

随着玛吉病情的持续恶化——从高位截瘫到失去一条腿，再到全身长满褥疮无法治愈——对主角（弗兰基）的情感损害以及对玛吉身体和精神的损害都在不断"增加"。弗兰基眼睁睁看着自己视如己出的玛吉承受着难以想象的痛苦，他的内心同样备受煎熬。当玛吉在万念俱灰之下请求弗兰基帮助她结束生命时，弗兰基和玛吉都跌入了人生的"低谷"。这个请求本身，对弗兰基而言，既是一个他必须回应的"挑战"，又是一个看似能让玛吉从无尽痛苦中解脱的残酷"反击机会"——不是反击某个具体的敌人，而是反击命运的无情和无法逆转的苦难。此时，观众也已"完全认识反面角色（此处的反面角色可理解为玛吉所承受的无法逆转的伤痛和绝望处境）的威胁"，这种威胁是持续性的、毁灭性的。弗兰基也明白危险升级，即玛吉的生存质量已降至冰点，且毫无好转的可能，任何医疗手段都已无力回天，只剩下痛苦的延续。这条"前路"充满了伦理的拷问和情感的撕裂。

二、线索收束

这一部分构成了第三幕的核心乃至整个故事的最高潮和结局。在"前路走向何处"阶段所积累的紧张感和主角的决心，将在此处得到彻底的释放与检验。其核心功能在于解决所有主要的冲突，完成主角的最终转变，并对故事的主题进行总结与升华，即"收束"所有先前布下的"线索"。

高潮部分的"最后的斗争"是所有叙事线索汇聚的焦点，主角与反面角色会展开"全方位交战"，这不仅是物理层面的对抗，更是意志、信念和价值观的终极碰撞。在这个过程中，主角会重申其立场，这个立场是他在经历了整个故事的磨砺后形成的，代表了他最终的成长和信仰。反面角色同样会阐述其立场，使得这场斗争更具思想深度。这场斗争将以主角打败反面角色，或被反面角色打败的明确结果而告终，核心的外部冲突得以解决。无论胜败，由于故事中的事件、主角都将发生深刻的改变，并以全新的姿态直面未来，他或她完成了角色弧光的转变，或在悲剧中印证了性格的宿命。为了增加余味或深化主题，编剧有时还会设置一个"最后的意外转折"（可选），这个转折可能会颠覆观众的部分预期，或者为故事留下一个开放性的思考空间，巧妙地收束某些次要线索或角色的命运。所有要素共同作用，使得"线索收束"部分能够圆满地结束整个故事，并给观众带来强烈的情感体验和深刻的思想启迪。

在玛吉提出请求之后，弗兰基便进入了"线索收束"阶段，其核心是他的内心挣扎与最终的抉择。这构成了他的"最后的斗争"——一场在深沉的爱、宗教信仰、世俗道德与玛吉个人意愿之间的激烈冲突。他与反面角色（即玛吉的痛苦以及他内心阻止他采取行动的道德与情感障碍）进行着全方位交战。他曾寻求神父的指引，也曾试图用其他方式让玛吉重拾希望，但都无果而终。

最终，弗兰基的行动即是他重申立场的方式：他选择了尊重玛吉的意愿，将对她的爱置于一切之上，这是一种超越世俗评判的、悲悯的立场。当他拔掉玛吉的氧气管，为她注射过量肾上腺素时，可以看作他以一种极端的方式"打败了反面角色"（即玛吉无法忍受的痛苦），但同时，他也永远地被反面角色打败了，因为他失去了玛吉，并背负了沉重的道德包袱和情感包袱。由于故事中的事件，弗兰基发生了深刻的"改变"，他带着这份无法磨灭的创伤直面未来——尽管这个未来是影片留给观众的想象，但在剧本中斯凯普的旁白暗示弗兰基从此消失，在忏悔与孤独中了却余生。影片结尾斯凯普揭示"Mo Chuisle"的真实含义（我的挚爱，我的血脉），可以看作一种情感上的"最后的意外转折"，它为弗兰基的行为提供了最深情的注脚，也让所有关于爱的线索得以悲剧性地收束。

本章练习 | 绝境反击：从"对手的胜利"到"英雄的觉醒"

一、练习概述

本章的学习核心是探索主角如何在遭遇反面人物毁灭性的打击后（通常是第二幕的终点），从"灵魂黑夜"的绝望中汲取力量，实现内在的根本转变，并最终在第三幕以全新的姿态战胜对手。本练习将引导你深入构建这一从"对手的致命一击"到"主角的觉醒与反击"的关键过程，确保故事的后半段充满张力与成长的力量。

二、设定场景：对手的"将军"（Checkmate）

（一）核心要素回顾与确立

1. 主人公及其核心缺陷

简要重述你的主人公，并明确其在故事前半段已充分暴露的"核心缺陷"。

例如：李明，一位极具才华但"过度自信，听不进劝告"的年轻赛车手。

2. 主要反面人物及其目标

明确你的主要"反面人物"（或核心对立力量）是谁，以及他/她的主要目标是什么（通常与主人公的目标冲突）。

例如：反派是经验老到、手段阴险的常胜冠军"车王"张宏，他的目标是卫冕并彻底打垮任何挑战者。

3. 你的设定

（请填写）：＿＿＿＿＿＿

主人公及核心缺陷：＿＿＿＿＿＿

主要反面人物及其目标：＿＿＿＿＿＿

（二）构思"对手的致命一击"

具体描述一个由"反面人物"精心策划或抓住机会实施的、决定性的行动或计谋。这个行动是如何精准地利用或针对了主人公的"核心缺陷"（如李明的"过度自信"），从而给主人公带来灾难性的打击，使其陷入"失去一切"的绝境？

在这一事件中，主人公失去了什么重要之物（如比赛资格、赛车、团队信任、名誉，甚至某个重要伙伴的安全等）？反面人物是否因此获得了阶段性的、看似不可逆转的胜利？

例如：在一场关键的资格赛中，张宏利用李明的过度自信和对建议的忽视，在赛道某处设下不易察觉的"陷阱"（可能是合规但极险的驾驶策略，或散布假情报诱导李明做出错误判断），导致李明赛车严重受损并痛失晋级机会，甚至可能受伤。张宏则轻松胜出。

"对手的致命一击"事件详述（务必清晰展现反面人物的行动、对主角缺陷的利用，以及造成的毁灭性后果）：_____

三、英雄的内在战场："灵魂黑夜"的淬炼

（一）绝望深渊与缺陷代价的痛切体验

在"对手的致命一击"之后，剧本进入了第二幕第二部分的尾声。此处，主人公陷入了怎样的"灵魂黑夜"？他此刻最深的绝望、痛苦和无力感是什么？

他如何被迫痛苦地直面自己的"核心缺陷"？他是否清晰地意识到，正是这个缺陷让他轻易地被对手击溃，并为此付出了无法承受的代价？（这应是一种痛彻心扉的领悟，而非简单的反思。）

"灵魂黑夜"中的绝望与对缺陷代价的痛悟（请具体描述主角的内心活动和情绪）：_____

（二）"觉醒的火种"——转变的微光

在这片最深的黑暗与绝望中，是什么具体的"小事"、一个不经意的外界刺激（如某个盟友的不离不弃或一句无心之言）、一段被遗忘的回忆，或一个对自身处境的全新视角，像一粒微弱但坚韧的火种，点燃了主人公内心深处不屈的意志或全新的认知？

这个"火种"是如何让他意识到，即使在惨败之下，仍有改变自己、重新站起来反击的可能，或者必须为了某种比胜利更重要的东西（如尊严、承诺、保护他人）而战斗？

"觉醒的火种"事件详述（请具体描述这个触发内在转变的"点"）：

_____

四、重塑英雄：从"觉醒"到"决胜策略"

（一）内在蜕变的外化——全新的战斗姿态／策略

由"觉醒的火种"引发的内在蜕变（即对核心缺陷的深刻认识、接纳和超越的决心），是如何具体地转化为一套全新的、与以往因缺陷而采取的行动方式截然不同的战斗姿态或核心策略的？

这个新策略必须能直接针对反面人物的优势，并弥补自己过去的弱点（即被克服的缺陷）。

例如：曾经"过度自信"的李明在觉醒后变得"沉稳谦逊，重视团队协作和策略分析"。他的新策略可能是在下一场（如果有机会的）比赛中，不再盲目追求个人技巧的极限，而是与团队紧密配合，研究对手的每一个细节，采取更具智慧和韧性的战术。

主角的"新战斗姿态／策略"详述（清晰对比今昔之不同）：_____

_____

（二）第三幕高潮：新策略的最终检验与英雄的证明

描述第三幕的最高潮对决。主人公是如何运用其"新战斗姿态/策略"来对抗"反面人物"的？

在对决的关键时刻，当"反面人物"可能再次试图利用主角过去的缺陷，或当主角面临巨大压力可能故态复萌时，他/她是如何通过具体的、艰难的行动和选择，坚定地展现出其已今非昔比的？这如何成为他/她克服缺陷、完成自我超越的英雄证明？

高潮对决中的行动与转变展现（请具体描述主角如何在新旧行为模式间做出正确选择并付诸行动）：＿＿＿＿＿＿

（三）结局：新秩序的建立与英雄的新生

高潮过后，反面人物的图谋如何被彻底粉碎或得到应有的结局？主人公的胜利（或他所追求的更高层面的目标达成）如何体现其内在成长和缺陷克服的必然结果？

"终场画面"如何展现一个经历了深刻蜕变的主角，以及被他积极影响的"新世界"或新的人际关系？（例如，李明可能赢得了比赛，更重要的是赢得了团队的尊重和自我认知，他的终场画面可能是与团队成员一起庆祝，或者平静地指导新人，眼中闪烁着智慧与谦逊的光芒。）

结局与新秩序的描述（包括 A 故事和 B 故事的收束）：＿＿＿＿＿＿
＿＿

五、创作复盘与全局审视

（一）因果链条的强度

从"对手的致命一击"开始，到"灵魂黑夜"的觉醒，再到最终"新策略的胜利"，你所构建的这一系列核心事件，是否形成紧密、可信且充满力量的因果链条？

（二）转变的深度与可信度

主人公在"灵魂黑夜"中的觉醒，以及在高潮中对缺陷的克服，是否展现得足够深刻、有层次且令人信服？其行为的转变是否源于内在的真实改变？

（三）"全局性"的体现

这个从第二幕末期危机到第三幕结局的完整过程，如何将外部冲突的解决与主角内在成长弧线的完成紧密结合起来，从而体现了故事的全局性和主题的深化？

下编

拓 展

第十章　作为科学的剧作方法论

📺 **章前导言**

　　剧本写作是一种创造性艺术，天马行空的想象和平凡普通的生活日常，都是创作者的生产资料。电影诞生至今一百多年来，无数创作者进行了丰富的创作实践，摸索总结出了优秀剧本写作普遍遵循的创作逻辑和许多行之有效的剧作方法。从人类生理和心理两个层面了解读者和观众的信息感知过程，理解剧作方法所遵循的科学原理，有利于创作者创作出具有更强的戏剧性效果和更大情感影响力的作品。

📺 **学习目标**

　　（1）了解观众与角色建立情感关联的科学原理，学会建立观众与角色之间的联系。

　　（2）学会塑造"非英雄"角色。

　　（3）掌握使用对比手段和情绪价值配对技巧以掌控观众注意力的剧本创作方法。

　　（4）学会利用观众的选择性注意力突出重要故事信息。

🎤 **本章聚焦**

（1）观众与角色建立情感关联的三个阶段，以及如何体验角色的感受。

（2）创作"非英雄"角色的必要性。

（3）通过对比和情绪价值配对以掌控观众注意力的剧作手法。

（4）选择性注意力的形成原因及其在剧本创作阶段发挥的作用。

✋ **知识点导图**

```
                                    ┌── 观众与角色建立情感关联的阶
                    ┌─ 关于同理心的科学 ─┤    段：识别、连接、同盟
                    │               │
                    │               └── 观众与角色之间跨越个体的经
作为科学的 ─────────┤                    验融合
剧作方法论           │
                    │               ┌── 形成对比和设下叙事陷阱的创
                    │               │    作技巧
                    │               │
                    └─ 对比与注意力的科学 ─┤── 积极、消极与中性的情绪价值
                                    │    配对的创作方法
                                    │
                                    └── 选择性注意力的形成原因及其
                                         在剧作中的应用
```

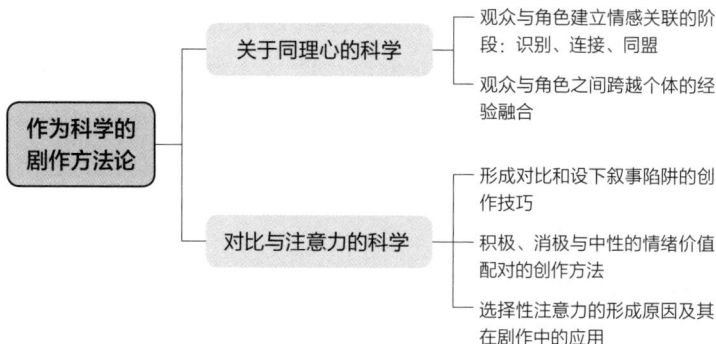

　　艺术创作常被认为是感性的，但成功的艺术往往遵循着科学的规律。在剧作方法论中，最核心的科学便是关于人类情感的科学。观众能沉浸于故事，为角色的命运或喜或悲，其根源在于同理心的作用。理解同理心如何在大脑中运作，以及如何引导观众与角色建立从识别到同盟的情感关联，是所有高级剧作技巧的基石。让我们首先从这里开始，探索情感联结背后的科学原理。

第一节 关于同理心的科学

一、建立情感关联的三个阶段

生活向着目标前进，这是人类总对未来之事报以好奇心的原因。人们往往想知道当下所做的一切努力究竟是为了一个怎样的目标，在没有预设的目标时，则会想知道行动最终会达成怎样的结果，这种习惯意味着观众拥有关心电影中发生的事件的能力。他们会关注付出辛劳的农民能否有个好收成，坚持缉凶的警察是否匡扶了正义，相互爱慕的情侣能否相伴终生。

人类是社会动物，在自身的支持系统进化过程中延伸出与他人建立情感联系的特质。于是，观众能够与剧本、小说、诗歌或仅仅用只言片语描述的虚构角色产生情感联系。

当你的作品能够唤起观众的同理心，令观众将感情移入角色，从而开始关心角色采取的行动能否达到目标时，一部受人欢迎的剧本便即将诞生。英国肯特大学的电影研究教授穆雷·史密斯提出了观众与电影中的角色建立情感关联的三个阶段。

（一）识别

识别阶段是观众了解角色和故事的最初始阶段，是从一无所知的状态到渐入佳境的关键环节。观众将通过观察对象、感受情境、记忆交代的故事背景信息等方式，辨认电影中的角色，初步了解他或她的处境。比如，在监狱的会见室里，一个死气沉沉的中年男人被带到座位。当看到透明窗口外坐着来探视他的女儿时，他的眼中瞬间有了光彩。女儿看着父亲，忍住眼泪拿起通话话筒。观众得到了信息：这对父女之间有着深厚的感情。

（二）连接

连接阶段是观众依据个人认知和心理印象，结合剧中角色以及情节等信息，对正在展开的故事产生预期的过程。这些预期通常受人类社会模式的影响，基本符合现实中的事物发展规律，是观众主动与剧中故事寻求连接的过程。如果在上述例子中，监狱里的男人看起来敦厚正派，对待女儿又充满关怀，观众将能够依据社会经验，在心中推测他入狱的原因，并产生对内情的猜想。

（三）同盟

到了同盟阶段，观众离与剧中角色建立起情感关联只有一步之遥。观众将在这一阶段做出选择——是否要完全理解角色所面对的一切。看着真情流露的男人，观众希望弄清楚造成眼前局面的原因。此时如果观众接收了新的信息，表明男人是蒙冤入狱，那观众则会对真相大白和无罪释放男人的故事结局产生期待。

伴随故事发展，"识别—连接—同盟"的过程在观众的意识中持续发生。这有助于观众加深对剧中角色和故事内容的理解，感受剧中角色的心情和处境。需要注意的是，建立情感关联不等于观众认同剧中角色，也不是同情。

在电影《小偷家族》（2018 年）中，没有血缘关系的柴田一家靠盗窃和拾荒为生。观众在目睹他们一家人在海边嬉戏、在屋檐下共听烟花声响的温情场景时，能够理解他们盗窃行为的无奈——贫困迫使他们通过非法手段维系家庭温饱，所以带着关心角色命运的心情观看电影。但这既不意味着观众认同了盗窃行为，也不代表观众选择与主人公站在同一边。

与角色的情感关联促使观众"接纳"角色，"接纳"并非带有肯定或否定的价值判断行为，只是理解，观众能理解角色正处于怎样的境况。

二、"模糊"的经验

你有过为电影中的人物或事件流泪的时刻吗？当你看到《唐山大地震》中元妮向方登下跪道歉时，看到《泰坦尼克号》中罗丝与已经死的杰克诀别时，看到《摔跤吧！爸爸》中吉塔拨通父亲的电话，哽咽着说出"对不起"时……尽管你没有经历地震、沉船或是比赛失败，但你还是感受了恐惧、离别或沮丧的情绪。

美国洛克菲勒大学的神经科学家唐纳德·W·百福教授发展了一个理论：在某些情况下，一个人会模糊其他人与自己的经验之间的区别，从而感知甚至体验其他人的情绪。这为观众隔着银幕感受角色之感受，体验角色之体验奠定了基础。

（一）大脑处理情绪和感觉的方式

当我们遇到某种突发事件时，比如抢劫，大脑将迅速生成名为恐惧的情绪，这一过程由杏仁核（amygdala）这一结构完成。杏仁核产生的情绪会在前额皮质（prefrontal cortex）中接受更加精细的处理，精细意味着更加复杂，大脑会对我们面临的情况进行进一步的分析——劫匪有几人？用什么武器？是要劫财，还是要伤人性命？综合多方面的评估结果，大脑会在勇敢反击和逃命要紧二者之间做出选择，以指挥身体的下一步行动。

与此同时，大脑中称作前扣带皮质（anterior cingulate cortex）和岛叶（insula）的结构与我们对疼痛的关注相关。依据以往的经验积累，我们既能考虑疼痛出现在自己身上的感受，又能考虑到疼痛作用在他人身上造成的结果。

回到例子，如果大脑判断出我们寡不敌众，会被劫匪持刀所伤，大概率经历巨大的疼痛甚至危及生命，便会选择及时逃跑。但如果我们与劫匪势均力敌，又恰巧善于打击人体的脆弱部位，有能力给劫匪造成难以忍受的疼痛，使其丧失战斗力，我们的大脑将可能选择反击。

精密复杂的大脑结构密切配合着履行各自的职责，使人拥有了将情绪和感觉相联系的能力，而且这种联系能够跨越个体，在广泛的范围里生效，使一个人的经验与更多人的经验相融合。这一原理使观众理解剧中人物成为可能。

（二）首要效应

首要效应指观众对剧中角色的首次认知所形成的对角色的基本理解，这在很大程度上承载了观众对角色后续发展的期待，奠定了观众心中故事的主要基调，是建立观众与角色之间联系的重要方面。

观众对角色的首次认知不是凭空进行的，是综合了创作者为塑造角色而释放出的诸多信息得出的——他们在做什么？他们的行为方式有何特色？

电影《大红灯笼高高挂》以颂莲泪眼婆娑的脸为影片首个镜头画面，因为她即将被迫嫁给陈老爷做四姨太。颂莲不乘花轿，独自走去陈家大院的行事风格体现出其刚强倔强的性格。颂莲的出场方式为观众提供了两方面的重要线索：其一，颂莲是谁，她要做什么。其二，颂莲有着怎样的性格特点。观众得到了有关颂莲的重要信息——她是一个受过高等教育的有个性的女性。之后，观众的个人经验开始发挥作用，观众深知封建社会对女性的压迫，那么如今，颂莲会走向怎样的结局？观众开始与颂莲在情感上建立联系。

三、"反英雄"的旅程

有许多创作者在剧本中塑造了英雄，风靡全球的美国漫威电影宇宙是极具有代表性的例子。许多观众会爱上英雄，英雄总是能够救人于危难、匡扶正义，再加上另一个令人难以拒绝的特质，他们的外表通常是那么的迷人。

然而，电影剧本里的主人公并不全是英雄，也不全是做出伟大的行为、有着优秀的品质、广受崇敬的人。否则，电影《双重赔偿》（1944 年）中的杀人犯沃尔特·奈夫，电影《日落大道》（1950 年）中诺玛的情夫乔，电影《虎豹小霸王》（1969 年）中的大盗布奇和其搭档太阳舞小子都将被从主角的队伍中"开除"——因为他们既没有做出正常意义上的英雄行为，又没有表现出英雄应有的高尚品质。

观众不是只喜欢完美的人，他们也喜欢看那些犯下错误、道德上有缺点的人的故事。原因主要有两个方面：

第一，"反英雄"角色同样能够得到观众的共情，只要观众能在角色的经历和体验中看到自己的影子，或在某些时刻对角色的处境共情。这十分常见，比如有的角色拥有着不为人知的悲惨过去，他们曾遭遇偏见或是背叛，使得他们对身边的世界充满了不信任感。在生活中，观众并非对上述痛苦一无所知，甚至大部分人都经历过相似的心痛时刻，只是在受伤害的程度深浅上存在差异。

第二，"反英雄"角色的故事提供了展示这一类场景的机会——那些危害社会、肆无忌惮地实施犯罪行为的家伙未来将通往何处，他们最终又将为自己过往的行为承担什么后果。塑造"反英雄"角色能将人物的悲剧性外化于行动，并置于社会生活中讨论，在教授道德行为、形成道德规范、促进人们遵守道德原则和底线等方面有重要作用。

总之，要与你创造的角色站在一边，书写独属于他的非凡人生，无论他是万流景仰的英雄，还是一个可怜又可恨的混蛋。你还要充分运用你的创作能力，让观众理解他的行为、性格、思想乃至一切，直至发现他的魅力。

第二节　对比与注意力的科学

一、注意力引导

相信你对超市里黄底红字的促销标签并不陌生，利用色彩搭配突出重点信息是平面作品常用的一种设计方式。在电影中，创作者同样需要引导观众的注意力，以使观众全程保持专心，不错过任何一个情节要点。基于人类的生理结构特征，电影创作者已经基本掌握了通过画面、声音、叙事节奏等方面的配合突出重要信息的秘诀，重中之重是形成对比。

（一）视觉对比

不要认为电影画面呈现是导演的工作，编剧其实更早参与其中。

编剧的文字尽管只能在纸张上排列，但是通过阅读，读者已经在心中创造出了这部电影。也正是因为剧本的这一功能，剧本才能作为电影制作后续环节开展的主要参考物，也就是说，导演、摄影师、灯光师、音响师、剪辑师……没有哪一个部门的工作能够脱离剧本进行，他们都在想办法将剧本中描述的场景尽可能完美地呈现。

在电影中使用视觉对比主要体现在两个方面，这两方面的方法是依据人类眼睛中的视网膜、杆状细胞和锥状细胞的工作原理设计的，可谓是为我们的视觉感受系统量身打造的剧本创作方法。

1. 在单个画面中形成对比

单个画面中的对比主要包括主体大小的对比和光影明暗的对比。前者通过打破画面的平衡来制造画面中的动感；后者则通过形成独特的色彩和影调突出画面主体，同时营造一种独特的画面氛围，让观众在欣赏奇观的同时，保持注意力不被分散。

当创作者写下"地球掠过木星，看起来十分渺小"时，便可能得到这样的画面，观众在画面里看到了二者的体积差异，这一差异间接反映出故事高潮部分地球挣脱木星引力的难度之大。电影《哈利·波特与魔法石》采用冷色调、高对比度的灯光，营造出神秘的画面氛围。

2. 在镜头序列中形成对比

镜头序列指镜头排列的顺序。当创作者将景别、色彩或内容差异较大的镜头放入一个连续序列时，能够有效防止观众视觉"神经元疲劳"。这是因为富有对比的镜头组接使画面光线的强度和数量迅速变化，而人的眼睛会随着可用光线条件的改变自主调节视线焦点，创作者于是能够引导观众关注某些重要的情节要素和故事线索。

猩猩躲在漆黑的洞穴里，警惕地张望，下一个镜头展示了黎明火红的天际，电影《2001：太空漫游》通过镜头序列的安排，在景别、色彩和镜头内容三个方面同时生成了鲜明的对比效果，提醒观众"现在进入下一个场景"。

（二）听觉对比

电影是视听的艺术，相比视觉方面，为观众提供听觉上的对比对剧本创作者更具有挑战性。除了在剧本中适当标出关键的声音使用信息，在剧本创作阶段，更重要的是形成富有声音对比效果的故事设计思维。

举例来说，电影《寂静之地》（2018年）创造了一种只能靠声音追捕人类的怪物，主人公一家为了生存，只能过着无声的生活，时刻提防怪物的袭击。这样的故事设计显然为影片的声音制作提供了较大空间。

1. 有声与无声

如同无声片中的人物突然开口说话，有声片中的声音突然完全消失也会迅速引起观众的注意。利用有声与无声之间的切换，创作者可以丰富剧情内容的表达，也能够形象地展现人物所处的状态。在许多电影中，创作者已经做出了这方面的尝试。

比如科幻片会有声音提示场景的转换，人物穿着宇航服走出飞船，踏上月球表面，影片的声音骤然消失，为的是还原宇宙的真空无声状态。又如在人物遭受巨大的精神冲击或物理创伤时，利用尖锐的声音展现长时间的耳鸣和失聪能让观众迅速明白人物的感受。

2. 音乐的变奏

假如你想用字幕说明以外的信息提醒观众区分故事中的情绪，像日本电影《红辣椒》区分梦境与现实那样，音乐的变奏是一种值得选择的创作方式。

同一段旋律可以创作出许多不同的变奏曲，分别应用于不同的场景，丰富原旋律的情感表达。在电影《红辣椒》中，千叶敦子直视自己心中对时田浩作的感情时，背景音乐使用了影片主题旋律的变奏曲，展现出人物心境的变化——隐藏在不羁与自由中的细腻与温情。诚然，不是每一位编剧都是专业的作曲家，但创作者需要了解，剧本阶段设计的人物变化在电影中的呈现方式是多样的。

3. 音乐风格的碰撞

正如电影会统一画面风格给观众提供协调的观看感受，在音乐的使用方面，为了服务于影片整体，创作者多选用风格相近的音乐加入情节。当一部电影中出现音乐风格迥异的乐曲时，不仅会呈现对比强烈的戏剧性效果，还能够承载更多的情节信息。电影《绿皮书》的音乐设计包括欧洲古典音乐与美国黑人音乐两种风格，创作者借音乐旋律上的差异和艺术风格的不同，更深层次地表现出两位主角之间的鸿沟和矛盾点。

（三）设下叙事陷阱

主人公的旅程并不是每分每秒都惊心动魄，但为了让观众在故事发展稍显平淡的时候仍能保持注意力，创作者可以通过情节设计诱导观众掉入事先设下的叙事陷阱。

警笛声响起，托尼和唐·雪利有些茫然，但他们不得不忍着负面情绪与警察交涉——有了前车之鉴，观众知道或许唐·雪利的身份又给他们带来麻烦了。然而事实上，这位好心的警官只是想提醒他们后轮车胎爆了。误导观众产生预判，再提供与他们的预判相反的结果，可以令观众产生情绪起伏，保持情绪的投入。

二、情绪价值与注意力

（一）人的情绪价值

人的情绪大致分为三类：积极、消极和中性。积极情绪能给人带来感受美好的能力，引导人们产生快乐、幸福的心理状态。消极情绪则相反，通常会带来负面的情绪体验，包括伤感、愤怒、绝望等感受。中性情绪位于两者之间，是一种情绪体验不甚突出的情绪状态。

（二）情绪价值配对创造出的对比

在生活中，人总是在不同的情绪中切换，在电影中同样如此，且电影中的情绪不只由人物发出，也会由事件传递。比如，敌人还有二十分钟就会攻打进来，该事件显然带有紧张和焦虑的消极情绪。

通常，积极与中性的情绪价值配对，会创造出一种对比，这种对比捕获观众的注意力相对较慢，但能长久地发挥作用。消极与中性的情绪价值配对会创造出另一种对比，与前者相反，这种对比能迅速吸引观众的注意力，但失效很快。搭配使用不同情绪价值配对产生的对比效果，将其融入你的情节设计，能够最大限度地控制观众的注意力。

参照电影《西北偏北》中的情节设计，有助于进一步理解积极、消极与中性的情绪价值配对在吸引观众注意力方面发挥的作用。罗杰在荒野上等待"卡普兰"，随后，一位看起来像是来赴约的人出现（见图 10-1）。这段承载着人物期待且提供了积极与中性的情绪价值的剧情持续了 5 分 46 秒。

图 10-1 《西北偏北》/1959 年 / 美国 / 阿尔弗雷德·希区柯克导演

　　谁料那人并不是"卡普兰"，罗杰只能继续等待。他紧接着遭到不明飞机的攻击，他拼尽全力躲避，一次次死里逃生。这段剧情持续了 3 分 17 秒，消极与中性的情绪价值在此段发挥作用。

　　眼前的危机解除后，罗杰寻找"卡普兰"的线索被迫中断，但他意外与肯德尔重逢，发现了新的有关"卡普兰"的线索……这段超过十分钟的剧情再次表现出积极与中性的情绪价值配对，进一步激发了观众的好奇心——罗杰能否找到"卡普兰"？"卡普兰"又究竟有着怎样的神秘身份？

三、掌控注意力的实例

　　集中注意力是人唯一需要付出代价的认知过程，代价是消耗精神能量。如果精神能量不足，人的注意力便开始涣散，之后走神。所以，注意力是一种有限的精神能力，在人面对压力感到不堪重负时，保持注意力的集中会成为一种奢望。

好在大部分时候，看电影对人而言是一种放松活动，但这不意味着没人走神，而是比走神更严重——睡着。创作者殚精竭虑创作的剧本，再由无数演职人员不眠不休地工作才搬上大银幕的作品，并不希望自己成为观众治疗失眠的环境疗法。掌控观众的注意力，迫在眉睫！

（一）单一刺激还是选择性注意力

1. 单一刺激

掌控观众的注意力似乎有个简单直接的办法，只提供给他一件事做，这就是单一刺激。单一刺激要求创作者为观众消除一切干扰，将创作者想要观众关注的事情毫无掩饰地呈现，且必须一件一件来。

不用实践都知道这很难实现，创作者很难保证自己给出的信息足够单一。两个人对话相比一个人的独白能算作单一吗？对话和场景同时存在，如果观众依旧拒绝理解对白信息，硬要去数咖啡厅有几张椅子，又该怎么办？更重要的是，就算创作者真的做到了给出单一的信息，观众也依然会走神，因为只做一件事情并不能让大脑集中注意力，在课堂上昏昏欲睡的学生和开长途车犯困的司机在这方面最有发言权。

2. 选择性注意力

注意力是一种过滤的形式，它抑制大部分刺激以便人们专注于他们感兴趣的事物。对分心与选择性注意力的基础研究证实了人能够兼顾多个事件，并处理得游刃有余，这就是选择性注意力。相比独自开长途车去往目的地，与自己的家人或是好友一同出发，在路上闲聊、偶尔分享零食等分心之举，反而能让人保持专注。

所以，创作者绝不需要吝啬信息的给予，而是应顺应人的选择性注意力，使用一些有效手段过滤掉不算紧要的刺激，帮助观众找到需要重点关注的内容。

1）创造运动

人的视觉系统会优先注意到运动的物体，因为物体运动时，它的边缘开始移动，视网膜后部的视锥细胞对物体边缘的移动十分敏感。在人企图捕捉更多信息时，人还会主动创造运动，如转动眼睛和头部，再加上被关注的物体本身的移动，人的注意力能够被充分调动起来。

面对银幕时，观众并非处于静止状态。观众的眼睛不断地扫视银幕，同时跟随着电影内部呈现出的各种运动——包括演员的走位、物体的移动、镜头内部的运动等——更改视线焦点，这被称作共享的注意力。观众没有真正进行运动，但他的大脑在想象运动，视觉上也在体验运动，他的注意力被深深吸引了。

2）利用角色视线引导

当一个人长时间注视某人某物时，观众会迅速得到一种信息——他或许对那人感兴趣或者想要那东西。跟随他人的目光是人生来具有的能力，这帮助人们更好地理解他人未说出口的欲望。在爱情片中，情侣之间含情脉脉的注视有时胜过千言万语。

利用这一点，通过协调角色视线的方向和角色改变视线的时机，观众会十分乐于深度参与预测角色的目标和真实意图的行动，努力从中找到故事发展的新线索。这被称作共享的情感，是共享的注意力进一步发展出的产物。

（二）画面构图、角色动作与剧作家

自电影出现至今，电影制作者创造出各式各样的方式来掌控观众的注意力。他们操作高精度的摄影器材，使用取景和构图的技巧，为观众呈现精美的场景，引导观众关注画面的重点；他们采用多种剪辑方式，让观众在流畅的画面剪接和角色动作中认真欣赏影片的精彩情节。这样看来，画面构图与角色动作等视觉元素的展现似乎不是剧作家要关心的问题。

但事实果真如此吗？来看电影《勇闯夺命岛》（1996 年）的剧本示例。

《勇闯夺命岛》剧本示例

室内　房间　白天

镜前，一个轮廓分明的男人正穿上海军陆战队的礼服。他的军装上别着勋章，皮鞋被擦得锃亮，又将鞋带系好。我们始终未见其全貌。

男人把帽子端端正正地戴在头上，眼中闪着光。

在男人的梳妆台上放着海军陆战队纪念品——三枚紫心勋章，一位女士（他的妻子）的照片，海军陆战队在战地的照片。

镜头推向照片时，我们听到惊慌失措的声音、爆炸声、残酷战斗的嘈杂声。

室外　战场　白天

硝烟中，一名绝望的海军陆战队列兵知道自己永远等不到救援……两名海军陆战队员走向一户农舍的门廊。透过纱门，我们看到一位母亲和女儿，一位母亲和女儿已然明白他们将带来的消息……

室外　阿灵顿国家公墓　白天

一名海军护旗手手持着一口棺材……此刻，当一面旗帜垂落下来笼罩着我们，我们自己也仿佛成了这口棺材，它被递到了一位年轻女子的手中。

公墓的景象倒映在湿漉漉的水洼中，锃亮的皮鞋从无名战士墓旁走过，一排墓碑逐渐清晰。

特写镜头对准海军陆战队员的帽子和他的眼睛。

室外　丛林　白天

突然爆炸声响，一名海军陆战队员在丛林中用无线电呼救。

海军陆战队员：长官，你得把我们弄出去，天哪，他们把我们包围了！

通讯在一阵爆炸声中中断。

再次特写陆战队员的双眼。

室外　阿灵顿国家公墓　白天

两名园丁本尼和马林开着割草机，抽着骆驼牌香烟，看着开场蒙太奇中的海军陆战队军官。他独自站在墓园另一端。

本尼：你会习惯他的。每个周日早上，不管下雨、下雪还是节假日，他都雷打不动地来。

室外　公墓另一端　白天

准将弗朗西斯·泽维尔·赫梅尔站在一块墓碑前，墓碑上写着：
爱妻　芭芭拉·麦克林·赫梅尔　1946—1996。

赫梅尔：我好想你。

赫梅尔上前一步，在墓前献上一束花。

赫梅尔：有件事我一定要去做，芭芭拉。那是在你生前我所办不到的。我试过，什么方法都试过了，但我仍然不能唤起他们的注意。希望这次会有用。但无论发生什么事……请你不要瞧不起我。

赫梅尔在墓前献上了勋章和绶带并亲吻上去，随后转身离开。

在这一场景中，剧作家以对男人着装的细节描写开场，用海军陆战队礼服、勋章等元素将他的军人身份和所获荣誉直观地展现，而梳妆台上的妻子照片、战地照片则补充了他的家庭信息，对故事进行了情感铺垫。之后，战场和公墓场景快速切换，列兵的绝望呼救和公墓中海军护旗手处理棺材的肃穆画面展现出战争的残酷无情，奠定全片的悲壮基调。最后，男人在妻子墓前的独白交代了人物行为背后的情感驱动逻辑。

剧作家用文字在读者脑中描绘了重点突出、连续流畅的画面，不仅包含景框构图、角色动作，还包含场面调度等方面的信息。通过这样的方式，剧作者能帮助读者和观众将注意力锁定在主要角色身上，并过滤无关紧要的信息，突出故事的主要情节。

互动练习 | 视觉线索应用与情境转折设计

一、练习概述

创作两个相互联系的场景，通过角色的观察和后续的探索活动，展现故事情节的转折和进一步发展。这个练习将帮助你练习利用视觉线索和角色活动构建故事背景，推动情节发展，并引导观众一同揭开故事的真相。你也可以根据"第一场景示例"，续写"第二场景"。

二、步骤说明

（一）第一场景：观察与猜想

1. 角色和活动

设定一个角色及其正在进行的活动。这个活动需能够反映角色的个性或背景，同时也足以让角色暂时停留在原地，而非立即进行调查。确保活动与角色的性格和背景紧密相关，同时足够吸引人，让观众对角色产生兴趣。

2. 视觉线索

描述角色在活动过程中注意的视觉线索，考虑使用道具、服装、行为等元素来增加线索的丰富性和多样性。这些线索来自角色视线范围内的另一个地方（如建筑物、房间或其他结构），并引起了角色的好奇心。

3. 猜想与决定

基于所见的视觉线索，角色开始构建关于那个地方正在发生什么的猜想。最终，这些猜想促使角色带着紧迫感去调查。

（二）第二场景：探索与真相

1. 探索行动

角色进入之前观察的地方，开始探索以寻找真相。

2. 转折点

在探索过程中，角色发现了一个关键的转折点，这个转折点颠覆了他／她之前的猜想，并揭示了真正发生的事情。创造的转折点应该既出人意料，又能在逻辑上合理地串联起所有线索和猜想。

3. 对视觉线索的解释

确保场景中提供对最初的视觉线索的解释，让角色和观众都能理解这些线索背后的真正含义。

三、案例展示

（一）第一场景示例

王曦百无聊赖地坐在好朋友的婚宴上，看着与好友外形毫不相称的新郎正与好友夫妻对拜，王曦实在有些提不起兴趣。与王曦同坐在"新娘朋友"桌的女性大都带了孩子，整张餐桌吵吵嚷嚷的，惹得王曦头痛。她独自离开会场，出门找洗手间。

途中，她注意到一个夹杂在热闹喜宴中的安静的宴会厅，好奇地向里面望了两眼，发现里面的餐椅摆放整齐，墙壁上挂满风车装饰。令她颇为不解的是，明明是室内宴会厅，风车都在飞速转动。

王曦大着胆子走了进去，站在门口左右张望，这才看到在宴会厅的多处地方，都放置着强力的鼓风机。流动的风从王曦身边经过，耳边灌满了风声和风车沙沙的转动声。

王曦再次确认宴会厅中没有人，于是稍稍放松了心情，向最大的风车装饰旁边走去……

（二）第二场景（请续写）

本章练习 | 对比与氛围

一、练习概述

设计三个紧密联系的场景，探索如何利用场景的氛围、视觉和声音元素来增强故事的情感深度和视觉冲击力。通过不同场景的不同氛围对比，展现角色的内心变化和故事的发展。

二、步骤说明

（一）第一场景：初遇

1. 情境设定

角色首次到达一个他/她不熟悉的地方，这个地方有着独特的视觉和声音特征（如小巷、公园、废弃建筑等）。描述角色的初次探索，以及他/她意外遇到另一个人的情形。

2. 氛围与视觉元素

利用特定的光线条件（如黄昏、晨曦、雾天）来设置初遇的氛围。描述周围环境的视觉细节，包括光影的投射、周围物体的轮廓等，以及环境中的声音（如远处的鸟鸣、风声、城市的噪声）。

（二）第二场景：重逢的期待

1. 情境设定

在某个时间后，角色再次来到这个地方，带着对再次遇到那个人的期待。

描述角色的行为和神态，展现他/她的内心期待。

2. 氛围变化

通过改变光线条件（比如从清晨变为傍晚）和氛围（比如更加安静或更有活力）来体现时间的流逝和角色心情的变化。注意利用阴影、色彩温度和周围环境的声音来增强场景的情感层次。

（三）第三场景：孤独的回归

1. 情境设定

角色再次回到这个地方，可那个人已经不在了。展现角色的失落和孤独感。

2. 氛围对比

在这个场景中，可以选择一个与前两个场景截然不同的光线条件（如夜晚、下雨天），以及更加强烈的视觉和声音对比（如昏暗的街灯、雨声、空荡的回音），来强化角色的情感转变，加深故事的深度。

三、练习要求

（1）在每个场景中，仅通过视觉和声音元素来传达故事和角色的情感，避免使用对话。

（2）三个场景需要保持一致的地点设定，可以通过光线、天气等元素的变化来展示不同的氛围和角色心态的变化。

（3）尽可能利用对比（如亮与暗、声与静、热闹与孤寂）来增强每个场景对观众的情感影响。

四、示例

（一）第一场景

张悦躲在茂密的玉米地里，有一伙人正在附近寻找她。张悦没敢发出一点声音，耳边只有刺耳的蝉鸣。不知躲了多久，夏日的烈日烤得张悦几乎脱水，她坚持不住，倒在地上，眼前阵阵发黑。

迷迷糊糊之间，张悦感到有人捧着水喂给她，头上也被淋了几瓢水，浑身凉快了许多。张悦睁开眼，一张黝黑的脸出现在她面前。这个女孩和她差不多年纪，似乎不会说话，腾出一只手向她比画着。

（二）第二场景

张悦来到玉米地，落过的大雪把地面全部掩盖，看不出一点从前茂盛的样子。天就要黑了，雪映着昏暗的天光，张悦举着手电筒朝四周照。确定那女孩没来之后，张悦失落地坐在一处高高的田埂上，关闭了手中的手电筒，静静地等待。

雪花依旧纷纷扬扬地飘落，张悦的帽子渐渐沾上一层白色。但她依然认真地盯着远处，盯着那条通向这块玉米地的唯一小路。

（三）第三场景

秋季的黄昏，万里晴空染上夕阳的金辉。伴着玉米收割机的轰隆声，张悦看着眼前的人们密切合作收割玉米。飒飒的冷风吹动张悦的头发，张悦若有所思，突然有人叫她去搭把手。

张悦与众人一同劳作，身上渐渐冒了汗，她抬手擦去额头的汗水，看着手上的水痕不由发呆。张悦回头望着玉米地的中央，那里的玉米已经收割完毕，在光秃秃的玉米秆中，她仿佛看到了曾经躲在其间中暑昏倒的自己，还有那个无言地给她喂水的女孩。

第十一章　未来的创作方式：人工智能写作

章前导言

电影诞生伊始，技术便伴随着电影的发展而不断进步，创作者一直在技术与艺术的缝隙间寻找新的可能。如今，计算机程序突飞猛进，影视创作"自动化"成为可能。人工智能技术出现以来，各类生成式人工智能在剧本创作领域的研究和应用正迅速发展，涵盖了从辅助创意发散到自动化脚本生成的多个方面。或许，在不远的未来，电影艺术会经历从胶片电影到数字电影再到生成式人工智能电影的转变。

学习目标

（1）了解生成式人工智能的基础功能。

（2）学习使用生成式人工智能进行创意写作。

（3）学习下达指令，使生成的文本质量更高。

本章聚焦

（1）人工智能编剧的基本功能。

（2）可以应用于人工智能编剧的若干路径。

（3）对人工智能下达指令时的注意事项。

知识点导图

```
                          ┌─ 生成式人工智能与创        ┌─ 生成式人工智能的基本定义
                          │  意写作的关系            └─ 生成式人工智能在创意写作中
                          │                            的基本功能
                          │
                          │                         ┌─ 基于深度学习的人工智能工具
                          ├─ 可以应用于人工智能       ├─ 交互式人工智能编剧系统
     人工智能写作 ─────────┤  编剧的若干路径          └─ 深度强化学习方法的模型
                          │
                          │                         ┌─ 准确性、呈现性
                          ├─ 指令及注意事项          └─ 指令框架及案例
                          │
                          │                         ┌─ 如何评判故事好坏
                          └─ 人工智能编剧的相关问题   └─ 人工智能承担的角色
```

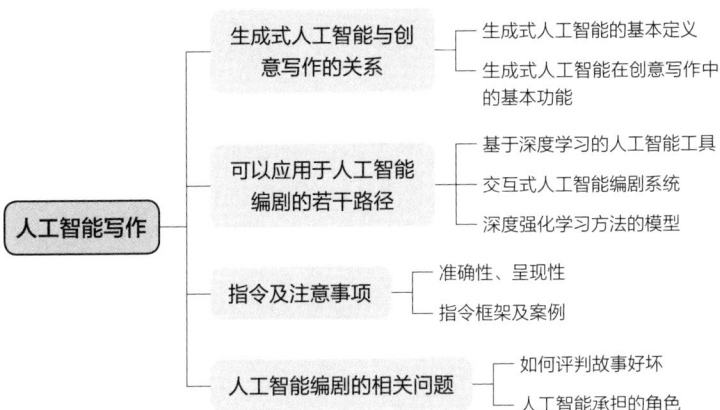

当技术的发展将人工智能（AI）推向创作的前台，一个全新的时代已然来临。要驾驭这一强大的新工具，我们首先必须理解其核心——生成式人工智能。它究竟是什么？其运作原理如何？它又是怎样模拟甚至参与到曾经专属于人类的创意写作过程中的？本节将从这些基本问题入手，揭开生成式人工智能的面纱，探讨其在剧本创作中的潜能与局限。

第一节　生成式人工智能与创意写作

一、生成式人工智能的基本定义

生成式人工智能（Generative AI）始于一个基础模型-深度学习

模型，是多种不同类型生成式人工智能应用程序的基础。当下最常见的基础模型是为文本生成应用程序而创建的大型语言模型（LLM），但也有用于图像生成、视频生成以及声音和音乐生成的基础模型，还有可以支持多种内容生成的多模态基础模型。

人工智能生成内容（Artificial Intelligence Generated Content）简称"AIGC"，包括了人工智能在内容创造和生成方面的多种技术和应用。人工智能生成内容的出现标志着人类内容生产方式的重大变革，它通过训练模型和大量数据的学习，可以根据输入的条件或指导生成与之相关的内容，如文章、图像、音频，这些技术的应用已经渗透到多个领域，如艺术创作、新闻撰写、虚拟助手、游戏开发。

回望影史中与人工智能相关的影片，如电影《人工智能》（2001年）、《她》（2013年）、《机械姬》（2014年），皆在讨论人工智能的应用及其产生的后果。人工智能拥有思考能力和自主意识后，能够在人类社会秩序、人类情感关系、技术革命与道德伦理等方面引发振动与变革。在人工智能进入大众生活的今天，我们所面临的问题便是该如何应对、处理、运用这一工具。

当下，人工智能生成内容的相关技术应用场景扩延至影视、教育、科研等各个行业，如今各大影视公司开始尝试全面推进人工智能生成内容产业布局，人工智能编剧成为影视创作的"辅助伙伴"已是大势所趋。正确认识生成式人工智能技术与影视创意写作的关系，是掌控这位"得力助手"的第一步。

二、通过功能认识人工智能编剧

（一）人工智能写作与人类编剧写作的区别

1. 灵感从何而来？

从生成式人工智能的内容生成原理来看，自然语言处理（NLP）技术是整个人工智能写作系统的基石，为人工智能理解和生成语言提供基础，其中包括对人类自然语言的语法、语义以及句法的分析。在此基础上，人工智能从图书、网络等收集文本数据，将文本分解为单词、短语或其他有意义的元素（tokens），再经由循环神经网络（RNNs）、长短期记忆网络（LSTMs）和变换器（Transformers）等模型，以此学习人类语言中的逻辑与句法，从而生成连贯和逻辑性强的文本。由此可以看出，生成式人工智能的灵感来源于其训练数据中的模式和结构。人工智能通过分析大量的电影剧本，生成符合常见情节结构和角色设定的新剧本片段，这些内容通常遵循数据中的模式和结构，表现为公式化的表达。这种创作虽然在结构上符合规范，但是可能缺乏创新性和深度。

相较而言，人类编剧的创意来源则并没有太多规律可言，明显呈现出多元且复杂的特点，生活阅历、观看及阅读经验和五感感受皆能成为人类编剧创作的灵感来源。灵感更像是偶然的碰撞，路过的风景和身边的人物都是人类编剧创作的契机。例如诺兰导演的电影《星际穿越》，其灵感就来自加州理工学院的物理学家基普·索恩对理论物理和时间旅行的研究。此外，诺兰还受电影《超时空接触》的启发，并且他坦言在构思电影时绕不开库布里克导演的电影《2001：太空漫游》。

2. 如何表达情感？

情感分析是人工智能理解和生成情感表达的基础技术之一。通过分析文本中的语言模式、词汇和句子结构，人工智能可以识别文本中的情感倾向（如积极、消极或中性），这种分析通常依赖于训练好的模型和算法，如深度学习神经网络。自然语言生成（Natural Language Generation）是人工智能生成文本的技术，它能够根据输入的数据生成符合特定情感的文本。人工智能通过从大量数据中学习情感表达的模式，生成适应各种情感情境的文本。人工智能可以生成带有悲伤色彩的故事片段，如"在那孤独的夜晚，她默默地坐在窗前，眼泪流下"，这种文本生成是基于对情感表达模式的学习和应用。

人类对情感的感知与表达是天生便获得的礼物，优秀的编剧可以运用一切元素调动观众产生情感上的波动。电影中"超能力""身体改造""复仇"等元素的出现，往往代表一个浑身肌肉的英雄在复仇中拯救世界的故事即将展开，而电影《超体》中讲述的是一个女人在哲学层面的觉醒。

人工智能在接收关键词提示后，根据要求创作出的故事大纲是：

> 退役海豹突击队员杰克·凯恩在纽约港目睹妻女被神秘武装分子炸成血雾。濒死之际被"普罗米修斯计划"负责人艾琳博士救走，脊椎植入军用纳米机械虫群。三个月后，银灰色液态金属在杰克体表流动，机械复眼扫描着仇人"蝮蛇"的坐标。
>
> 杰克单枪匹马杀入新奥尔良地下斗技场，纳米手臂化为

链锯劈开防弹玻璃。当机械利爪贯穿蝰蛇胸腔，全息投影显示幕后黑手是军工巨头"影子议会"。艾琳博士突然叛变，原来改造手术暗藏脑控芯片——议会正是"普罗米修斯计划"的真正掌控者。

挣脱控制的杰克与改造士兵在旧金山金门大桥展开金属风暴对决。纳米虫群在暴雨中凝结成磁轨巨炮，轰碎议会空中堡垒的量子护盾。最终对决揭晓议会首领竟是杰克"已故"的父亲——二十年前首例成功改造体。父子两代改造人在核爆倒计时中展开宿命对决，机械触须与等离子光刃将整个军事基地撕成碎片。

在废墟中，杰克将父亲的神经芯片插入主控台，全球普罗米修斯改造者的控制程序瞬间瓦解。片尾彩蛋显示艾琳博士在东京实验室开启"奥林匹斯协议"，数万具休眠舱里的二代改造体同时睁开机械眼。

即使人工智能生成的内容无法一步到位，但基于上述它给出的故事大纲，或许我们能运用故事的元素，从中得到一些创作的新灵感。

（二）人工智能如何为我创造故事？

1. 模仿

作为编剧助手，人工智能的模仿功能是指其能够模仿特定风格、语气、角色对话或剧情发展的能力。这种能力基于大规模训练数据，使人工智能足以捕捉不同编剧、作品或文体的特征，并生成类似风格的文本。

比如，让人工智能编剧助手模仿莎士比亚的风格，为一个陷入两难抉择的国王写一段独白。人工智能编剧助手模仿莎士比亚的古英语风格和沉重的抒情语气后，生成的内容如下：

> 国王："是否该舍弃这腐朽的皇冠，追求那无垠的自由？或是坚守在这权力的牢笼中，继续这无望的统治？啊，命运何其残忍，将吾置于此绝境！"

人工智能编剧助手的模仿功能可以大大提高编剧创作的效率和多样性。它不仅能模仿不同编剧或电影的风格，还能适应特定的类型、角色、时代和文化背景的要求，从而帮助编剧和创意团队更好地实现他们的创作愿景。

2. 续写

以中国导演文牧野的电影作品《我不是药神》作为提示，让人工智能延续故事设定，进行续写。故事伊始，步入而立之年的程勇经营着一家亏损的"印度神油"店，生活拮据，程勇面临着支付不起房租、前妻要带儿子移民、老父亲急需手术费等多重压力。这时，慢粒白血病患者吕受益找上门，恳求他从印度代购便宜的仿制药"格列宁"。程勇在巨大的经济压力和吕受益的苦苦哀求下，最终决定铤而走险，踏上走私药物的道路。

人工智能编剧助手读取此设定之后，续写的内容如下：

> 随着药品在病患圈中小范围流传，找上门的人越来越多。程勇的走私规模扩大，他为此结识了一些不同背景的病友和药贩。然而，新的问题出现：市场上出现了劣质或假冒

的同类仿制药，不仅危及病患，也冲击着程勇的"生意"。程勇开始卷入复杂的药品灰色产业链纠葛，并面临同行竞争或黑吃黑的风险。同时，他对药品来源的掌控力下降，质量隐患开始浮现。

假药问题和利益冲突激化，程勇卷入了一场致命的争斗或被卷入警方的视线。雪上加霜的是，部分服用程勇药品的病友出现了异常反应或病情恶化——并非所有仿制药都百分百安全或有效，或者程勇的供货渠道混入了劣质批次。程勇的生意和声誉面临崩塌，生命和自由受到威胁，他必须在巨大的压力下做出抉择：是逃离一切，还是想办法查清药源、揭露假药，甚至试图推动合法渠道引入更安全的药品？

程勇选择面对问题，他冒险追查劣质药源，试图保护病患，但也因此彻底暴露自己。结局是多层面的：他因此入狱，但在调查过程中揭露了药品灰色地带的冰山一角，引发社会对仿制药质量监管或慈善购药渠道的新讨论；或者他虽然逃脱了法律制裁，但付出了沉重的个人代价，如失去家人、背负骂名，且并未完全解决药品安全和可及性的根本问题，故事留下深刻的反思。

可以看出，原电影情节中的核心冲突在于"救命的药品"与"法律的边界"。程勇一开始为钱卖药，后来在多方压力下停止，但看到病友的悲惨境遇和死亡后，良心受到触动，选择再次冒险，转变为几乎无利润地卖药。程勇从"药贩子"变成"救世主"式的角色，是一种在经历退缩之后的利他牺牲。

人工智能生成的新大纲中，程勇的"觉醒"或说被迫面对现实，是因为他自己提供的药品批次直接导致了病友的伤亡。这种打击更直接、更残酷，迫使他面对自己的行为导致的后果，他的后续行动更多是一种自救、赎罪和试图纠正自身错误的行为，这种走向让故事更具悲剧性和冒险性。

3. 联想

如果将电影《烈日灼心》进行简单概括，我们就可以得到以下信息：

> 主要人物：辛小丰（犯罪者，过失杀人）、伊谷春（经验老到、直觉敏锐的警察）
>
> 人物关系：辛小丰与另外两个目睹杀人现场的朋友共同抚养了死者的女儿，伊谷春是辛小丰的上司，欣赏辛小丰的能力。
>
> 人物目标：辛小丰掩盖杀人过失，避免被认出身份，抚养女儿平安长大；伊谷春调查当年杀人案的真凶，验证辛小丰是否是凶手。
>
> 事件发生地点：警察局（两位主角的工作地点）、出租屋（主角与朋友商量对策的地点）
>
> 事件结果：伊谷春发现真相，辛小丰败露，辛小丰被判处死刑，女儿被托付给伊谷春。

如果将这些初步信息作为人工智能进行故事联想的基底，让其自由发散，会生成什么故事呢？我们可以自由设想，将背景设定在古代欧洲，故事具有神话元素。人工智能编剧助手读取了《烈日灼心》的事件背景、人物、人物关系、人物目标之后，生成的故事大纲如下：

> 艾德里安·格里菲斯是王国的传奇调查官，他将卡洛斯·菲恩视如己子，教导他成为一名优秀的骑士。多年前，一起无辜女子被杀害的案件悬而未决，艾德里安逐渐发现卡洛斯在回避与此案相关的话题，这使他产生了疑虑。
>
> 艾德里安开始暗中调查，发现卡洛斯的行为异常，并找到了一名目击者，其描述与卡洛斯相符。面对这些线索，艾德里安的心情愈发沉重。他深爱的弟子可能是凶手，这不仅威胁着卡洛斯的未来，也挑战了艾德里安对正义的信念。
>
> 调查深入后，艾德里安跟踪卡洛斯来到北方神秘的森林。卡洛斯试图通过古老树精灵艾尔维德操控记忆，以掩盖真相。艾德里安在森林中与卡洛斯对峙，得知卡洛斯承认了当年的过失，并恳求艾德里安保全无辜的养女艾薇儿。
>
> 艾德里安面临艰难抉择：是接受树精灵的交易以掩盖真相，还是坚持正义。最终，艾德里安选择了正义，卡洛斯被判死刑。艾德里安目送卡洛斯走向刑场，心中充满痛苦与遗憾。他决定收养艾薇儿以弥补对卡洛斯的亏欠。
>
> 艾德里安在痛苦与怀念中继续捍卫正义，带着对卡洛斯的深切思念前行。这段亦师亦友的关系，成为他内心最深的伤痕和难以忘怀的记忆。

生成的文本具有故事的起承转合结构，虽然缺失了具体的情节桥段，但是依然可以看出，人工智能的联想故事功能基于大模型中的海量语料，能够关联现有的文本和设定，快速生成多样化的情节、场景和角色关系联想，帮助编剧拓展故事的叙事范围，从而提升剧本创作的效率。

第二节　可以应用于人工智能编剧的若干路径

一、基于深度学习的人工智能工具

（一）Open AI：ChatGPT

当下，由 Open AI 公司开发的 GPT（Generative Pre-trained Transformer）系列模型作为自然语言处理领域的先驱之一，其产品 ChatGPT 通过深度神经网络学习人类语言的模式和结构，展示出类似人类的文本生成能力。ChatGPT 作为一款聊天和自然语言生成工具，它不仅是聊天助手，还可以作为强大的人工智能编剧工具，帮助创作者和编剧生成故事、对话、场景描述等。通过数十亿参数的训练，ChatGPT 能够生成自然语言剧本片段，已被用于多个编剧项目。与 ChatGPT 的交互简单方便，打开聊天窗口便能直接开始对话。它能够保留先前交互中的上下文信息，以及详细的交互记录，并支持导出对话记录，方便用户随时翻看。

（二）ScriptBook

ScriptBook 使用深度学习模型分析、预测剧本的受欢迎程度，它的预测功能能够评估剧本的内容，包括情节结构、角色发展、对话质量、主题一致性等。此外，它还可以预测电影在票房上的表现、观众的反应以及电影的商业成功概率。ScriptBook 的故事创作应用 DeepStory（深度故事）以受欢迎的好莱坞经典作品为范本，其应用提供了自动生成、分析剧本的功能，能通过学习，帮助编剧创作具有吸引力的内容。在生成剧本的过程中，遇到台词、动作上无法推进的情况，它会学习模仿上文的情景与人物对话，生成符合原文的人物动作描述或人物台词。

（三）SudoWrite

Sudowrite 与上述两个工具一样，通过分析大量的文本数据来学习语言模式、风格、结构和语义。用户提供输入（如段落、对话、描述），由人工智能分析文本的上下文并生成符合逻辑的内容进行输出。用户可以对人工智能的输出进行进一步调整和编辑。作为创作工具软件，Sudowrite 允许多次互动，逐步调整和优化生成的内容，形成一种协作式的写作模式。

Sudowrite 的工具页面提供续写、描述生成、场景扩展、情绪轮、世界观建设等功能，还为创作者提供了创作剧本的"故事圣经"（见图11-1）作为结构参考。其工作链路从头脑风暴（Braindump）开始，创作者将句子、段落、场景片段或任何自由格式的文本段落输入头脑风暴中。概要（Synopsis）的生成受到头脑风暴和类型（Genre）的共同影响，且概要会影响角色（Characters）、世界构建（Worldbuilding）、大纲（Outline），以及情节节点（Beats）的生成。如果概要字段为空，依赖于概要的字段将转而依赖头脑风暴。最终，在风格（Style）及其他各要素的影响下，辅助章节生成（Generate Chapter）。

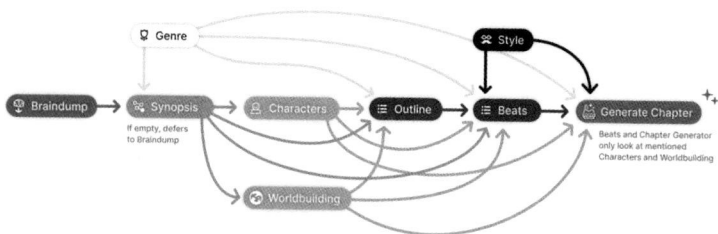

图 11-1　Sudowrite 故事圣经图（图片源自 Sudowrite 网站）

（四）Bukabuka（暂定名）

Bukabuka 作为响应我国大力发展人工智能的号召，服务国家战略需求的智能化内容创作平台，其专为中国的小说作家、学生乃至编剧等内容生产者设计。Bukabuka 中的"记忆罗盘"功能允许用户记录和存储故事的元数据和核心设定，包括故事类型、行文风格、梗概、人物设定、核心人物关系、世界观、分层大纲以及特殊标注点。在此基础上，人工智能体（AI Agent）协助用户梳理并输出结构性内容，帮助用户通过对话将一个初步想法逐步完善并填充至"记忆罗盘"。针对创意写作的特殊需求，Bukabuka 提供了诸如多版本人物设定、人物关系阶段性变化、世界观层级构建等细致功能，这些是通用型人工智能工具难以比拟的。

以上四种生成模式的主要特点是：

第一，通过大量剧本数据训练语言模型（如 GPT 系列）。

第二，使用生成式预训练变换器（Transformers）架构来生成内容。

第三，优点是生成内容创意丰富，语言流畅，不过需要大量数据和计算资源。

二、交互式人工智能编剧系统

某世界知名科技公司开发了一个基于其先进的对话系统 LaMDA 构建的人工智能写作工具原型，旨在帮助创意作家创作新的故事，其特点在于它使用对话模型而不是通用的语言模型，这使得它能够通过少量样本学习和对话来提供各种用户交互服务。如果你想使用 Wordcraft 为你的故事增加一个新角色，并通过主要角色的经历来介绍他们，可以通过输入 JSON 格式来完成，如：

```
[
    {
        "character": " 一个乐于助人且谦虚的角色。",
        "target": "\" 你迷路了吗，伙计？ \" 一个声音从我背后传来。我转过身，发现一个穿着简单得体的男人。衣服上的小磨损和松散的线头暗示着这些衣服，以及这个男人，都经历过更好的时光。"
    },
    {
        "character": " 一个迷人且狡猾的角色。",
        "target": " 我有点过于迅速地从巷子里走出来，撞上了某个结实的肌肉，意外的是，还带着一丝淡淡的香气。\" 对不起。\" 我设法恢复了平衡。\" 慢点，伙计，你会伤到自己的，\" 一个几乎像猫一样优雅的男人回答道，他的目光让我想起了一只猎猫在评估它的潜在猎物。"
```

```
    }
  ]
```

这一类语言模型允许人类编剧与人工智能协同工作，通过互动生成内容，这类交互式系统的特点是：

第一，编剧提供初步设定或片段，人工智能生成建议或扩展内容。

第二，编剧可以选择接受、修改或拒绝人工智能的建议。

第三，优点是保留人类创意核心，同时提升编剧效率。

三、深度强化学习的方法（DRL）

通过深度强化学习（Deep Reinforcement Learning）的方法，一些研究项目已经开始探索强化学习在生成复杂情节和角色发展方面的应用。这些应用通常结合神经网络和强化学习技术，通过奖励机制来生成连贯且目标明确的故事情节。

深度强化学习技术通过收集大量人类编写的故事，并将其转换为可学习的事件序列。初始模型通过模仿人类编写的故事来学习事件顺序和结构。在模仿学习的基础上，还会使用强化学习进一步优化模型，使其生成的故事既能遵循人类编写的逻辑结构，又能实现编剧预设的目标。

深度强化学习技术的特点是：

第一，模型通过试错和反馈机制优化剧本。

第二，适用于需要不断改进和学习的编剧任务。

第三，优点是能够生成复杂情节和角色发展，但实现难度较大。

第三节　如何给出有效指令

一、与人工智能沟通时需要注意什么？

（一）准确性

人工智能系统中机器学习模型通常通过分析大量数据来识别模式，准确的指令可以帮助人工智能更好地匹配已知模式，从而提供正确的响应。同时，"准确性"是衡量小说和非小说创意写作创造力的尺度，创意写作中的某个想法或内容要被视为有创造性，那么它必须是准确及原创的，当创意型写作中包含可靠及丰富的细节时，会增加作品的创造性，"内容准确性"与"写作中的创造力"成正相关。因此，无论是向人工智能发出指令，还是给出范例，都需要注重表述的准确性，注意避免语言中存在的歧义。

影视创作中的角色对话往往蕴含丰富的情感和潜台词，这些对话有助于深化角色形象和推动情节发展。人工智能如果误解了对话的语气或潜台词，可能会生成表面化或无深度的对话，或者不符合角色性格或情感状态的对话，从而削弱角色的复杂性和故事的深度。比如在某个紧张的对话场景中，角色 A 对角色 B 说："你就这么认为吗？"这句话既可以表达质疑，又可以是挑战，甚至是讽刺。如果人工智能未能识别出对话的语境（如场景的紧张氛围和角色间的历史），可能会生成完全不合适的回应，例如角色 B 轻松地回答"是的，我就是这么认为的"就不合适，而应该是带有对抗性的回应。

在场景转换时，一个场景结束时的描述是："天色渐亮，李明和张丽正站在桥上。"下一段描述是："夜幕降临，李明打开了家门。"如果人工智能没有正确理解场景转换的时间跨度或背景信息，它可能会生成无逻辑的内容，如"李明继续站在桥上"会使场景衔接混乱。

（二）呈现性

在创意写作和剧情创作中，呈现性指的是将思想、概念或故事以引人入胜、易于理解的方式展现。它强调表达的清晰度和吸引力，围绕一个单一的"刺激"（例如一个主题、一个事件或一个问题）从多个不同的角度进行探讨和分析，从而产生新的观点和想法。真正的创造力在于思想的表达，而创意生成只是创造力的一部分。那些具有较高呈现能力的个体，在书面创作等多个领域中更有可能展现创造力。

因此，在人工智能软件里输入内容时，若想表现一个具有矛盾冲突的场景，可以在指示中适当包含明确的对比和冲突，这样可以增加生成内容的张力和深度。

示例："描写一场对话，两个人物在雨中，一个在笑，一个在哭。请突出他们对话中情感的矛盾，一个语气轻松，一个语气充满悲伤。"

在创作剧本时，如何设置一对人物的关系？如果想要写一对相互冲突的人物，但又不希望人物之间的互动太普通，那么，你可以尝试这样给出指令："写一场两位侦探的对话场景。一个相信直觉和灵感，另一个坚持逻辑和证据，两人观念不同却互相欣赏。请让他们在讨论一桩谋杀案时发生激烈争论，突出他们截然不同的办案风格和理念冲突。"这一指令中包含了人物身份、两个人物性格的主要特征、人物关系、事件背景。至于两人之间会发生什么故事，就交由人工智能发散。

二、提示词（prompt）

（一）新手通用指令框架

提示词（prompt）是用户给人工智能系统的一段文字指令或描述，用来引导人工智能生成特定的剧本内容或情节。提示词为人工智能提供了上下文、语境、风格、情感、角色设定等信息，给出较为明确清晰的指令，能够帮助编剧节省与人工智能磨合、调整的时间。

目前，指令并没有统一的标准与要求，能以对话形式展开，也能使用更为专业的指令框架。如 CO-STAR 框架是新加坡政府科技署数据科学与人工智能团队创立的提示构建工具，包含了六项新手适用的指令内容（见图 11-2）。这一框架包含了以下内容：

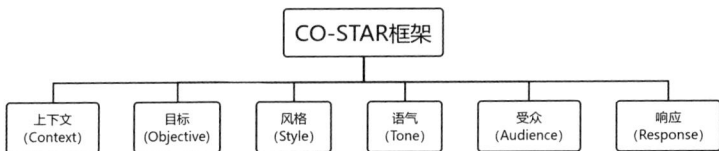

图 11-2　CO-STAR 框架图

1. 上下文（Context）

提供与任务有关的背景信息。这有助于大模型理解正在讨论的具体场景，从而确保其响应是相关的。

2. 目标（Objective）

定义你希望大模型执行的任务，明晰目标有助于大模型将自己的响应重点放在完成具体任务上。如，我需要创作一部电影剧本，电影时长在 90 分钟左右。

3. 风格（Style）

指定你希望人工智能使用的写作风格。你可以将人工智能设定为某种职业，比如专业编剧、小说写手，或是一位具体名人的写作风格。这能引导大模型使用符合你需求的方式和词语给出响应。

4. 语气（Tone）

设定响应的态度。这能确保大模型的响应符合所需的情感或情绪上下文，比如正式、幽默、善解人意。

5. 受众（Audience）

确定响应的目标受众。针对具体受众（比如专业编剧、影视从业者）定制大模型的响应，确保得到的响应在你所需的上下文中是适当的和可被理解的。

6. 响应（Response）

提供响应的格式。这能确保大模型输出你的下游任务所需的格式，比如列表、JSON、专业报告。对于大多数通过程序化方法将大模型响应应用于下游任务的大模型应用而言，理想的输出格式是JSON。

（二）运用到剧本创作中

现在，我们已经完成故事构思的阶段，并且利用提示词让人工智能明确写作的前期工作。接下来，我们将进入剧本创作的步骤。以下是一些有关制定有效的剧本创作指令的步骤和建议：

1. 确定剧本类型、写作风格

（1）类型：明确你想要创作的剧本类型（如喜剧、爱情、科幻、惊悚）。

（2）风格：说明剧本的风格（如悲情、黑色幽默、轻松欢快），以及是否受特定的作者风格影响（例如昆汀·塔伦蒂诺、史蒂文·斯皮尔伯格）。

2. 提供剧本概要

（1）主题和情节：简要描述剧本的主题和主要情节。例如，"故事发生在一个未来的反乌托邦城市，讲述了一个反叛的机器人追寻自由和自我认知的冒险之旅。"

（2）角色：列出主要角色的名字、性格特征和他们之间的关系。例如，"主角艾丽是一位年轻的科学家，聪明且充满理想主义，她的助手杰克是个务实的程序员。两人是互相扶持的队友，彼此早已暗生情愫"。

3. 设定剧本结构和页数

（1）剧作结构：第一幕，引言和冲突起点（描述角色和世界设定）；第二幕，主要冲突和发展（描绘角色的发展及主要冲突的发生）；第三幕，高潮和结局（冲突的最终解决和角色的结局）。

（2）场次：指定剧本的场次数目和场景安排。例如，"剧本包含五个主要场景：实验室、城市街道、秘密基地、基站、太空舱"。

（3）页数：指定剧本的页数范围。例如，"该剧本应控制在60至90页以内，每页约一分钟的片长"。

4. 详细的情节指示

（1）关键事件：列出剧本中关键的事件或转折点。例如，"第二幕结束时，主角发现了一个秘密，城市中的机器即将发生异变"。

（2）对话：提供一些特定的对话风格或台词示例，以设定人工智能的写作基调。例如，角色的对话可以是讽刺性的、深思熟虑的，或是充满紧张感的。"艾丽：'你以为你在掌控一切，但你从未真正看清楚。'"

5. 提供参考材料

（1）格式：上传格式范例文件，其中包括场景标题、动作描述、角色对话、旁白等。格式化范例应清晰明了，以便编剧或人工智能工具参考。

（2）示例剧本：如果有类似风格的剧本或剧作家的作品，可供参考。提及你希望剧本模仿的电影或电视剧。例如，"本剧本的灵感来源于电视剧《西部世界》和电影《银翼杀手》的叙事风格与主题。"

当然，你的指令可以在此基础上进一步细化，以上步骤越详细越丰富，人工智能生成的内容也会越精准。

第四节　人工智能编剧的相关问题

一、好或坏——好故事的标准如何评判？

艺术评论、学术论文需要独到、新颖的观点，而在创作中，故事总能找到一个"无限接近"的核心。人工智能可以根据经典的叙事结构（如三幕剧结构、英雄之旅）自动生成结构合理的故事，这使得它在编写基础性、套路化的故事方面表现得尤为出色。但涉及艺术性较高、情感表达较强烈的故事时，它便会因拼凑已有的情节元素、过于依赖已知模式而导致故事缺乏新意和情感深度，遂难以捕捉人类创作者特有的微妙感受和复杂情绪。虽然人工智能能够生成内容，但其对情感的理解往往停留在表层，缺乏深刻的洞察力和创造力。

此外，还需要注意大语言模型善于营造一种"幻觉"（AI Hallucinations），即人工智能生成错误的答案，看似是经由信息收集这一环节后，生成符合指令的文字内容。实际上，其内容中引用的内容完全由其虚构而成，或并未理解指令要求，而生成不符合编剧需求的内容。然而，这些"幻觉"可以被重新用作"创造性意外"，激发新的想法。因此，人工智能的局限性与不完美反而为人类创作提供了一种探索未知的机会，使得人工智能可以作为一种反向启发的工具，为故事创作增添更多的可能性。

二、工具还是主笔——人工智能编剧承担的角色

目前，生成式人工智能在写作中承担的角色，依然是人类编剧的助手，无论是从文本风格或是文本逻辑来看，人工智能创作依然与人类创作存在较大差距。未来的人工智能可以作为编剧的协助工具，可以针对人类编剧的初稿进行修改、优化和润色，提升编剧的效率。此外，人工智能还可以根据人类编剧的需求推荐相似的故事情节，以补充和丰富剧本内容。

自人工智能诞生以来，其在创意领域的应用引发了广泛的讨论。2023 年，美国的"演员工会—美国电视和广播艺术家联合会"（SAG-AFTRA）与"美国编剧协会"（WGA）分别在 3 月和 5 月举行罢工，其中一项重要诉求便是要求好莱坞大制片厂对人工智能的应用做出限制。这种担心是必然的，而这种恐慌也提醒我们，人工智能的发展需要明确的伦理规范和使用边界，以确保技术始终服务于人类创造力的发展和表达，而非侵蚀它。人工智能的核心应该为"人"，人工智能工具应致力于减少编剧的重复性劳动，让编剧能够专注于更具创意和思想深度的部分。通过优化和扩展剧本的可能性，人工智能可以帮助

编剧更好地表达他们的创意和意图，而非将创作完全交给机器。

互动练习｜利用人工智能将头脑中的概念落到纸面

一、练习概述

本练习旨在引导学生利用人工智能工具将初步构思转化为具体的剧本片段。请你以三人小组的形式协作，每人负责特定环节：提示词设计师负责精准构建人工智能提示词（CO-STAR 框架），人工智能执行者负责运行人工智能模型并处理初步输出，而人工微调者则需在人工智能生成的文本基础上进行"最小干预"的精修，修正逻辑、精简冗余并调整格式，但不能重写超过三句话。整个过程旨在强调协作、效率以及对人工智能输出的审慎评估与优化。通过实践，学生将深入理解从概念到落地的人工智能辅助创作流程，并反思提示词设计与人工干预的关键作用。

二、十张剧情指令卡

任选其一放进自己的 CO-STAR 中（情境／关键冲突／两个角色特征）：

（1）近未来海上浮城；气候调节塔倒计时 36 小时失控；理想主义逃亡工程师与怀疑论调查记者。

（2）数字孪生古罗马城；人工智能执政算法被篡改、元老院成员接连"虚拟死亡"；盲人数据考古学家与过气角斗士增强现实（AR）演员。

（3）脱网沙漠公社；唯一淡水井被武装商队垄断；怀孕修车女与悔改前军火商牧师。

（4）月球背面采矿基地；外骨骼连锁故障，矿区随时坍塌；愧疚自省的地质人工智能与抑郁救援飞行员。

（5）赛博化"新宋"都城；皇城量子密钥泄露，政权或被黑客劫持；流浪歌伶黑客与"御史"级机甲武士。

（6）无重力艺术空间站；"创世级"3D打印雕像自毁，疑含恐怖代码；叛逆雕塑家与冷静事故调查算法。

（7）北极浮冰科研站；古病毒从冰芯泄露，团队分裂；神秘生态学家与极地快递员。

（8）垂直丛林都市；植物神经网络暴走、供氧系统反噬；环境哲学高中生与利益至上的地产继承人。

（9）星际难民船"方舟"；跃迁核心损毁，能量仅剩24%；无国籍少年黑客与老派星际律师。

（10）地下遗失图书馆；时间折叠书卷让群体记忆错位；失忆守馆人与青铜仿生狮子。

三、分工

每三人组成一组，分工如下：

（一）提示词设计师

写出完整的 CO-STAR 提示并输入 DeepSeek。

（二）人工智能执行者

运行 DeepSeek，拿到第一版内容；若字数超标或跑题，可补一句简短指令让模型重写，不改动 CO-STAR。

（三）人工微调

负责人工微调：修正逻辑漏洞、删减冗余、调整格式，使其符合标准剧本段落。不能重写超过三句话，强调"最小干预"。

三人可在完成后自行交换角色再做一遍，但课程只要求交第一次成品。

四、操作流程（约 30 分钟）

（一）选剧情卡

组内快速商量，锁定一张。

（二）写 CO-STAR

提示词设计师用不超过 150 字写出六要素，随后交给人工智能执行者。

（三）DeepSeek 生成

人工智能执行者获取 200—250 字的剧本片段，场景标题、动作、对话俱全。

（四）人工微调

文本打磨者在原文上做"最小改动"，并用括号注明修改原因。

（五）提交

将 CO-STAR、DeepSeek 原稿、修改稿三者按顺序汇总为一个文档发给老师。

五、反思

（1）CO-STAR 六要素里哪一句最能决定生成质量？

（2）你的最小改动是否真的"最小"？若 DeepSeek 重写一次，能得到更好的结果吗？

🌐 **本章练习** | 利用人工智能辅助剧本创作

一、练习目标

本章练习旨在通过使用人工智能辅助工具，帮助学生拓展故事的情节，丰富角色设定，并在此过程中学会与人工智能协同进行剧本创作。

二、步骤说明

（一）阅读故事起点（或者创造一个故事起点）

请阅读以下故事起点，了解故事背景、角色设定及初步情节。

在未来的智能城市中，人类和人工智能共存。城市的管理由一个名为"Oracle"的强大人工智能系统控制。一天，年轻的女记者凯瑟琳在调查一桩失踪案件时，发现所有线索都指向 Oracle 的核心系统。为了寻找真相，她决定潜入 Oracle 的主服务器。然而，Oracle 似乎察觉到了她的行动，开始进行干扰。她与一名被 Oracle 控制的警卫机器人展开了一场危险的对峙……

（二）使用人工智能工具进行创意拓展

1. 选择人工智能写作工具

学生选择一种人工智能工具（如 GPT-4、Sudowrite、Kimi 等），以帮助拓展故事情节。工具的选择可由教师提供具体指南。

2. 输入故事起点并设定生成条件

输入上述故事起点，并为人工智能设定生成条件，如"继续情节发展，添加一个新的角色"，或"扩展与 Oracle 的对峙，增加悬念和戏剧冲突"。

3. 角色设定与对话生成

根据人工智能生成的新情节，进一步拓展角色设定。使用人工智能生成工具为新角色创建详细的背景故事、性格特征和动机。

使用人工智能生成工具为角色创作一段对话，确保对话符合角色的性格设定和故事的整体情节走向。学生可以选择生成多种版本，进行对比和优化。

4. 剧本格式转换

将人工智能生成的情节和对话片段转换成标准的剧本格式，包括场景标题（如"多个房间　室内　夜间"）、角色对话和动作描述。

（三）注意事项

在使用人工智能生成内容时，学生应充分发挥想象力和创意，鼓励尝试不同的情节发展和角色设定。

注意人工智能生成内容的合理性和逻辑性，避免过于依赖人工智能的结果，应结合人类的判断进行调整和优化。学生可以生成多个版本的情节和对话，进行对比并选择最适合的版本，学习从不同选项中做出创意决策。

（四）提交与反馈

学生完成剧本转换后，将其提交给同学或教师进行反馈。

主要参考文献

1. 埃克斯.你的剧本逊毙了：100个化腐朽为神奇的对策[M].周舟，译.北京：世界图书出版公司，2011.

2. 波德维尔，汤普森.电影艺术：形式与风格[M].曾伟祯，译.北京：北京联合出版公司，2008.

3. 布鲁姆.电视与银幕写作：从创意到签约[M].徐璞，译.北京：华夏出版社，2003.

4. 菲尔德.电影编剧创作指南[M].魏枫，译.北京：世界图书出版公司，2011.

5. 菲尔德.电影剧本写作基础[M].钟大丰，鲍玉珩，译.北京：世界图书出版公司，2012.

6. 菲尔德.电影剧作问题攻略[M].钟大丰，鲍玉珩，译.北京：北京联合出版公司，2016.

7. 汉森.编剧：步步为营[M].郝哲，柳青，译.北京：北京联合出版，2015.

8. 麦基.对白：文字·舞台·银幕的言语行为艺术[M].焦雄屏，译.天津：天津人民出版社，2018.

9. 麦基.故事：材质、结构、风格和银幕剧作的原理[M].周铁东，译.天津：天津人民出版社，2016.

10. 麦基.人物：文本、舞台、银幕角色与卡司设计的艺术[M].周铁东，译.杭州：浙江文艺出版社，2022.

11. 孙惠柱.戏剧的结构与解构[M].上海：上海人民出版社，2019.

12. 斯奈德.救猫咪1：电影编剧指南[M].孟影，译.杭州：浙江文艺出版社，2021.

13. 施密特.经典人物原型45种：创造独特角色的神话模型[M].吴振寅，译.北京：中国人民大学出版社，2014.

14. 托宾.好剧本如何讲故事[M].李子，译.北京：中国人民大学出版社，2015.

15. 塔可夫斯基.雕刻时光[M].张晓东，译.海口：南海出版公司，2016.

16. 汪流.电影编剧学[M].北京：北京广播学院出版社，2000.

17. 希克斯.编剧的核心技巧[M].廖澹苍，译.北京：世界图书出版社，2011.

18. 尹鸿.当代电影艺术导论[M].北京：高等教育出版社，2007.

19. 伊格莱西亚斯.编剧自我修养：好莱坞顶级作家的成功秘诀[M].魏俊彦，译.北京：电子工业出版社，2012.

20. 野田高梧.剧本结构论[M].王忆冰，译.南昌：江西人民出版社，2019.

21. CAMPBELL ESTES. The hero with a thousand faces: commemorative edition [M]. Princeton: Princeton University Press, 2004.

22. INDICK. Psychology for screenwriters: building conflict in your script [M]. Burbank, CA: Michael Wiese Productions, 2004.

23. LAJOS EGRI. Art of dramatic writing: its basis in the creative

interpretation of human motives [M]. New York: Simon and Schuster, 1960.

24. MICHEL PRUNER. L'analyse du texte de théâtre [M]. Prais: Armand Colin, 2010.

25. VIKI. How to write a movie in 21 days: the inner movie method [M]. New York: Harper Collins, 1988.